Le courage d'une mère

엄마의 용기

마리-로르 피카 지음
안느 베르토 공동 집필
김혜영 옮김

문학세계사

Le courage d'une mère
by Marie-Laure Picat

줄리, 티보, 마티유 그리고 마르고에게

| 프롤로그 |

내 새끼들에게

너희들은 분명 내가 너희들을 '내 새끼들'이라고 부르는 걸 싫어하겠지……. 너희들의 언짢아하는 표정이 눈에 선하네. 불만 섞인 목소리로 말하는 소리도 귓가에 들리는 것 같구나.

"엄마아아아아아아! 그렇게 부르지 말라니까요. 우리는 이제 아기가 아니라고요!"

너희가 이 책을 읽게 되는 날, 2009년의 지금보다 훨씬 더 어른이 되어 있다면 '내 새끼들'이라는 말에 더 난리가 나겠지. 이거 정말 큰일인걸! 줄리, 넌 열두 살쯤 되었을까. 어쩌면 어서 빨리 이 책을 읽고 싶어 할지도 모르겠구나. 하지만 나머지 너희들, 티보와 마티유, 마르고는 이 책을 펼쳐 보는 데 시간이 조금 더 걸릴지 몰라. 지금 너희는 몇 살이니? 열두 살, 열세 살, 열네 살? 그런데 아무려면 어때? 너희가 열여덟 살이라 해도 엄마에게는 여전히 내 새끼들, 아기들이야. 세상에는 전혀 변하지 않는 게 있는 법이란다. 엄마는 세상을 떠나더라도 너희들 엄마로 영원히 남아 있을 거야. 물론 그게 쉽지 않을 거라는 거 나도 알아. 왜냐하면 너희들 곁에 함께 있지는 못할 테니까. 의사들의 말은 단호했어. 나에게 남은 시간은 기껏해야 한두 달이라고 했거든. 그래도 지금까지 버텨 낸 걸 보면 다행히 최악의 상황은 잘 넘긴 셈이지. 시월 말에 내가 시한부라는 사실을 알게 되었을 때 이 소식을 들은 사람들 중 정말 낙천적인 사람들조차도 내가 이렇게까지 오래 버틸 줄 생각하지 못했어.

사실 이 빌어먹을 간암이라는 것 때문에 사는 동안 너무 힘들었단다. '간내담관암', 이름만 들어도 무서워져. 그런데 엄마의 경우는 정말 특이한 경우래. 엄마가 너무나 좋아하는 의사, 카림 아저씨의 말에 따르면 이 암은 특히 육십 대 남자들에게서 흔하게 나타난대. 그런데 삼십 대 여자인 엄마가 그 암에 걸리다니 참 운이 없지.

얘들아, 엄마는 그래서 너희들이 커 가는 걸 지켜보지 못할 거야. 참 이상하지, 지금으로서는 몇 년 후에 너희들이 어떻게 자라 있을지 전혀 상상이 안 돼. 벌써 열한 살이나 된 우리 큰딸 줄리는 어떤 사람이 최고의 남자 친구인지 알아 보려고 여전히 가십 잡지를 들여다보고 있을까? 여느 아홉 살, 다섯 살짜리 남자아이들처럼 시끌벅적한 우리 꼬맹이들, 티보와 마티유는 아직도 틈만 나면 서로 싸우고 있을까? 그리고 금발의 곱슬머리가 참 예쁜 우리 귀여운 마르고, 아직 두 살도 채 되지 않은 우리 막내, 지금은 모든 일에 발을 쿵쿵 구르며 "아니야!"라고 대답하고, 처음 보는 사람에게도 안아 달라고 해서 항상 누군가의 품에 안겨 있지. 하지만 그런 시절도 금방 지나가 버리겠지.

분명한 건, 일 년, 이 년, 삼 년 혹은 칠 년이 지난 후에도 너희들은 여전히 루아레 지방 퀴소에 살고 있을 거라는 거야. 유치원과 초등학교, 그리고 중학교에서도 어린 시절 친구들과 함께 수업을 듣고 있겠지. 타는 법을 배웠던 바로 그곳에서 자전거를 타고 놀 거고 유도 도장도 계속 들락거리게 될 거야. 어떤 날은 세실 아줌마나 마갈리 아줌마 집에 자러 갈 테고, 또 가끔은 마리-테 할머니 댁에 가서 주말을 보내거나 바캉스 때도 놀러 가게 되겠지. 예전에 그랬던 것처럼 말이야.

마리-테 할머니, 세실 아줌마, 크리스텔 이모, 에블린 아줌마, 마갈리 아줌마, 요아킴 아저씨, 안느 아줌마, 앙드레 아저씨, 아그네스 아줌마, 리샤르 삼촌처럼 그동안 너희들을 알고 너희가 커 가는 모습을 이미 지켜보아 왔던 사람들, 그리고 엄마가 세상을 떠날 때까지 엄마 곁에 있어 준 모든 사람들이 너희 삶 속에 항상 함께 있을 거야. 너희들은 엄마가 세상을 떠나기 전과 별로 다르지 않은 삶을 살아가고 있을 거라는 이야기지. 정말 그렇게 지내게 될 거야. 왜냐하면 엄마가 그렇게 해 놓았거든.

곧 세상을 떠나게 될 거라는 사실을 알게 되었을 때 엄마가 떠올린 건 오로지 그 생각뿐이었어. 엄마가 세상에 없더라도 너희들의 생활이 거의 바뀌지 않도록 하는 것, 너희들을 사랑해 줄 수 있는 분들의 품안에서 너희 네 명이 함께 살도록 해주는 것, 꼭 그렇게 해주고 떠나고 싶었어. 너희들 넷이서 같은 지붕 아래에서 살 수 있도록 하기 위해서 정말 동분서주했단다.

피니에스 부부의 집이 바로 그런 지붕이 되어 줄 거야. 엄마가 너희를 위해 선택한 분들이고, 이 분들이 너희가 성년이 될 때까지 키워 주실 거라고 했어.

이런 결과를 얻기까지 많은 일들이 있었어. 세상이 엄마를 문전박대하면 엄마는 문을 스스로 부수어야 했단다. 세상을 소란스럽게 하고 싶었던 건 아니야. 하지만 너희들에게는 이게 최선이었기 때문에 엄마는 꼭 해내야만 했고 그래서 싸웠단다. 그래서 언론에 내 이야기를 해야겠다고 생각한 거지. 그래서 물론 그렇게 했고!

너희들은 너희들을 항상 감시하던 카메라가 이제 신물이 날 대로 났겠지. 하지만 엄마를 믿어 줘. 그건 그럴 만한 가치가 있었단다.

그렇게 목소리를 높인 덕분에 엄마는 움직이지 않던 세상의 여러 가지를 변하게 했고, 모든 규칙들을 우리에게 유리하도록 만들 수 있었어. 엄마는 법을 뛰어 넘었어. 이 바보 같은 법 때문에 판사들은 아이들을 고아로 살아가게 만들기도 하거든.

발레리 아줌마와 장-마르크 아저씨가 엄마에게 다른 선택이 없었다는 것을 너희들에게 잘 설명해 줄 거야. 엄마는 내 새끼들을 위해서 꼭 해내야만 했어. 나는 너희 엄마고 너희를 돌보는 건 엄마의 책임이기 때문이지.

나는 발레리 아줌마와 장-마르크 아저씨를 믿어. 나중에 이 분들이 너희들에게 엄마에 대해 이야기해 주실 거야……. 하지만 엄마는 정말 너희들에게 직접 얘기해 주고 싶어!

너희들은 지금 너무 어려서 엄마에게 묻고 싶지만 그럴 기회가 없었던 수많은 질문들이 있겠지. 엄마도 지금은 해줄 수 없는 수많은 대답들이 있단다. 그래서 이 글을 쓰고 있단다. 너희에게 엄마가 누구인지 이야기해 주고 싶어서, 엄마가 해왔던 싸움에 대해 설명해 주기 위해서, 그리고 엄마가 너희를 얼마나 사랑하는지를 보여 주고 싶었단다.

2009년 2월 13일

내 새끼들의 영원한 엄마로부터

| 차 례 |

C'EST LEUR HISTOIRE...

ÇA LEUR EST ARRIVÉ, *CLOSER* VOUS RACONTE

Marie-Laure :
elle sait qu'elle ne verra pas ses enfants grandir mais a tout fait pour qu'ils souffrent le moins possible de cette inéluctable séparation.

Krishna : "Madonna m'a volé mon homme mais je ne lui en veux pas" ● p. 32

Amandine, la voisine du petit Dylan : "Je me sens coupable, on ne l'a pas aidé. Mais on ne s'est rendu compte de rien" ● p. 33

ELLE A ÉCRIT SON AUTOBIOGRAPHIE POUR SES QUATRE ENFANTS

Marie-Laure : "JE NE VOUS VERRAI PA
VOUS VOUS RAPPELLEREZ QUI J'ÉTAIS..

Un
Julie,
et T
sur le
la fin,
partic
ext
enfant
leu

DIR. GRÂCE À CE LIVRE,

Son autobiographie* paraît aujourd'hui. Elle n'avait pas prévu de publier ses « mémoires » à 36 ans, mais un cancer incurable en a décidé autrement. Elle a écrit ce livre pour ses quatre enfants. « Pour vous raconter qui j'étais, vous expliquer le combat que j'ai mené et vous montrer combien je vous aime. » Morceaux choisis.

C'est son petit secret. Marie-Laure veut être enterrée avec quelques objets qui lui sont chers. Pour son dernier voyage, elle emmènera son fidèle compagnon Bob l'Eponge, son oreiller préféré, dans lequel elle aura enfoui des photos, des dessins et des petits mots d'amour de ses enfants. Pour eux, elle laissera un livre. Pour que les plus petits se rappellent le combat qu'elle a mené pour leur avenir. Et qu'ils apprennent, plus tard, quelle personne elle était.

©P. LEROUX/SIPA POUR CLOSER

La tribu – presque – au complet avec Julie, Thibault et Matthieu. Il ne manque que Margot, 2 ans, encore trop petite pour le judo.

©P. LEROUX/SIPA POUR CLOSER

24 octobre 2008 : "Aujourd'hui, je vais dire à mes enfants que je vais mourir"

« Je vais mourir, bientôt. L'annonce de cette nouvelle est un passage central du livre. Il y a un chapitre intitulé *Vendredi noir*. Au mois d'octobre dernier, j'ai réuni mes enfants dans le salon, à l'exception de Margot, 2 ans, qui jouait avec des Lego dans le salon. Les trois autres, Julie, Thibault et Matthieu, ont 11, 9 et 5 ans. Je leur ai parlé à ma façon, sans tourner autour du pot. J'ai dit à mes enfants que c'était la faute à pas de chance. Rapidement, j'ai compris que mon cancer était en train de s'étendre. Les examens ont révélé des métastases avant la fin de la première chimiothérapie. Deux mois et cinq hospitalisations plus tard, j'ai compris qu'il fallait que je prépare la boîte en bois. Pour les médecins, c'était une affaire de mois. Je leur ai simplement dit que j'espérais tenir jusqu'à Noël. Pour qu'on passe les plus belles fêtes de notre vie.

"Quand j'ai appris mon cancer, j'ai fait le ménage dans ma vie"

En mars 2008, je me suis réveillée en pleine nuit avec la sensation horrible de m'étouffer. Une semaine plus tard, j'ai ressenti une boule énorme qui m'oppressait l'estomac. J'ai fait une échographie. Il y avait des nodules sur le foie. Le scanner a révélé une tumeur. Je devais commencer une chimio éprouvante. Le médecin voulait absolument que je sois bien dans ma tête. J'ai fait le ménage et j'ai quitté Gilles, mon mari, avec qui ça n'allait plus depuis longtemps. J'ai trouvé une petite maison et j'ai déménagé trois jours avant ma première chimio. Les enfants étaient d'accord pour me suivre. J'ai ouvert quatre comptes en banques distincts pour leur avenir.

"그녀는 자신의 아이들이 자라는 것을 보지 못할 것을 안다. 단지 피할 수 없는 이 상황에서 아이들이 잘 견뎌 주고 행복하게 살아가길 바랄 뿐이다."

프랑스의 잡지 《클로저》에 소개된 마리-로르 이야기. 이 기사는 마리-로르의 책이 출간된 직후 실렸다.
기사 서두에 "마리-로르의 책이 오늘 나왔다. 서른여섯의 나이에 자신의 '기억과 추억'에 대한 글을 쓸 줄 그녀는 몰랐고 계획하지도 않았다. 하지만 불치의 암이 그녀를 변화시켰다. 마리-로르는 자신의 아이들을 위해 이 책을 썼다."라는 내용이 소개된다.

■사진 설명 : 장녀인 열한 살의 줄리가 유도복을 입고 엄마 마리-로르의 품에 안겨 있는 모습이다. 그녀는 생을 마치는 순간까지도 아이들의 과외 활동에 최선을 다해 참여하기를 소망했다.

LE COMBAT D'UNE MÈRE POUR ASSURER L'AVENIR DE SES ENFANTS

Marie-Laure : "JE VEUX TÉMO GNER JUSQU'AU B

POUR QU'ILS SE SOUVIENNENT E MOI. SURTOUT L

Dans les bras de Marie-Laure, Margaux, 2 ans, sa plus jeune enfant, la seule à ne pas réaliser ce qui se passe. Matthieu, 5 ans, Julie, 11 ans et Thibault, 9 ans posent sagement autour de leur maman. Ils ont hérité de son courage. Et de sa « carapace »...

...POUR MES ENFANTS. ...S PETITS..."

...is, son histoire, révélée par *Libération*, ...é les Français. Cette maman, atteinte ... incurable, a fait plier l'administration ...une même famille d'accueil à ses quatre ...elques semaines après l'emballement ... *Closer* est retourné voir Marie-Laure. ...eçon de pudeur et de courage.

...ole encore sur le ...blie pas que c'est ...éféré, Cécile, ...errée avec ! » ...té, Marie-Laure ...ernières volontés ...dérision comme ... Même pas. ...emps de dépri- ...La veille, elle ...qui pleurait au ...oi. « Parce que

...s mourir, ...ner à ...rnée ?"

...s déprimer à ...s'énerve-t-elle. ...juste, bien sûr, ...présent. J'ai fait ...avenir de mes ...ère ne pouvait ...nant que c'est fait, ...elle vient. » Il y a ...a bouleversé les ...de quatre enfants ...dé de médiatiser ...uer la situation. ...un cancer du foie ...leurs abdominales. ...i compris que ... était incurable, ...de placer mes ...s une famille ...nt appris qu'il y ...ble, à côté de chez ...d. Mais l'adminis- ... apprécié. Au lieu ..., on m'a répondu ... dossier et qu'on ...se dans un délai

de "six à sept mois". L'aide sociale à l'enfance parlait de les placer en village d'enfants mais d'après mon enquête, il n'y avait aucune garantie qu'ils ne soient pas séparés. Alors pour faire bouger les choses, j'ai alerté tous les médias que j'ai pu. » *(voir encadré)*. Il a suffi d'un article dans *Libération* pour changer la donne. « Au bout de trois semaines, l'affaire était réglée et le couple a reçu l'agrément pour accueillir mes quatre enfants. J'ai vite passé le relais à la famille d'accueil pour que les enfants aient le temps de s'habituer. » Marie-Laure nous reçoit chez elle, dans sa maison de Puiseaux (Loiret), un jeudi. Julie, sa fille aînée, a griffonné quelques mots d'amour sur le tableau Velleda de la cuisine. « Maman, je t'aime fort, fort, fort, méga fort, même quand tu seras... » Aujourd'hui, les enfants ne sont pas là. Margaux, la petite dernière, a été placée dès le 1er décembre. « Elle n'a que 2 ans et réclamait un temps d'adaptation plus long. » Les trois autres, Julie, 11 ans, Thibault, 9 ans, et Matthieu, 5 ans, ont quitté la maison le 1er février. « Ça se passe bien. Je tenais à passer le relais vite pour qu'ils aient le temps de s'habituer. » Ils ne sont pas complètement privés de leur mère pour autant. « L'accord stipule que je peux les voir deux jours par semaine, le mercredi et le samedi. On

Je sais que je suis en sursis. Je profite de chaque jour comme il vient"

passe de bons moments. On joue aux cartes, à la console, on regarde des films. A Noël, on est allés tous ensemble à Eurodisney. On prend tout ce qu'il y a à prendre. » Le reste du temps, Marie-

C'EST LEUR HISTOIRE...

Laure se repose, dort beaucoup. « J'ai l'impression d'avoir été croisée avec une marmotte ! » Elle a des patchs de morphine pour l'aider à tenir le coup. Elle vient de passer à la dose maximale. Elle a aussi renoncé à une ultime chimio. « Parce qu'elle ne m'aurait donné que deux ou trois mois de plus, avec de la fatigue supplémentaire et des nausées en prime. Non merci. Je préfère profiter de la vie comme je suis. Je sais que je suis en

Que voulez-vous ? Ce cancer, c'est ballot", comme elle dit souvent

sursis. Je profite de chaque jour comme il vient. » Son comportement en a dérouté quelques-uns. « La semaine dernière, on s'est mises à jouer aux auto- tamponneuses avec nos caddies dans un supermarché », rigole son amie Cécile. Regard effaré des autres clients. « Pour un peu, certains seraient persuadés que tout ça, c'est du "chiqué", soupire Marie-Laure. Comme si je n'avais fait tout ça que pour la pub. C'est cela, oui... » « Elle ne pleure pas en général, alors encore moins sur elle-même, commente Cécile. Quand elle a appris pour son cancer, elle l'a dit à mon mari et même pas à moi. Soi-disant pour ne pas m'inquiéter. C'est tout elle. » « Que voulez-vous ? Ce cancer, c'est ballot », comme elle dit souvent. Seulement, il faut faire avec. « Quand des gens se pointent avec une mine d'enterrement, je suis désolée pour eux. » Récemment, l'institutrice d'un des enfants s'est mise à pleurer devant elle. Nouveau soupir appuyé de Marie-Laure. « C'est le monde à l'envers. » Elle assure que ses enfants ont bien compris la situation. Malgré leur jeune âge, Marie-Laure a joué dès le départ la carte de l'honnêteté. « Quand j'ai appris que j'étais malade, j'ai

Pour expliquer mon cancer aux enfants, j'ai coupé un camembert en quatre"

réuni les enfants dans la cuisine. Il y avait un camembert sur la table. Je l'ai coupé en quatre pour leur expliquer qu'une grosse partie de mon foie, un gros quart, était mal en point. » Quelques mois plus tard, elle refuse de leur cacher que la bataille est perdue. « Je leur ai dit :

Margaux, 2 ans, a été placée dans sa future famille d'accueil dès le 1er décembre. « Elle ne comprend pas bien ce qui se passe. C'était mieux pour elle. »

Thibault a changé de famille début février mais continue de voir sa mère les mercredis et samedis.

"LES ENFANTS SONT DÉJÀ DANS LEUR FAMILLE D'ACCUEIL. JE VOULAIS QU'ILS S'HABITUENT"

'아이들의 빛나는 미래를 위한 엄마의 투쟁'이라는 제목으로 마리-로르 이야기를 소개한 프랑스 잡지 《클로저》의 기사 내용.

"내 아이들을 위해서라면 저는 끝까지 싸우겠어요. 이 아이들이 저를 잊지 않도록 하기 위해, 특히 이 어린 것들이 저를 기억해 주기를 바라며… …."

아이들의 미래를 위해서 죽음도 두려워하지 않는 강인한 용기로 세상과 맞서 싸운 마르-로르의 이야기는 프랑스 전역을 감동시켰다.

■사진 설명 : 마리-로르의 품에 안긴 두 살의 마르고는 무슨 일이 일어나고 있는지 아무것도 알지 못한다. 다섯 살의 마티유와 열한 살의 줄리, 그리고 아홉 살이 된 티보가 엄마 곁을 담담하게 지키고 있다. 이 아이들은 모두 엄마를 닮았다.

열한 살, 아홉 살, 그리고 다섯 살인 줄리, 티보, 그리고 마티유를 불렀다.

그리고 이 아이들에게 말했다.

빙빙 돌리지 않고, 내 방법대로……나는 말했다.

"엄마는 곧 죽을 거야."

어머니

다마리-레-리스의 우리 집 복도에는 붙박이장이 있었다. 붙박이장 위 공간에는 낡은 옷가지들이 잔뜩 쌓여 있었는데 그 옷더미들 사이로 사진 한 장이 끼워져 있었다. 방 네 개짜리의 이 넓은 집에서 나는 어린 시절을 보냈다. 우리 집은 센-에-마른의 바-물랑 거리에 있었고, 주위에는 십 층짜리 아파트들이 밀집되어 있던 탓에 어두침침했다. 나는 의자에 올라가 선반 위에 코만 겨우 걸친 채 안쪽을 뒤적거리다가 이 사진을 발견했다.

낡은 흑백사진에는 양복 차림의 멋진 남자와 아름다운 웨딩드레스를 입고 미소 짓고 있는 젊은 여자가 있었다. 나는 그 남자가 누구인지 바로 알아보았다. 막심 피카, 아버지였다. 나는 '우리 아빠'라고 말하고 싶지만 우리 집에서는 아버지를 그리 살갑게 부르지 않는다. 우리에게는 그냥 '아버지'일 뿐이다. 그리고 여자는 1949년 12월 18일생의 마리-프랑스 그리송인지 뭔지 하는 여자였는데 나를 낳아 준 사람이었다.

내가 태어났던 1972년 7월 2일에 그 여자는 스물세 살이었다. 나는 사진 속 여자를 단 한 번도 본 적이 없었기 때문에 너무 낯설었다. 그때 나는 십 대였고, 그전까지는 집 안에서 이 여자의 사진을 단 한 장도 본 적이 없었다.

이 여자에 대한 기억은 친언니인 크리스텔 언니도 나와 별반 다르지 않았다. 리샤르 오빠는 그 여자를 기억하고 있었지만 이야기를 꺼내지 않았다. 아버지는 나에게 그 여자에 대해 말하고 싶어 하지 않았기 때문에 나도 그녀가 왜 떠났는지 알 수 없었다. 나는 단지 그 여자가 아버지보다 열아홉 살이나 어렸고, 내가 태어난 지 얼마 지나지 않아 집을 나갔다는 사실만 알고 있을 뿐이었다. 내가 가끔 그 여자에 대해 물어볼 때가 있긴 했는데 그때마다 아버지는 어렵게 입을 떼고는 이렇게 대답했다.

"그날 나는 새벽 다섯 시에 출근했어. 그리고 오후 두 시 반에 집에 돌아왔는데 그 여자는 이미 집에 없었지. 넌 그때 기저귀가 똥오줌으로 범벅이 되어서는 악을 쓰며 울고 있었어."

오랜 시간 갈지 못한 기저귀 때문에 내 엉덩이는 피부가 물러졌고, 등 아래쪽에는 기저귀 자국이 남아 있었다. 게다가 그 무른 부위에 배설물이 닿아 피부가 덧나 결국 작은 사탕 크기의 흉터가 남고 말았다. 이 흉한 상처가 나를 버리고 간 어머니를 떠올리게 하는 유일한 추억이다.

그래도 나는 운이 좋은 편이었다. 그 여자가 집을 나갔을 때 리샤르 오빠는 여섯 살이었는데, 오빠의 머릿속은 온통 끔찍한 기억들뿐이었다. 오빠는 전부 다 잊고 싶었을 거다. 어느 날은 그 여자가 오빠의 다리를 붙잡고 질질 끌며 온 아파트를 돌아다녔다고 한다. 오빠가 무슨 나쁜 짓을 했던 걸까? 아니면 식탁에 앉으라는 말을 안 들었던 걸까? 리샤르 오빠는 다리가 떨어져 나갈 것 같은 느낌이 들 정도로 질질 끌려 다녔다고 한다. 그때 마침 아빠가 집에 돌아오지 않았다면 오빠는 지금쯤 다리가 하나밖에 없을지도 모른다. 이런 폭력은 계속 반복되었다.

가장 충격적인 이야기는 그 여자가 발코니에 오빠 다리를 묶어 매달아 놓았다는 것이다. 네다섯 살짜리 꼬마가 사지를 바들바들 떨며 공중에 매달려 있는 모습은 생각만 해도 너무나 끔찍했다. 내가 이 날의 사건을 알게 된 건 수년이 지나서였다. 윗집 사람들이 쑥덕거리고 있는 걸 우연히 듣게 되었던 것이다. 그 여자가 우리와 함께 살 때 리샤르 오빠가 하루 종일 고함을 질러 댔는데, 그 소리를 견디지 못했을 수도 있다면서 참을성이 부족한 사람이었던 것 같다고도 했다.

그런 리샤르 오빠였기 때문에 그 여자에 대한 이야기는 금기시되었다. 그럼에도 그 여자가 왜 오빠와 크리스텔 언니, 나를 버렸는지 너무 알고 싶었다. 하지만 오빠는 내가 질문을 할 때마다 교묘하게 피했다. 오빠가 어머니를 떠올리는 유일한 순간은 장난삼아 나를 약 올릴 때뿐이었다.

"야! 마리-로르! 그렇게 신경질 좀 내지 마! 네 엄마 닮았……."

나를 보고 어머니를 닮았다면서 놀리는 건 너무도 짓궂은 장난이었다. 내 체격이며 말투가 그 여자와 많이 닮은 것 같았다. 나는 나를 그런 시선으로 바라보는 게 너무 싫었다. 나는 본 적도 없는 여자와 공통점을 가지고 있다는 사실이 실망스러웠고 창피했다. 그 여자가 정말 누구인지 알고 싶어서 몇 번이고 아버지에게 물었지만 별다른 대꾸가 없었다. 아버지는 내가 평소보다 더 끈질기게 물어볼 때면 겨우 한 마디 던질 뿐이었다.

"아주 나쁜 년이었어. 이게 네가 알아야 할 전부야."

나는 엄마가 없어서 힘들었던 기억이 없다. 몇 년 동안 그 여자와 함께 살았던 오빠와는 다르게 나는 엄마라는 존재를 전혀 경험해 보지 못했기 때문에 그리울 일도 없었다. 그런데 그녀가 우리를 버린 이유에 대해서는 끊임없이 호기심이 생겼다. 내가 엄마가 되었을 때 특히 그랬다. 그 여자에 대해 아주 조금 알게 된 게 그나마 최근인데 리샤르 오빠 덕분이었다. 오빠가 마침내 털어놓기로 마음을 먹었던 것이다.

"어머니가 떠날 결심을 했던 게 아니야. 아버지가 어머니를 쫓아낸 거지."

오빠 말에 따르면 어머니는 집에서 손가락 하나 까딱하지 않는 사람이었다. 그녀는 음식을 준비할 줄도 몰랐고, 하루 종일 하는 일이라고는 손톱에 매니큐어를 바르는 게 고작이었다. 아버지가 퇴근하면 어머니는 화장을 하고 친구들을 만나러 술집으로 갔다. 어머니는 일을 하지 않았고, 아버지의 월급으로 자기 옷을 사거나 나가 노느라 흥청망청 써 댔다. 어머니는 사람들이 모두 잠든 한밤중이 되어서야 집에 돌아왔다……. 아버지는 어머니에게 매달 관리인에게 가서 현금으로 집세를 내라고 맡겼는데, 어느 날 집주인이 집에 와서는 육 개월치 집세가 밀렸다는 사실을 알렸다. 아버지는 충격을 받아 비로소 어머니를 내쫓기로 결심했던 것이다. 그날 저녁에 아버지는 아주 차가운 목소리로 어머니에게 말했다.

"이제 그만하자. 당장 이 집을 나가. 이제 다시는 당신을 보고 싶지 않아."

그 다음 날, 어머니는 집을 떠났다.

오랜 시간 동안 아무것도 알지 못한 채 지내다가 마침내 모든 걸 알게 되니 마음이 정말 이상했다. 그런데 사실을 알았다고 해서 문제의 근본은 전혀 바뀌지 않았다. 그 여자가 우리를 정말 버렸다는 사실 말이다. 그 여자는 단 한 번도 우리를 다시 만나려고 한 적이 없었다. 그건 우리를 포기했다는 증거다.

어머니가 집을 나가자마자 아버지는 이혼 수속을 밟았다. 하지만 어머니는 법정에도 모습을 드러내지 않았다. 감호권이 없으면 만나러 올 권리조차 얻을 수 없다는 말인가! 세 번의 공판이 진행되는 동안 그 여자가 나타나지 않아 비어 있던 자리는 내내 눈에 띄었다. 그녀는 친권을 상실했고 아버지가 원하는 대로 이혼이 성

립되었다. 너무 어린 나이에 너무 늙은 남자와 결혼을 해서 가정 생활을 할 준비가 안 되었던 걸까. 젠장! 그건 우리를 버린 이유가 되지 않는다.

아버지

어머니가 집을 나가고 스물네 시간이 지났을까. 곧바로 친할머니가 리샤르 오빠, 크리스텔 언니, 나를 돌보기 위해서 우리 집으로 이사를 했다.

"선택의 여지가 없었어. 할머니가 오시든 지역보건사회국(DDASS, 도 단위의 보건 업무를 관장하는 부서—옮긴이)에 연락하든 둘 중 하나였지."

리샤르 오빠가 말했다.

물론 아버지가 어머니보다 집안일에 더 능숙했다. 파스타를 만들 줄 알았고, 가전제품을 다룰 줄 알았고, 청소기도 돌릴 줄 알았으며, 단추가 떨어지면 다시 달 줄도 알았다. 그런데 문제는 아버지가 집에 있는 시간이 거의 없었다는 거다. 아버지는 다마리-레-리스에 있는 한 회사인 에브리 튜브라는 곳에서 삼 교대로 일을 했는데 작업이 매우 고단했다. 정오에 집으로 돌아온 아버지는 온통 하얀색으로 뒤범벅되어 있었다. 석면 때문이었다. 집으로 와서 씻고 나면 아버지는 자전거에 올라타고는 긴 산책을 나섰다. 아버지는 사이클 경기를 무척 좋아했다. 저녁이나 주말이면, 아니 자유 시간이 주어지기만 하면 페달을 밟았다. 아버지와 이 스포츠를 공유하는 유일한 사람은 리샤르 오빠뿐이었다. 아들이어서 그랬는지 아버지는 크리스텔 언니와 나보다 오빠와 함께 있는 걸 훨씬 편하게 느끼는 것 같았다. 오빠가 아주 어릴 때부터 아버지는 오빠를 어디든지 데리고 다녔다. 자전거로 보도 위를 달릴 때도, 모토크로스(오토바이를 타고 하는 크로스컨트리 경주—옮긴이)를 하거나, 자전거를 타고 짧은 시골 여행을 떠날 때도 오빠와 함께 갔다. 아버지와 오빠는 기진맥진한 채 집으로 돌아와서 식탁에 앉았다. 아버지는 화난 사람처럼 아무 말 없이 인상을 찌푸리고 있었는데, 자전거와 관련해서 언급을 할 때만 입을 뗄 뿐이었다. 크리스텔 언니와 나에게는 한 마디 말도 없었다. 식사 시간이 되면 언니와 나는 그저 우리 앞에 놓인 그릇에 코를 박고 음식을 먹을 뿐이었고, 아버지와 리샤르 오빠는 자전거에 대해서 이야기를 나누었다. 사이클이란, 여자아이들은 발언권을 얻을 수 없는 주제였다. 물론 아버지에게는 애정을 느낀 기억도 없다…….

나는 걱정이 생기면 할머니에게 갔다. 정작 부모는 나에게 주지 않았던 그 사랑을 쏟아 부어 준 사람이 바로 할머니다. 할머니는 아들만 넷이었다. 아버지는 할머니의 큰아들이었다. 크리스텔 언니와 나는 할머니가 지금껏 키워 보지 못했던 딸이었던 것이다. 볼이 통통한 작은 아기였던 나는 할머니에게 공주나 다름없었다. 언니와 나는 할머니와 매우 가깝게 지냈다. 할머니는 우리에게 많은 애정을 주었다. 우리도 그런 할머니에게 살갑게 대했다. 내가 아주 어렸을 때는 할머니를 '엄마'라고 불렀던 것 같다. 하지만 할머니가 계셔도 언니와 나는 우리 자신을 스스로 돌보아야 했다. 할머니는 다리 궤양을 치료받아야 해서 간호사가 매일 방문했기 때문이다. 그래서 우리는 최선을 다해 조심스럽게 우리의 작은 손가락으로 할 수 있는 일들을 하게 되었다. 언니와 이렇게 함께 무엇인가를 했던 순간들은 지금까지도 내 기억 속에 새겨져 있어 얼마 안 되는 기쁜 추억거리다.

나는 그 외의 어린 시절 기억을 오래전에 지워 버렸다. 집에서는 웃을 일이 없었다. 나는 내 생일은 물론이고 크리스마스에 대한 기억이 없다. 하지만 우리는 누군가들을 위해 축하 파티를 열기는 했었나 보다. 왜냐하면 나는 여전히 매년 여러 가지 색깔의 먼지투성이인 낡은 추억의 물건들로 장식했던 우리의 소나무가 떠오르기 때문이다. 크리스마스 뷔슈(Bûche de Noël, 프랑스 문화권에서 크리스마스 즈음에 먹는 전통 후식—옮긴이), 문에 거는 꽃장식, 크리스마스트리 아래에 신발 같은 건 우리는 알지 못했다. 딱 한 번 학교에서 크리스마스 화환을 만들어 본 적이 있다. 종이를 둥글게 말아 꽃을 만들어 서로서로 꿰어서 만들었다. 정말이지 뿌듯했다. 산타 할아버지에게 편지를 쓰는 대신 홍보용으로 우편함에 들어 있던 장난감 카탈로그에 실린 인형, 침대, 포니 인형 이미지들을 잘랐다. 그러고는 이 작은 종잇조각들을 가지고 장난감 삼아 몇 주를 놀았다. 그나마 우리가 받을 수 있는 선물은 대개 아버지 회사의 상품권으로 살 수 있는 옷과 신발이었다. 여유가 조금 있다 싶을 때만 장난감을 받을 수 있었다. 그런데 난점은 바로 상품권으로 산 새 옷들을 할머니가 따로 놓아 둔다는 데 있었다. 할머니 말을 빌리자면 외출할 때 입을 '용도'였다. 그런데 더 큰 문제는 외출할 일이 없었던 것이다! 결국 할머니가 그 옷들을 우리에게 줄 때면 너무 딱 맞게 되어 버렸다. 그래서 우리가 입던 옷들은 필립 삼촌이 준 중고 옷들이거나 새 스웨터나 바지더라도 너무 꽉 끼어 맞지도 않는 옷들을 억지로 입어야 했다. 내가 언젠가 받았던 유일한 진짜 선물은 키키였다. 그것은 모든 키키들 중 슈퍼 키키였다. 나는 누가 그걸 사 준 건지도 모르고 지금은 또 어디로 가 버렸는지 알 수 없다. 하지만 내가 가질 수 있었던 가장 소중한 물건이었다.

먹는 것에 있어서도 아버지는 역시 인색했다. 지금까지도 아직 크리스텔 언니는 냉장고에 진공 포장되어 있던 닭 때문에 받았던 충격을 아직도 잊지 못하고 있다. 유통기한이 한참 전에 지난 닭고기였다. 매일매일 학교에서 돌아오면 닭이 얼마나 또 부패되었나 살펴보려고 냉장고부터 열어 보았다. 초록색으로 변해 버린 닭을 보고 우리는 경악했다. 그런데 어느 날 저녁에 닭이 사라져 버렸다. 드디어 쓰레기통에 버려진 신세가 되었구나 생각했다. 그날 식탁에 앉으려고 가는데 크리스텔 언니의 얼굴이 음식을 보자마자 일그러졌다. 언니의 얼굴은 벌겋게 익은 것 같았다. 허리 부분을 뒤덮고 있던 푸르스름한 얼룩들이 우리가 그동안 봐 왔던 그 부패된 닭이 맞다는 걸 확신하게 했다. 아버지는 아무 일 없었다는 듯이 넓적다리를 뜯었다. 아무도 감히 입 밖으로 불평을 내뱉지 못했다. 크리스텔 언니와 나는 고기를 입에 넣고 구역질이 올라오는 걸 겨우 가라앉히면서 천천히 씹었다. 아버지는 음식을 남기는 걸 절대로 허용하는 사람이 아니었다.

우리는 이웃 친구들과 함께 바깥으로 나가는 것은 차치하고서라도 자유롭게 무엇을 할 권리도, 잠깐의 외출을 할 권리도 없었다. 리샤르 오빠만 유일하게 청소년에게는 당연하게 가해지는 속박에서도 조금은 해방될 수 있었다. 학교 수업이 끝나면 식사를 하거나 숙제를 하기 위해 바로 집으로 돌아가야 했다. 우리들 중 싫은 기색을 하는 사람이 있으면 할머니는 본보기를 보이려고 즉시 그 한 명의 엉덩이를 두들겼다. 집에서는 공부를 하고 나서도 할 게 없어서 몹시 따분했다. 집에는 책도 한 권 없었다. 아버지는 서점에서는 땡전 한 푼도 안 썼다. 가끔 필립 삼촌이 파리를 다녀올 때 우리에게 낡은 만화책을 사다 주었다. 삼촌 덕분에 미키마우스, 스피루, 럭키 루크, 라한, 비비와 프리코탱과 같은 만화들을 탐독할 수 있었다. 읽을거리가 하나도 없을 때는 창문 앞에 자리를 잡았다. 텔레비전을 보는 것조차도 자유롭지 못했기 때문에 동네에서 무슨 일이 일어나는지 살펴보는 것이 우리가 가장 즐기는 놀이였다.

더 이상 가만히 있지 못하겠다 싶을 때면 할머니를 들들 볶아대며 놀았다. 아파트의 다른 쪽 끝에서 시끄럽다며 불평하는 소리가 들리면 그제야 우리가 너무 떠들썩하게 놀았다는 것을 알게 될 정도였다. 그러면 우리는 혼날까 봐 빛의 속도로 도망갔다. 내가 화장실로 가서 숨어 있는 동안 리샤르 오빠와 크리스텔 언니는 욕실로 뛰어갔다. 그러면 할머니는 의자 하나를 가지고 와서 우리가 숨어든 곳 사이에 자리를 잡았다. 할머니의 인내심은 정말 알아주어야 했다! 자리를 뜰 줄 모르고 앉아 있는 할머니 때문에 우리는 참다 참다 먼저 문을 열고 나와야만 했다. 밖으로 나온 우리는 너무 떨려 심장이 콩닥콩닥 뛰었다. 그래도 집 안을 온통 헤집고 다니는 이 술래잡기 덕분에 우리는 행복했다. 이처럼 놀 수 있는 범위 안에서 우리는 즐겼다.

우리가 가장 행복했던 순간은 루아레 주의 롱스보에서 보냈던 시간들이다. 할머니는 그곳에 낡은 집을 소유하고 있었다. 회색 돌로 쌓아 벽을 올리고 전기 콘센트도 설치되어 있던 농장은 완전히 폐허가 되어 있었다. 심지어 수돗물도 안 나왔고 화장실도 없었다. 오줌을 싸려면 집 뒤쪽에 있는 오두막집으로 가야 했다. 구멍 뚫린 덮개가 올려진 쓰레기통이 변기를 대신했다.

이곳은 천국이었다. 그 시골에서 우리는 완전히 자유였다. 우리를 감시하는 사람은 아무도 없었고 우리가 하고 싶어했던 온갖 장난들을 전부 할 수 있었다. 롱스보에서 보냈던 주말과 방학은 정말 행복했다. 우리는 마치 미친 강아지들 같았다. 며칠 동안 작은 방에만 틀어박혀 있다가 마침내 겨우 탈출한 것 같은 기분이었다. 아침에는 침대에서 뛰어 대다가 머리에 장갑 한쪽을 쓰고 빗을 꽂은 채 밖으로 뛰어나갔다. 점심을 먹을 때가 되면 집으로 돌아왔다가 식사를 다 하고 나면 다시 밖으로 나가 저녁이 되어서야 집에 들어왔다. 여기저기 놀 만한 것들이 천지였는데 이웃에 사는 사촌들도 와서 함께 놀곤 했다. 할머니네 집안인 게리오 가家는 숲이나 밭과 같은 넓은 토지를 소유하고 있었다. 우리는 '사블리에르'라 불리는 곳으로 자주 놀러 갔다. 정말 멋진 곳이었다. 이상한 건, 내 어린 시절의 대부분의 기억을 지우려고 그렇게 노력했는데도 롱보스에서 보낸 시간들은 마치 어제의 일처럼 모두 기억이 난다는 것이다. 심지어 옴이 오른 개를 아직도 기억한다. 어느 주말에 아버지가 할머니네 와서 그 개를 데리고 집 근처 헛간 뒤로 가 두 개의 커다란 통들 사이에 묶어 놓았다. 그리고 무엇인가를 찾아온다면서 어디론가 가 버렸다. 다시 돌아온 아버지의 손에는 할아버지가 물려 준 낡은 소총이 들려 있었고 아버지는 지체 없이 개를 향해 총을 쏘아 도살했다. 나중에 필립 삼촌에게 이 날의 일에 대해 물었는데 삼촌은 정작 내 질문에는 대답하지 않고 오히려 나에게 물었다.

"너는 그때 겨우 세 살이었어! 어떻게 그날 일을 기억하니?"

이 날의 장면은 지금까지도 생생하게 기억날 만큼 나에게는 큰 충격을 주었다. 하지만 크리스텔 언니는 이 일에 대해 기억을 못한다. 사실 개의 죽음보다 아버지의 잔인함이 나에게 더 큰 인상을 남겼다. 아버지는 우리와 함께 있을 때도 폭력적인 모습을 드러냈다. 내 기억 속의 아버지는 우리에게 소리를 질러 대는 모습이 대부분이다.

자전거에 관한 한 정말 좋은 사람이었다. 하지만 뭔가 언짢으면 순식간에 냉정을 잃었다. 목소리가 커지는 것은 물론이고 손이 먼저 나갔고 무섭게 따귀를 때렸다. 아버지가 팔을 휘두르면서 우리를 때리는 모습은 마치 우리 머리를 펀치 백 삼아 권투 연습을 하는 것 같았다. 한 번은 아버지가 리샤르 오빠에게 어마어마하게 큰 펀치를 날리는 바람에 오빠는 말 그대로 바닥에 내리꽂히고 말았다. 오빠는 충격이 너무 커서 한동안 정신을 못 차리다가 겨우 몸을 일으켰다. 아무리 조심을 해도 크리스텔 언니와 나도 마찬가지였다. 아버지의 폭력에 시달렸던 우리에게 할머니의 가죽 끈 회초리는 우리를 위로해 주기 위한 어루만짐 같았다.

아버지는 우리의 몸도 서슴없이 만졌다. 나는 맞는 것보다 그게 훨씬 더 싫었다. 열두 살 때 건선에 걸렸는데 정말 불쾌감을 주는 피부병이었다. 내 등은 오톨도톨해지고 붉은 딱지들로 뒤덮여 마치 악어 가죽 같았다. 너무 간지러워서 참을 수 없을 정도였고 나는 결국 칼로 등을 긁어 대기까지 했다. 어느 날, 그런 내 모습을 바라보던 아버지가 소리를 빽 질렀다.

"그만 좀 해! 이거 좀 봐라, 피 나잖아! 비악톨 크림 가져와, 발라 줄게. 긁는 것보다 그게 더 효과가 있을 거야."

나는 아버지를 따라 욕실로 갔다. 아버지는 나의 옷을 홀딱 벗겼다. 아버지는 며칠 뒤에도 또 똑같이 했다. 그런데 이번에는 크림을 등에만 발라 주는 게 아니었다. 아버지의 손은 내 어깨에 닿더니 목까지 내려왔고 내 젖가슴을 지나 겨드랑이를 어루만졌다. 당시 나는 또래에 비해 가슴이 컸고 열한 살의 나이에 성적으로 조숙해서 몸은 이미 여성의 모습이었다. 하지만 아직 나는 어린 여자아이였을 뿐이었다. 남자에게 나의 몸이 어떻게 비쳐질지 생각하지 못했다. 그게 아버지라고 할지라도 말이다. 아버지의 이런 '치료'는 여러 번 반복되었다. 처음에는 그냥 아버지와 단둘이 있는 게 불편해서 빨리 끝내고 싶은 마음에 내가 먼저 서둘러 옷을 벗었다. 하지만 아버지의 이런 행동이 잘못된 것이라고 깨달은 뒤에도 나는 아무 말도 하지 못했다. 내 아버지였고 나는 도망칠 수 없었기 때문이다. 어느 날 저녁, 그날도 욕실로 들어갔는데 평소보다 더 나를 움직이지 못하게 했다. 직감적으로 나는 욕실에서 벗어나려고 했다. 그런데 아버지가 중얼거렸다.

"움직이지 마."

나는 움직이지 못했다. 아버지가 나를 강간하기 시작했을 때도 나는 소리조차 지르지 못했다. 내 머릿속은 온통 뒤죽박죽이었다. 지금 나에게 무슨 일이 벌어지고 있는지 이해하지 못했다. 아팠던 것 같은데 감각에 대한 기억은 지워져 버렸다. 이날 무엇인가가 내 안으로 들어와 틀어박힌 것 같은 느낌만 생각난다. 나는 눈물조차 흘리지 않았다. 모든 상황이 끝나자 아버지는 나에게 옷을 입으라고 했다. 아버지와 나는 욕실을 나왔고, 나는 언니가 있는 방으로 갔다. 욕실에서의 일은 아무도 알아채지 못했다. 나도 그 누구에게도 말하지 않았다. 크리스텔 언니와 할머니와 가깝게 지냈지만 내 말을 믿어 주지 않을 것 같아 두려웠다.

그런 끔찍한 일은 여러 번 반복되었다. 그러다 어느 날부터 갑자기 뜸해졌다. 나는 할머니가 알아챘구나 생각했다. 왜냐하면 저녁에 할머니와 아버지가 싸우는 소리를 자주 들었고, 그러고 나면 어김없이 할머니의 울음소리가 들려왔다. 할머니는 힘들었을 것이다. 우리에게는 할머니로서 의무를 다해야 했을 것이고 아버지에게는 모성애를 보여야 하는 어머니였으니까……, 불쌍한 할머니…….

나는 집에서 아무 일도 없었던 것처럼 지냈지만 머릿속은 너무 복잡해서 지끈지끈 아파 왔다. 학교에서는 마음이 혼란스러운 말괄량이의 면모를 굳이 감추려 하지 않고 모조리 쏟아내 버렸다. 감정의 기복이 심했고, 가만히 있지 못했고, 자주 우울해지기도 했다. 당시 나는 다마리-레-리스에 있는 졸리오-퀴리 중학교에서 CES 5학년(우리나라의 경우, 중학교 1학년에 해당한다.—옮긴이)에 재학 중이었다. 'CES'란, 학업 과정에 어려움을 겪고 있는 아이들을 위한 단계를 일컫는다. 대체로 공부를 지겨워하는 아이들이 대부분이다. 나는 결코 모범적인 학생이 아니었다. 수학을 제외하면 그 어떤 과목도 내 눈에 들어오지 않았다. 더 이상 무언가를 배우고 싶은 마음이 없었고 성적은 곤두박질쳤다. 그러다가 나는 사회복지사에게 불려갔다. 그녀는 나에게 친절하게 물었다.

"마리-로르, 무슨 안 좋은 일이 있는 거니?"

질문 하나로 충분했다. 나는 마음이 편안하게 놓였다. 나에게 이렇게 다정하게 질문하는 이 아줌마에게 모든 걸 털어놓고 싶어졌다. 내게 무슨 일이 일어났는지 이해하기 위해 잠깐의 시간이라도 내 준 사람은 아줌마가 처음이었다. 나에게 마음을 열고 관심을 가져 준 사람도 처음이었다. 마침내 나는 고백할 수 있었다. 작은 목소리로 아줌마에게 단숨에 아버지의 폭력에 대해 모두 말했다. 그리고 그날 저녁, 나는 중학교 교장 선생님 집에서 잠을 잤다. 다음 날, 나는 경찰서로 갔다. 거기에서 전날 내가 했던 모든 이야기를 반복했다. 고소가 되었는지 기억나지 않는다. 어쨌든 여전히 아무 일도 벌어지지 않았다. 나는 군중들 속을 지나 아버지와 함께 집으로 돌아왔다. 아버지는 경찰로부터 아무 이야기도 듣지 못했던 것 같다. 당시 근친상간이란 매우 금기시되는 주제였다. 나는 선택권이 없었다. 이제 선생님들이 내 상황에 대해 모두 알게 되었지만 나를 위해 나서 주는 사람은 아무도 없었다. 상황에 밀려 내 삶은 그렇게 예전처럼 다시 흘러갔다.

할머니는 일흔두 살의 나이에 노쇠로 돌아가셨다. 그때 열네 살이었던 나는 세상이 무너진 듯 울었다. 할머니가 살아계실 때 정말 행복했구나 하는 생각이 들었다. 할머니가 돌아가시고는 롱스보의 할머니 댁에 가지 않았다. 아버지가 할머니 댁을 물려받았는데 그때는 아버지에게 할머니 댁 열쇠를 달라고 할 생각조차 못했다.

아무 걱정 없이 지낼 수 있었던 할머니와의 휴가는 끝나 버렸다. 하지만 불행이 닥칠 때 행복이 함께 오기도 한다. 그 후로 아버지는 절대로 나에게 손대지 않았다. 아마도 엄마를 잃었다는 사실이 아버지에게 많은 생각을 들게 했을지도 모르겠다.

아버지와 우리의 관계는 한층 더 사이가 멀어졌다. 그때부터 리샤르 오빠, 크리스텔 언니 그리고 나는 우리 스스로를 돌보기 시작했다. 할머니가 사라졌다는 사실이 나를 혼란스럽게 만들었지만 나는 혼자서 살아가기 위해 부쩍 자란 기분이 들기도 했다. 아침이면 우리는 스스로 일어나 아침을 준비해 먹고 각자 자기 학교로 갔다. 나는 오빠와도 또 언니와도 마음을 터놓고 지냈지만 속 깊은 이야기까지 나누었던 건 특히 언니였다. 나는 크리스텔 언니가 나의 진정한 보호자였다는 사실을 오늘날에서야 깨닫는다. 언니는 열다섯 살의 나이에 꽃집에서 견습생으로 일을 시작했다. 그리고 첫 월급을 받았을 때 언니는 나에게 새 신발 한 켤레를 사 주었다. 그동안은 어떤 물건이든 나에게 오기 전에 오빠나 언니, 사촌들을 거쳐 오기 마련이었는데 이 신발은 오로지 나만을 위한 첫 물건이었다. 더구나 이제는 '외출용'으로 입자며 따로 놓아 두던 할머니도 없었다! 두 번째 월급으로 언니는 멜빵 청바지를 사 입었다. 언니는 나도 입을 수 있게 하려고 일부러 조금 큰 사이즈로 샀다. 그때 이미 나는 언니보다 훨씬 더 포동포동했다……. 바지가 조금 끼기까지 했지만 나는 그 사실을 절대 인정할 수 없었다!

이렇게 언니와 나는 소소한 일들과 자잘한 물건들을 나누면서 둘만이 아는 비밀이 생겼다. 우리는 심각한 이야기는 거의 하지 않았다. 우리 가족은 원래 대화가 없다시피 했다. 아버지는 대화를 피하기까지 했다. 아버지와 이야기를 하려고 해보았지만 고개를 돌리거나 "스프나 먹어!"라며 아예 싹을 잘라 버렸다. 아버지가 말을 할 줄 안다는 사실만 겨우 확인할 뿐이었다.

사랑을 준 엄마

엄마를 단 한 번도 가져 본 적이 없는 누군가로 살아 왔지만, 그런 나에게 예상 외로 쉽게 큰 행운이 찾아왔다. 나에게 할머니가 있었던 것처럼 내 아이들에게도 진심으로 할머니가 되어 줄 분이 생긴 것이다. 내게 엄마가 되어 주신 분은 바로 마리-테 선생님이다. 원래 이름은 마리-테레즈 미숑이지만 나는 그냥 마리-테라고 부른다. 졸리오-퀴리 중학교에서 CES 5학년에 재학 중일 때 재봉 선생님이었다. 선생님과 나는 만나자마자 마음이 정말 잘 통했다. 마리-테 선생님과 가깝게 지내는 것은 나에게 삶의 기쁨이었다.

당시 나는 매우 재미있는 소녀였다. 아버지의 폭력을 기억 깊숙이 감추어 버렸다. 운명을 한탄만 하고 있는 것은 내 스타일이 아니었다. 나는 친구들 사이에서 앞으로 나서지는 않았지만 모임에 활기를 불어 넣어 분위기를 띄우는 사람이었다. 솔직히 말하자면 유머는 나를 보호하기 위한 한 가지 술책이었다. 약간은 수다스럽고 허튼소리가 들렸다 하면 당연히 나였다. 목소리는 시끄러웠지만 그래도 선생님 말을 안 듣는 나쁜 아이는 아니었고, 반항적이거나 무례한 아이는 더더욱 아니었다. 그런데 나는 바느질을 좋아하지 않았고, 그런 마음을 굳이 숨기려고 하지도 않았다. 바느질 수업을 할 때면 전부 날림으로 해 버려서 솔기를 뜯느라 더 많은 시간을 보내 정작 바느질하는 시간은 얼마 되지 않았다. 다행히 마리-테 선생님은 그런 내 모습을 인내심을 가지고 바라봐 주셨고, 의욕 없는 내 모습을 오히려 재미있어 하시는 것 같기도 했다.

나 역시 선생님을 금방 좋아하게 되었다. 선생님에게 좋은 인상을 받은 건 마리-테 선생님이 처음이었다. 마리-테 선생님은 매우 부드러운 성품에 정말 세심한 성격이었다. 우리 반의 학생은 고작 열 명뿐이었다. 학생 수가 적어서인지 긴장감 없이 수업 분위기가 늘어져 있어서 바느질을 하며 수다를 떠는 것도 자연스러웠다. 우리가 조잘대는 주제는 당연히 옷, 남자 친구 등과 같은 보통 소녀들의 관심사였다. 당시 열네 살이었던 나는 몸매는 이미 어른이었는데 멋이라고는 전혀 부릴 줄 몰랐다. 외모에 관해서는 전혀 신경 쓰지 않았다. 그렇다고 나에게 관리를 좀 하라고 말하는 사람도 없었다. 그런데 처음으로 나에게 머리도 잘 정리하고 옷도 더 신경 써서 고르라면서, 나를 더 내세울 줄 알아야 한다고 말해 준 사람이 바로 마리-테 선생님이다. 선생님은 나에게 화장품 같은 소소한 선물을 주신 것은 물론 마치 엄마가 딸에게 하듯 이런저런 조언을 했다. 선생님께 칭찬을 받으면 정말 큰 힘이 되었다. 선생님과 그렇게 가까이 지내면서 나는 조금씩 더 여성스러워져 갔다.

CES 5학년을 마친 후 나는 직업 교육 과정으로 진로를 정했다. 졸리오-퀴리 중학교에서 계속 재봉 기술 CAP(Certificat d'aptitude professionnelle, '직업 자격 증명서'를 일컫는 말로 원하는 전공을 선택해 보통 2년 동안 준비한다.—옮긴이)를 준비하기로 했다. 하지만 막상 시작하니 바늘을 가지고 하는 작업이 전보다 더 재미가 없는 것이었다! 사실 처음에는 CAP 요리 전공을 선택했지만 지원자 수가 제한되어 있어서 결국 나보다 그 분야에 더 관심이 많은 친구에게 양보하기로 했다. 결국 다시 마리-테 선생님과 함께 수업을 하게 되었다. 마리-테 선생님은 나도 모르는 사이 나에게 정말 엄마와 같은 존재가 되어 있었다. 나는 걱정이 생기면 선생님께 털어놓았다. 선생님은 내 아버지가 어떤 사람인지 또 그가 나에게 무슨 짓을 한지도 알고 계셨다. 사회복지사들이 선생님에게 나와 관련된 서류를 전달했기 때문이다. 선생님과 나는 그에 대한 이야기를 직접적으로 나누지는 않았다. 선생님은 이 문제를 비밀로 잘 지켜 주었다. 하지만 선생님이 항상 나에게 귀를 기울이고 있다는 느낌이 들었다. 내가 재학 중에 아버지가 선생님을 만나기 위해 학교를 방문했던 건 두세 번뿐이었지만 그때마다 둘의 대화에는 긴장감이 흘렀다.

"안녕하세요, 마리 아버님. 마리-로르는 학교 생활을 매우 잘 해내고 있어요. 아주 사랑스러운 아이예요."

"아, 그래요? 정말입니까?"

"재봉에 아주 많은 흥미를 느끼는 건 아니지만 그래도 열심히 노력하고 있어요."

"아, 그렇군요. 놀라운 일이네요."

"뭐가 놀랍다는 거죠?"

"사실 마리-로르는 자기 엄마를 닮아 아주 게으른 아이거든요. 겉모습까지도 똑같아요."

"너무하시네요. 마리-로르는 정말 애쓰고 있어요. 실제로 많이 발전하기도 했고요."

"아, 예."

"정말 천성이 착한 아이예요, 아시죠? 그리고 전보다 훨씬 더 만족하며 지내고 있고요."

"참나! 선생님께서는 마리-로르에 대해 잘 모르시는군요!"

마리-테 선생님은 나를 경멸하는 아버지의 언행에 충격을 받았지만 나를 안심시키기 위해 애쓰셨다.

"마리-로르, 아버지께서 말씀하시는 거 듣지 않아도 돼. 아버지께서 너에 대해 몰라도 너무 모르시는구나."

아버지는 사람들이 당신의 딸에 대해 좋은 말을 하는 것을 절대 받아들이지 않았다. 내가 안 좋은 성적을 받아 공책을 내밀면 사인을 해주면서 이렇게 말했다.

"좋아. 마리-로르, 계속 이렇게만 해라……."

별말 아니었지만 아버지는 나를 비웃고 있었다.

어느 날, 마리-테 선생님께서 생-말로에 있는 해양학교(여름철 바닷가에 임시로 마련한 교육 시설—옮긴이)에 우리를 데리고 가셨다. 나는 그때 바다를 처음 보았다. 정말 잊을 수 없는 멋진 순간이었다! 크리스텔 언니도 거기에 함께 갔다. 선생님과 언니가 함께 있다는 사실이 너무 좋았다. 두 사람은 서로 귀 기울여 줄 수 있는 한 가족 같았다. 나는 크리스텔 언니와 좋은 관계를 유지했지만 사실 속 깊은 곳까지 나누지는 못했다. 그런 우리에게 마리-테 선생님은 이상적인 가족의 모습은 어떤 것인지 떠올려 볼 수 있게 해주셨다. 선생님은 존재만으로 나에게 위로가 되었다. 선생님과 나는 학교 밖에서도 만나는 사이가 되었다. 주로 내가 장을 보곤 했던 믈룅 번화가에서 토요일 아침에 만나 커피 한 잔을 마시며 시간을 보냈다.

열일곱 살이 되었을 때 나는 재봉 수업을 그만두었다. 공부를 끝내려는 목적으로 진로를 바꾸어 그레타 제과학교에서 제과 수업을 듣기로 했기 때문이었다. 마리-테 선생님을 만날 기회를 조금 잃게 되었지만 곧 다시 볼 수 있다는 사실에 위안을 삼았다.

내가 어머니를 다시 찾고자 했던 게 그해 들어서였다. 어느 날, 양복 차림의 젊은 남자가 생명보험 갱신 때문에 아버지를 찾아왔다. 신상명세 부분에 수정할 게 있어서 왔다고 생각했다. 그런데 대화가 끝날 즈음 우연히 깜짝 놀랄 만한 이야기를 듣게 되었다.

"고객님 부인이신 마리-프랑스 그리송 님께도 이 질문들을 똑같이 해야 하는데요. 제가 어디로 연락을 드려야 할지 말씀해 주실 수 있죠?"

"당신이 말하고 싶은 게 내 전처란 말이죠. 내가 알고 있는 거라고는 느무르 근처에 살고 있다는 것뿐이에요."

느무르……, 그러니까 어머니가 여기서 겨우 사십 킬로미터밖에 떨어지지 않은 곳에 살고 있다는 이야기였다. 나는 고민하고 있을 새도 없었다. 이번이 아니면 다시는 기회가 없을 것 같았기 때문이다. 나는 내가 어디에서 왔는지 알 필요가 있는 나이였다. 그런데 막상 이런 일이 닥치고 보니 내가 정확하게 무엇을 원하는지 몰라 당황스러웠다. 나는 크리스텔 언니에게 이 이야기를 했다. 당시 언니는 이미 남자 친구와 함께 살고 있었다. 언니는 아버지의 동의하에 열일곱하고도 반이 넘은 나이에 집을 나갔다. 아버지 입장에서도 집에서 반항하는 청소년을 더 이상 보지 않아도 되니 마다 할 이유가 없었다. 내가 언니에게 우리 어머니가 근처에 살고 있다고 말하자 언니도 찾아보고 싶어 했다. 마리-프랑스 그리송에 대해 우리가 아는 것이라고는 이름뿐, 생년월일까지는 알지 못했다. 다음 월요일 오후에 언니는 나와 함께 지냈다. 아버지는 집에 없었다. 우리가 지금부터 하려는 일에 대해 절대로 아버지가 알게 하고 싶지 않았는데 다행이었다. 우리 아파트 바로 맞은편에는 우체국이 있었는데 길만 건너면 바로였다. 거기에는 미니텔(프랑스 체신부가 개발한 정보 통신 단말기—옮긴이)이 있었는데 전화번호 하나쯤은 단 몇 분이면 찾을 수 있었다. 주소도 마찬가지였다. 우리는 어머니 전화번호를 찾는 데 성공했고, 집으로 돌아와 바로 전화를 걸어 보았다.

"여보세요, 마리-프랑스 그리송 씨 댁인가요?"

"네."

"지금 전화 받으시는 분이 그분이신가요?"

"네."

"제 이름은 마리-로르 피카예요. 그쪽이 제 어머니 되시는 것 같고요."

"……."

"여보세요?"

"네, 맞는 것 같네요. 똑같은 이름을 가진 딸이 있어요. 원하는 게 뭔가요?"

"만나 뵙고 싶어요."

"……."

"안녕하세요, 저는 크리스텔이라고 해요. 다음 주중에 언제 찾아뵐 수 있을까요?"

"……."

"여보세요?"

"네, 좋아요. 다음 주 일요일이 괜찮을 것 같네요."

"감사합니다. 그럼 일요일에 봬요."

"그래요. 일요일에 봐요."

이게 전부였다. 그녀의 목소리는 전혀 따뜻하지 않은, 매우 단조로운 톤이었다. 우리의 전화에 기뻐하는 기색도 없었거니와 혹시 짜증이 난 건가 싶었지만 그것도 아니었다. 살짝 놀란 것 같기는 했다. 그렇다고 해서 기가 죽을 우리가 아니었다. 크리스텔 언니와 나는 리샤르 오빠가 집에 오기를 기다렸다. 오빠는 여전히 아버지의 그늘 아래에서 나와 함께 살고 있었다.

"오빠, 같이 갈래?"

"아니, 난 안 가."

"진짜 안 가?"

"진짜 진짜 절대로 안 가. 나에게 그 여자는 이 세상에 존재하지 않는 사람이야. 기억 속에 남아 있는 것으로도 충분해. 더 이상 알고 싶지 않아."

다리 한쪽은 거의 뽑힐 뻔했고, 발코니에서의 충격……, 나는 오빠를 충분히 이해할 수 있었다. 하지만 크리스텔 언니와 나는 조금 다른 경우였다. 우리는 어머니에 대한 기억이 없다. 모르는 여자와 다를 바가 없는 사람이었다. 우리는 그녀를 만나야 할지 말아야 할지를 우리가 직접 결정하고 스스로 찾으려고 부단히 노력해야 했다. 다음 일요일에 언니 남자 친구가 우리의 기사 노릇을 해주었다. 당연히 아버지에게는 우리의 모험에 대해 단 한 마디도 하지 않았다. 아버지가 알게 되었다면 아마 외출 금지를 당했을지도 모른다.

정오 무렵, 마침내 우리는 근처에 도착했다. 급커브를 하려는 순간, 도로보다 낮은 쪽에 어떤 사람이 꼿꼿하게 서 있는 모습이 보였다. 바로 그 집이었다. 마당 한가운데 덩치가 큰 누군가가 서 있었다. 엄청 뚱뚱하고 불안정한 움직임으로 무기력해 보였는데, 일꾼 같기도 했다. 그런데 차에 탄 채로 점점 다가가자 그 덩치 큰 사람이 누구인지 알 수 있었다. 바로 마리-프랑스, 어머니였다. 어머니는 운전을 하고 있던 언니의 남자 친구에게 벽을 따라 주차하라고 손짓을 했다. 너무 뚱뚱해서 나는 큰 충격을 받았다. 그리고 곧 실망감에 사로잡혔다. 내 머릿속에는 아직도 흑백사진 속 아름다운 얼굴이 남아 있었다. 당연히 세월 때문에 조금은 늙었을 거라고 생각은 했지만…… 그래도 어느 정도는 사진 속 아름다운 모습을 간직하고 있을 거라 기대하고 있었는데……. 내가 상상했던 모습 대신 사람들이 항상 나에게 나와 너무 많이 닮았다던 그 어머니가 서 있었다. 어머니는 백오십 킬로그램은 족히 나가 보였고, 덩치는 큰데 키는 작은 아줌마였다. 정말이지 푹 퍼진 사람의 모습이었다. 어느 누가 이런 모습을 사랑해 줄까 싶을 정도였다! 나는 얼이 빠진 채 아무런 감정의 동요 없이 그녀와 악수를 했다. 크리스텔 언니도 나와 마찬가지였다. 어머니는 미소도 짓지 않았다. 정말 최악이었던 것은 어머니의 얼굴에서 그 어떤 감정도 읽을 수 없었다는 것이었다. 아마도 우리만큼이나 어머니도 불편했을지도 모르겠다. 우리는 어머니를 따라 들어갔다. 집 현관문을 지나는데 역한 냄새가 코를 찔렀다. 집에 들어가 보니 너무 지저분했다. 어쩌다 거실까지 들어갔는데 소파 위에 옹기종기 모여 앉아 있는 네 명의 아이들이 보였다. 아이들은 피골이 상접해 있었고, 우리가 온다는데도 씻지도 않고 꼬질꼬질 했다. 그리고 꽤 나이가 많아 보이는 한 남자가 우리에게 다가와 조심스러운 눈빛으로 악수를 했다. 우리는 그 사람이 어머니와 함께 사는 사람이라는 걸 알아챘다. 아이들에 대해 말없이 궁금해하고만 있던 우리에게 어머니는 턱으로 소파를 가리키며 말했다.

"저 아이들은 내 아들들이야."

그러니까 우리의 이부형제였던 것이다. 소개는 그렇게 순식간에 끝나 버렸다. 우리 모두는 식탁으로 갔다.

우리는 말없이 스테이크 고기와 파스타를 씹었다. 침묵이 불편하게 느껴졌지만 그 누구도 감히 먼저 입을 떼지 못했다. 음식과 입 사이를 오고 가는 소리가 드문드문 들렸지만 분위기를 풀어줄 정도는 아니었다. 그러다 식사가 거의 끝나 갈쯤이었다. 크리스텔 언니가 용기를 내어 본론을 바로 꺼냈다.

"그러니까 당신이 우리 어머니라는 거네요."

"그래."

이 이야기에 네 명의 남자아이들은 소스라치게 놀랐다. 어머니는 우리의 존재를 그 아이들에게 이야기한 적이 없었던 게 분명했다. 우리가 식탁에 앉은 지 어느새 한 시간이나 흘렀는데 그 아이들은 우리가 남매 사이라는 사실조차 알지 못하고 있었던 것이었다. 그들 중 맏형으로 보이는 아이는 나보다 그리 어려 보이지도 않았다. 한 살 아니면 최소 두 살 정도밖에 차이 나지 않는 것 같았다. 나머지 아이들도 그 정도 터울인 듯 보였다. 그러고 보니 어머니는 새 삶을 살기 시작하는 데 그리 오랜 시간이 걸리지 않았던 거였다. 의붓아버지는 체념하고 이 상황을 받아들이는 표정이었다. 어쩌면 어쩔 수 없이 참고 있었던 것일 수도 있다. 크리스텔 언니는 용기를 내어 말을 이어 갔다.

"우리를 기억하세요?"

"그럼 당연히 기억하지!"

"하지만 우리를 단 한 번도 찾아오지 않으셨잖아요."

"그랬지. 그건 너희가 이사를 가서 집을 찾을 수 없어서였어."

내가 바-물랑 거리의 집에서 산 지 열여덟 해다. 게다가 이사한 적도 없었다. 어머니는 뻔뻔한 거짓말쟁이였다. 얼굴 표정 하나 변하지 않고 그렇게 말하는 모습에 우리는 입을 벌린 채 그저 멍하게 있을 수밖에 없었다. 하지만 그렇다고 무슨 대답을 할 엄두도 나지 않았다. 마치 벽에 대고 말을 하고 있는 것 같았다. 우리의 대화는 알맹이 없이 질질 늘어졌다. 이부형제들은 여전히 충격 속에서 벗어나지 못한 듯 별말이 없었다. 자신들을 낳기 전에 엄마가 또 다른 삶을 살았고, 그들은 전혀 들어본 적도 없는 다른 가족이 있었다는 사실에 큰 충격은 받은 모양이었다. 분위기가 너무 갑갑해서 숨이 막힐 지경이었다. 우리는 이부형제들을 따라 바깥으로 나가 농장 뒤 숲으로 갔다. 집 안을 짓누르고 있던 긴장감에서 모두들 벗어나고 싶었던 모양이다. 집을 나오자마자 우리는 그들과 어울려 어느새 재미있게 장난치며 놀았다. 여느 젊은이들이 그렇듯 별것 아닌 소소한 이야기들을 나누었다. 누가 지나가다가 우리를 보더라도 우리가 같은 핏줄이라는 것을 알 사람은 아무도 없을 것이다. 우리는 저녁까지 그렇게 밖에서 떠들었다. 그리고 크리스텔 언니와 언니의 남자 친구, 그리고 나는 다시 집으로 가기 위해 길을 나섰다. 언니와 나의 실망감은 이루 말할 수 없을 정도였다. 집으로 돌아오는 차 안의 침묵을 깬 건 언니의 남자 친구였다.

"너 정말 어머니를 닮았더라!"

"오빠 지금 나 놀리는 거야? 내가 그렇게 뚱뚱해?"

"그래, 알았어. 네가 그 정도로 뚱뚱하지는 않아. 그런데 진짜 닮긴 닮았어."

"알았다고."

"아, 그리고 말하는 것도 정말 똑같아!"

"그건 우연이지. 그 여자랑 나는 같이 살아 본 적도 없다니까."

"염색체에 대해 잘 모르지만…… 뭔가 유전적인 이유가 있을 거야. 확실해."

"염색체 같은 소리하고 있네."

나는 점점 커져 가는 불편한 마음을 덜고 싶어서 농담처럼 이야기했지만 솔직히 농담을 할 기분은 아니었다. 열흘 뒤 언니와 나는 다시 어머니를 찾아갔다. 우리는 똑같은 질문들을 던졌다. 어머니의 진심이 정말 궁금했기 때문이었다.

"왜 우리를 키우겠다고 요청하지 않았나요?"

"……."

"아니면 최소한 만날 권리라도 요청했어야 하지 않나요?

"말했잖니, 너희가 이사를 갔었다고!"

더 이상 대화를 이어 나갈 수 없었다. 그날 이후, 크리스텔 언니는 두 번 다시 그 여자를 만나러 가지 않았다. 나는 드물게나마 연락을 계속 이어 갔다. 그런데 신기하게도 이부형제들과 친하게 지내게 되었다. 그 후로도 나는 그들과 꾸준히 만나 왔고, 그들의 부인들과도 함께 만났다. 그들이 나를 만나러 올 때 가끔 어머니도 동행을 했다. 대부분의 시간 동안 어머니는 말이 없었지만 나는 별로 개의치 않았다. 그냥 그 여자를 낯선 사람 보듯 했다.

독립

나는 열여덟 살이 되자마자 집을 나왔다. 아버지는 진작 내가 집을 나갔으면 하고 바라고 있었지만, 나는 그 소원을 들어주지 않고 있었다. 나는 피에르가 사는 믈룅으로 이사를 했다. 판지 제품 공장에서 일을 시작하기 몇 달 전에 피에르를 만났다. 피에르는 나의 첫 남자 친구였다. 그전까지는 남자들과의 관계가 어려웠다. 피부병이 있었던 나는 내 몸에 대해 거북하게 생각하고 있었고, 아버지가 나를 건드렸던 끔찍한 기억 때문에 남자들을 매우 경계했다. 피에르를 만나기 전에는 그 누구와도 키스를 해본 적이 없었다. 피에르와 처음으로 성관계를 가진 후 나는 완전히 혼란에 빠졌다. 하지만 차차 익숙해졌다. 피에르는 참 다정한 사람이었다. 천천히 흘러가는 대로 몸을 맡길 수 있었다. 내가 그와 함께 살았던 건 몇 개월밖에 되지 않는다. 하지만 그 시간은 나에게 내 자신에 대한 믿음을 가질 수 있게 해주었고, 조금 더 독립적인 사람이 될 수 있게 해주었다. 게다가 아버지와의 연결고리를 잘라 낼 수 있는 기회가 되었다. 리샤르 오빠와 크리스텔 언니는 꾸준히 만났는데, 오빠를 만나러 갈 때 가끔 아버지와 마주칠 뿐이었다. 나를 위해서도 아버지를 위해서도 그게 최선이었다.

피에르와 헤어지고 나서 나는 아버지 집으로 다시 들어오게 되었다. 아버지는 내가 들어서자마자, "좋아, 여기서 살아도 좋아. 하지만 집세는 내야 해. 리샤르는 나에게 집세를 조금씩 냈었다. 너도 오빠만큼은 내거라. 규칙이야." 하고 말했다.

아버지는 나에게 임금의 절반을 집세로 내게 했다. 그런데 그렇게 내고 나면 나에게 남는 돈은 얼마 되지 않아 외출하기도 쉽지 않았다. 너무 힘이 빠졌다. 이제 막 청소년의 즐거움을 만끽하던 참이었는데 말이다. 나는 성년이 되기 전에 나이트에 가본 적이 한 번도 없다. 나는 다른 사람들보다 훨씬 늦은 시기에 본격적으로 밤의 세계에 발을 들여놓게 되었다. 다행히 아버지의 집에는 리샤르 오빠가 있었다. 오빠와 나는 둘이서 참 재미있게 지냈다. 아버지의 횡포 덕분에 우리 둘 사이는 더 돈독해졌다.

아버지 집에 머물었던 건 잠깐이었다. 몇 달이 지난 후, 나는 믈룅에 있는 청소년 근로자들을 위한 기숙사에 들어갈 수 있게 되었다. 거기서 이 년을 살았다. 리벳 접합 공장에서 일한 후 믈룅 시청에서 일하게 되어 대학의 학생 식당에 배치되었다. 그곳 셀프서비스 식당에서 피자 전문 요리사인 올리비에를 만났다. 우리는 거의 일 년 동안 함께 퇴근을 했다. 그런데 내가 그의 부모를 만난 뒤 우리의 순정적인 사랑은 끝나고 말았다. 그들은 내가 자신들의 외동아들을 빼앗아 간다고 여겨 우리의 사랑을 받아들일 수 없었던 것이었다. 그리고 몇 개월이 지났을 때였다. 다른 날과 별다를 것 없는 어느 오후였는데 나는 그날따라 이상하게 피곤해서 침대에 누워 눈을 반쯤 감고 있었다. 그런데 갑자기 내 배가 움직이는 것이었다. 순간, 착각인가 싶었다. 나는 눈을 감고 정신을 차리기 위해서 고개를 마구 흔들었다. 그리고 다시 배꼽을 바라봤다. 세상에, 내가 꿈을 꾼 게 아니었다. 뱃살이 오른쪽으로 살짝 찌그러져 있었다. 나는 너무 깜짝 놀라 방에 혼자 있다는 건 생각하지도 못한 채 나도 모르게 소리치고 말았다.

"젠장, 이게 뭐야?"

물론, 이게 뭔지에 대해서 조금은 짐작이 갔다. 이틀 뒤, 초음파 영상을 보고 나니 내 짐작은 확실해졌다.

"임신 육 개월입니다. 아들이네요."

육 개월이라고? 빌어먹을! 나는 전혀 알아채지 못하고 있었다. 몸무게도 늘지 않았다. 생리가 조금 늦어지나 싶었지만, 그 당시 매우 불규칙했기 때문에 그리 중요하게 생각하지 않았다. 분기별로 갑작스레 찾아오는 게 솔직히 편하다고 생각하기까지 했다. 이런 일이 벌어질 거라고는 전혀 예상하지 못했다. 게다가 아들이라는 말까지 들으니 정말 현실 같지 않았다. 나는 겨우 스무 살이었다. 내 안에 살아 있는 생명체가 있다고 생각하니 기분이 묘

했다. 다행인 건 내가 오랫동안 고민하는 스타일이 아니라는 사실이었다. 나는 얼른 정신을 차리고 해야 할 일이 무엇인지 구체적으로 생각해 보았다. 옷가지, 침대, 기저귀 값 같은 건 크게 걱정할 일이 아니었다. 왜냐하면 크리스텔 언니에게 이미 아들 니콜라가 있었기 때문이다. 언니는 분명 내가 필요한 물건들을 빌려 줄 것이었다. 제일 큰 문제는 올리비에에게 임신 사실을 알리는 것이었다. 막상 그에게 이야기를 하자 그는 문제될 게 없다는 반응이었다. 그렇지만 그는 한 가지는 분명히 하자고 하였다.

"나의 도움이 필요하다면 일단 날 믿어. 하지만 우리 부모님께 알리지는 말자."

올리비에의 이 말에 나는 앞으로 이 사람 없이 지내야 한다는 걸 확실히 깨달았다. 그리고 단단히 마음을 먹고 사회복지사와 만나려고 약속을 잡았다. 가난한 미혼모가 받을 수 있는 도움이 있는지 알아보고 싶었다. 사회복지사는 나에게 젊은 미혼모들이 지낼 수 있는 숙소가 있다고 말해 주었고, 나는 지원 서류를 넣었다. 하지만 그쪽에서 나를 받아 주기에는 시기적으로 이미 늦어버린 상황이었다. 눈 깜짝할 사이에 두 달이 흘렀다. 나는 여전히 청소년 근로자들을 위한 기숙사에 머무르고 있었지만 일은 더 이상 하지 않았다. 나는 마리-테 선생님과 함께 그 시간을 보냈다. 나는 한동안 선생님을 뵙지 못했다. 내가 아이를 진심으로 기다리고 있다는 사실을 깨닫게 되었을 때 내가 자연스럽게 발길을 돌린 곳이 바로 마리-테 선생님이었다. 나는 아이에 대해 아는 것이 아무것도 없었다. 하지만 선생님은 자녀를 키운 경험이 있었기 때문에 나에게 많은 도움을 주셨다. 임신 구 개월 초에 초음파 검진을 하러 병원에 갔던 날 이미 나는 준비가 다 되어 있었다. 기숙사 내 침대 아래에는 가방이 하나 있었는데 여기저기에서 얻은 아기에게 입힐 바디슈트와 내가 신을 실내화들이 들어 있었다. 나의 출산 가방이었다. 그런데 병원에서 초음파기를 쥐고 내 배 위로 이리저리 움직이던 검진사의 얼굴이 굳어지는 것을 보고 나는 순간 이상한 생각이 들었다.

"조심스러운 이야기지만…… 문제가 생긴 것 같아요."

"어떤 문제요?"

"아기 심장이 뛰지 않네요."

"그 말은 아이가 죽었다는 건가요?"

"그럴 수도 있어요. 죄송합니다."

나의 아들은 그렇게 내 뱃속에서 숨을 거두었다. 나는 얼이 빠져 있었다. 마치 회오리바람이 불어 내 몸을 헤치고 지나간 것 같은 기분이었다. 엄마에게서 버림받고 아빠의 폭력에 시달리면서 이를 악 무는 게 버릇이 된 나였다. 하지만 이렇게까지 갑작스럽게 뒤통수 맞아 본 적은 없었다. 이제 막 아이를 가졌다는 것에 익숙해지던 참이었는데 너무나 갑작스럽게 그 아이를 도로 빼앗겼다. 그날 저녁 나는 입원을 해서 다음 날 유도 분만을 했다. 자그마한 몸집의 아기를 내 품에 안겨 주었다. 마지막 인사를 하기 위해서였다. 아이의 사인은 태반 모양에 이상이 와서라고 했다. 언제부터인지 몰라도 이미 아이에게 영양분이 공급되지 않고 있었다는 이야기였다. 최소 이 주 전부터 심장이 완전히 멈추었을 거라고 했다.

결국 나는 우울증에 빠졌고 전에는 먹어 본 적 없는 약을 처방받았다. 나는 기숙사 안에서 고립된 채 마리-테 선생님과 많은 시간을 보냈다. 선생님은 아무것도 하고 싶어하지 않았던 나를 변하게 만드셨다. 나는 조금씩 움직이기 시작했다. 익숙한 환경에서 벗어나 새로운 곳으로 가고 싶었던 나는 일하던 대학 학생 식당을 떠나 파리로 갔다. 거기서 나는 다른 시청에서 일하게 되었는데, 이번에도 학생 식당에 배치되었다. 나는 17구 니엘 거리에 있는 작은 방 하나를 얻었다. 하지만 그곳에서 산 기간은 고작 몇 달뿐이었다. 파리는 나와는 전혀 어울리지 않는 곳이었다. 터무니없이 비싼 물건들을 파는 가게들이 즐비했고, 끊임없는 스트레스에 시달릴 수밖에 없는 파리의 삶을 맛보는 데는 전혀 부족하지 않은 시간이었다. 나는 파리에서 사는 동안 줄곧 좋지 않은 생각들만 했다. 내가 시골 프로방스에서 특별히 행복했던 어린 시절을 보낸 것은 아니었지만 적어도 거긴 내 집이라는 생각이 들었다. 그래서 나는 고향으로 돌아가기로 하였다.

질Gilles

고향으로 돌아와 나는 롱스보에 자리를 잡았다. 롱스보는 내 인생에서 가장 행복했던 순간을 보냈던 곳이다. 지네트 숙모는 나에게 숙모가 주중에 머무는 모빌 홈(Mobile Home, 차량 등을 이용해 견인하듯 쉽게 옮길 수 있는 주거용 구조의 이동주택—옮긴이)을 빌려 주었다. 나는 말쉐르브에 있는 출판 기업과 연계되어 임시직으로나마 다시 일을 시작했다. 시에 속해 있는 모든 공장들 덕분에 일자리는 모자라지 않았다. 매일 저녁 나는 담배를 사러 나갔고, 비스트로(bistro, 음식과 와인 등을 파는 작은 카페—옮긴이)에서 커피를 마셨다. 이 촌구석에 비스트로라고는 이곳뿐이었는데, 동네 사람들에게는 일종의 사령부와 같은 장소였다. 내가 질을 만난 것도 바로 이곳이다. 장거리 트럭 운전사였던 질은 도로 위를 달리지 않을 때면 어김없이 이 비스트로로 왔다. 우리는 자주 마주치다 보니 서로 알고 지내게 되었다. 질은 그리 말이 많은 사람은 아니었는데 그래서 더 믿음이 가는 사람이었다. 어느 날 저녁, 질이 나를 한

레스토랑으로 초대했다. 비스트로가 아닌 다른 곳에서 둘이 만난 건 그날이 처음이었다. 질은 나보다 열다섯 살이 더 많았지만 겉모습에서는 나이 차이가 그리 느껴지지 않았다. 그것은 우리가 서로를 잘 이해하고 있었기 때문일 것이다. 질은 호감 가는 사람이면서도 일반적인 남자들과는 조금 다른 기질이 있었다. 그런 면은 나와 비슷하기도 했다. 또한 꾸밈이 없었고, 가만히 있는 것을 좋아하지 않았다. 항상 밖으로 나가 친구들과 한 잔 할 준비가 되어 있는 사람이었다. 그 다음 주에 그는 나를 그의 부모님에게 소개했다. 부모님은 정말 유쾌하고 상냥한 사람들이었다. 아버지는 썩 재미있는 사람은 아니었지만, 어머니는 말이 잘 통해서 온갖 이야기를 다 할 수 있었다. 그 후로는 모든 게 일사천리였다. 며칠 후에는 롱스보에 있는 그의 작은 아파트로 들어가 살게 되었다.

몇 달 뒤, 나는 임신을 했다. 첫 임신 때는 임신이 되었다는 것을 알고도 몇 달이 지나서야 내가 정말 아이를 기다리고 있었다는 것을 알게 되었다. 하지만 이번에는 달랐다. 바로 출산 예정일을 계산해 보았다. 그만큼 아이가 기다려졌다. 임신을 구체적으로 계획했던 것은 아니었지만 굳이 피임을 하지 않았던 것을 보면 우리는 임신을 바라고 있었던 것 같다. 결혼을 한 적이 없었던 질도 기뻐했다. 나는 유산을 겪은 이후로 아이를 여러 명 낳고 싶어 한다는 것을 알게 되었다. 그래서 이번 임신이 더 기뻤다. 우리는 곧장 근처로 집을 구하러 다녔고, 루아레 주의 아주 작은 도시인 브로메이유에서 행복한 둥지를 마련했다. 백구십 평방미터 크기의 오래된 집이었다. 삼십오만 프랑을 지불해야 했다. 손볼 곳이 엄청 많았지만 우리가 정착하게 될 곳이라는 생각에 매우 들떠 있었다. 모든 게 잘 진행되었다. 그런데 첫 임신 때 유산을 했던 것이 자꾸 나를 괴롭혔다. 출산일이 다가올수록 나는 점점 더 두려웠다. 혈압까지 급상승했다. 결국 임신 팔 개월 말이 되었을 때 산부인과 담당 의사는 분만 결정을 하였다. 질과 나는 아직 아이의 이름도 지어 놓지 않은 상태였다. 질은 딸의 이름을 '레아'라고 하고 싶어 했고, 나는 '클로에'가 더 마음에 들었다. 그런데 정작 우리 딸의 이름을 한방에 해결한 사람은 바로 크리스텔 언니였다.

"자, 이제는 정말 결정을 내려야 할 때가 된 것 같은데, 안 그래?"

"나도 알아. 하지만 도무지 의견이 모아지질 않아."

"그런데 왜 '줄리'라는 이름은 생각해 보지 않았니?"

그렇게 우리 큰딸의 이름은 줄리로 결정되었다.

줄리는 1997년 5월 7일에 태어났다. 정말 대단한 아이였다! 줄리는 열 달을 다 채우지 못하고 태어났으면서도 몸무게는 이미 3.8킬로그램이었고, 큰 어려움 없이 세상 밖으로 나왔다. 제왕절개 수술을 했기 때문에 당연한 것일 수도 있다. 수술로 아이를 낳으면 퇴원도 늦어져 아이와 함께 집에 돌아오는 데 시간이 더 걸렸다.

나는 친정 엄마가 없었기 때문에 내 곁에서 아기를 어떻게 돌봐야 하는지 설명해 줄 사람이 아무도 없었다. 물론 마리-테 선생님이 조언을 해주시기는 했지만 현실적으로는 내가 모든 역할을 다 해야 했다. 나는 몸으로 직접 부딪히며 배워 나갈 수밖에 없었다. 퇴원을 앞두고 질이 입원실로 찾아왔을 때도 나는 두렵지 않았다. 오히려 그 반대였다. 새로운 삶이 너무 기대가 되어 흥분되었다. 어쩌면 너무 지나치게 들떠 있었는지도 모르겠다……. 집에 돌아와서는 부엌의 식탁 위에 요람을 두었다. 그러고는 재빨리 벽장들을 살펴보았다.

“질, 줄리에게 필요한 것들조차 제대로 있는 게 없네. 마트에 가야겠어.”

우리는 기저귀 가방을 싸서 다시 차에 올랐다. 그런데 질이 시동을 건 순간 우리는 서로를 쳐다보며 동시에 웃음을 터뜨리고 말았다. 줄리가 누워 있는 요람을 식탁 위에 올려놓은 채 나온 것이었다! 내가 얼른 다시 집으로 가 요람을 들고 나온 뒤에야 마침내 마트로 떠날 수 있었다. 이 일로 우리는 그나마 긴장을 풀 수 있었다. 처음에는 질이 주로 밤에 젖병을 물렸다. 나는 수술 부위가 계속 너무 아팠기 때문이다. 이런 힘든 밤이 다섯째 날까지 계속되는가 싶더니 네 번째 날이 지나고 나자 줄리가 밤새 잠을 자기 시작했다. 줄리는 정말 사랑스러운 아기였다. 말로만 듣던 아기 천사가 바로 줄리였다. 줄리는 기저귀가 젖었을 때나 배가 고플 때만 울었다. 그 외에는 요람에서 조용히 있었다. 삼 개월이 지난 후 나는 줄리를 유모에게 맡기고 다시 공장으로 나가 일을 했다. 질은 딸을 돌보는 걸 좋아했다. 집은 곧 행복이었고, 내 삶은 마침내 균형을 되찾았다. 줄리를 바라보고 있으면 어머니 생각이 났다. 어머니는 이렇게 어린 아가를 버리고 어떻게 집을 나갈 수 있었을까. 도대체 어떤 인간이길래 그런 짓을 할 수 있었을까?

줄리가 태어난 뒤 이부동생들이 아내들과 함께 우리 집으로 왔다. 하지만 '그들의' 어머니는 손녀를 보러 오지 않았다. 나는 가끔 내가 어머니로부터 버림을 받았던 사실이 오히려 내 아이들과 나의 관계를 더욱 돈독하게 해주었다는 생각이 든다. 아버지 역시 내 삶에 별로 관심을 가지지 않았다.

다행인 건 내 아이들에게 완전히 반해 버린 할아버지 할머니가 계셨다는 거다. 질의 부모님은 그때까지 손자들만 있었지 손녀는 처음이었다. 줄리는 그분들에게 공주나 다름없었다. 질의 부모님은 갖가지 핑계로 줄리를 데리고 갔다. 그 덕분에 질과 나는 종종 외출을 할 수 있었다.

마리-테 선생님도 줄리를 많이 돌봐 주셨다. 나는 선생님께 이제부터 우리 아이들에게 할머니가 되어 주실 수 있는지 여쭤 보았다. 선생님은 기꺼이 그래 주겠다고 하셨다. 선생님은 그렇게 우리의 사랑하는 할머니가 되어 주셨다.

선생님은 우리 집에서 사십오 킬로미터 정도 떨어진 메-수르-센이라는 곳에서 사셨는데 꾸준히 우리를 보러 오셨다. 선생님이 한 살이 채 안 된 줄리를 데리고 생-말로로 바캉스를 가신 적이 있었는데, 선생님과 자매인 팡팡도 함께였다. 팡팡은 내가 줄리의 대모로 선택한 사람이다. 우리는 신앙이 없었지만 시청에서 받을 수 있는 유아 세례를 하기로 했다. 내가 참 좋아하는 이야기가 있다. 아이들마다 그들의 요람을 살피는 착한 요정들이 있어서 그 요정이 멀리서라도 늘 아이들을 돌보고 지켜본다는 내용이었다. 나는 그 요정이 우리 줄리도 지켜 주기를 바랐다.

둘째아이는 일 년은 기다렸다가 임신을 하는 게 좋다는 이야기를 들었다. 자궁이 다시 제자리를 찾을 시간을 가져야 한다는 것이었다. 그래서 이 기간이 막 지났을 때 우리는 식구를 더 늘리고 싶었다. 줄리는 여전히 안아 줄 필요도 없이 순하게 자라고 있었다. 줄리에게는 집 안 구석구석 모든 게 흥미로운 놀잇거리였다. 세 번의 유산 끝에 1999년 12월 15일에 티보가 세상에 나왔다. 이번에는 제왕절개 수술을 할 필요도 없었다. "힘 주세요!"라는 소리에 나는 힘을 주었고, 그 순간 티보가 나왔다. 심지어 나는 그리 고통스럽지도 않았다……. 나 스스로도 믿을 수 없는 일이었다! 그런데 티보는 줄리와 다르게 키우기가 여간 힘든 게 아니었다. 육 개월이 지나서야 밤잠을 잤다. 특히 너무 화를 잘 내는 전혀 순하지 않은 성격이었다. 무엇인가 마음대로 되지 않는다 싶으면 화를 내면서 장난감 하나를 산산조각이 날 때까지 바닥에 놓고 짓이겼다. 티보 때문에 많이 귀찮기도 했지만 또 그만큼 재미있는 것도 사실이었다.

질과 나는 2000년 7월 29일에 결혼하기로 했다. 왜 그날이냐고? 아무 이유가 없었다! 별다른 고민 없이 결심을 하였다. 우리는 신혼여행조차 떠나지 않았다. 너무 행복해서였던 걸까, 혹시나 우리 둘 중 한 명에게 무슨 일이라도 닥치면 어쩌나 하는 노파심 때문에 우리 스스로를 지키기 위해서였는지도 모르겠다. 사실 그 당시 우리가 비교적 행복한 부부였던 것은 맞다. 그런데 그런 행복도 잠시, 조금씩 금이 가기 시작했다. 날이 갈수록 질은 집에 있을 때 라디오 램프만 끼고 있었다. 낡은 기계들을 수집하는 질의 작업실은 램프들로 가득 차 있었고, 기계들을 수리하느라 많은 시간을 보냈다. 물론 질은 집안일을 잘하는 것도 아니었다. 그럼에도 줄리가 태어났을 때 나를 돕는 데 주저하지 않았다. 그런데 둘째가 태어나고는 이런 도움의 손길도 점점 뜸해졌다. 나는 게으른 질의 모습에 자주 투덜대다 결국 우리는 자주 다투었다.

2004년 6월 7일, 연달아 두 가지 좋은 소식이 전해졌다. 먼저 11시 30분, 내가 긴가민가하던 사실이 피검사 결과 확실해졌다. 셋째를 임신한 것이다. 그리고 두 시간 후, 나는 병원에서 전화 한 통을 받았다. 아버지가 심혈관 문제로 사망했다는 소식이었다. 핏덩어리가 뇌로 올라갔다고 했다. 아버지는 너무 어리석은 삶을 살아 왔기 때문에 그 어리석음이 그를 죽음에까지 이르게 했다고 생각한다. 그날 나는 엄청 울었다. 물론 기쁨의 눈물이었다. 그때 다섯 살이었던 티보만 조금 슬퍼할 뿐이었다. 줄리에게는 관심도 없던 아버지는 티보에게는 애정을 보였다. 아버지는 한 달에 한 번 우리 집에서 머물렀는데 티보와 놀아 주기 위해서였다. 하지만 줄리는 소외되었다.

아버지가 남긴 물건들은 전부 별 볼 일 없었다. 아버지의 유품은 모두 쓰레기장으로 갔다. 아버지 통장에 남은 약간의 돈으로 컴퓨터를 샀다. 그런데 질이 갑자기 그 컴퓨터에 빠져 버린 것이다. 질은 집에만 오면 오로지 모니터만 들여다보고 있었다. 사실 질에게 셋째 임신 소식은 큰 충격이었다. 질에게 아이는 두 명이면 충분했다. 나보다 나이가 훨씬 많았던 그는 기저귀들로부터 벗어나고 싶었던 것 같다. 문제는 난 이미 임신 3개월이 지나 있었고, 낙태를 하려고 마음먹는다고 해도 이미 너무 늦었던 것이다. 그리고 무엇보다 나는 너무 행복했다. 계획했던 임신은 아니었지만 이 아이를 너무 만나고 싶었다. 어느덧 질은 있으나마나 한 존재가 되어 버렸다. 집에 있는 게 잘못이라는 이야기는 아니었다. 트럭 운전사라는 그의 직업은 외박과는 거리가 있었다. 업무는 파리 지역에 한정되어 있었고, 저녁 식사 시간 전에는 어김없이 귀가하였다. 어떤 날은 저녁이 되기 전에 집에 오기도 했다. 그럼에도 질은 집에만 오면 꼼짝도 하지 않으려고 했다. 질은 집에 들어오면 의자 위에 웃옷을 던져 놓고 서둘러 컴퓨터가 설치되어 있는 층으로 올라갔다. 저녁을 먹을 때가 되어서야 다시 내려왔고 식사가 끝나면 곧바로 올라갔다. 나는 가끔 질이 컴퓨터를 켜기 전에 미리 그에게 이런저런 일을 부탁해 보았다.

"질, 부엌 바닥에 걸레질 좀 해줄 수 있어? 애들이 여기저기 다 엉망진창으로 해 놓았어."

"……."

"질!"

"뭐?"

"난 아이들 숙제 도와주고 있잖아. 손이 열 개라도 모자라다고!"

"나 바쁘다니까……."

"마우스나 가지고 놀면서 도대체 뭐가 바쁘다는 거야?"

"검색 중이야."

늘 이런 식이었다……. 나는 아이들 숙제 시키기, 음식 만들기, 집안 청소하기, 다림질하기 등 여러 가지 일들을 한꺼번에 하느라 종종거리는데 질은 도대체 무엇 하나 도우려고 들지를 않았다. 게다가 더 이상 아이들과 놀아 주지도 않았다. 그가 티보와 보내는 시간은 줄리 때를 생각하면 턱없이 모자랐다. 더 힘이 빠졌던 건, 가족에 대한 그런 무심함을 숨기려고도 하지 않았다는 것이다. 내 배가 점점 불러와도 소용없었다. 나는 혼자서 모든 걸

해야 했다. 질은 컴퓨터를 들여다보고 있지 않으면 라디오 램프를 끼고 있었다. 매주 일요일 아침이면 수집품을 더 늘릴 생각으로 골동품 상점에 갔다. 원래는 나도 그를 따라 가곤 했다. 하지만 아이들이 생기고부터 나는 그런 고물 따위에 시간을 낭비할 여유가 없었다. 반면 질은 이 취미를 절대로 포기하지 않았다.

그러던 어느 날부터 나는 그 없이도 지낼 수 있다는 것을 깨닫게 되었다. 다행히 나에게는 아이들을 데리고 오거나 돌봐 주고, 간단한 장을 봐 주는 일 등 여러 가지 도움을 줄 수 있는 믿을 만한 친구들이 있었다. 그중 가장 친한 친구는 세실이었다. 세실의 아들 스티븐은 티보와 동갑이었다. 세실과 내가 만났을 때 스티븐과 티보는 유치원 생활 이 년차였다. 그날, 나는 또 다른 친구인 마갈리와 함께 유치원 출구에 있었다. 마갈리의 딸은 줄리와 동갑이었다. 마갈리는 인도를 따라 주차를 했다. 그런데 차를 다시 앞으로 빼려고 했을 때 타이어가 펑크가 났다는 것을 알게 되었다. 문제는 마갈리나 나나 타이어를 갈 줄 모른다는 것이었다. 나는 큰 소리로 투덜댔고 어떤 엄마가 우리 쪽으로 다가왔다.

"도와드릴까요?"

그 엄마는 자그마한 몸집에 호리호리했고 밝게 웃는 인상으로 참 친절하다는 생각이 들었다.

"도와주시면 정말 감사하죠. 우리 둘은 어떻게 해야 하는지 잘 모르거든요."

"남편한테서 배웠어요. 트렁크 좀 열어 보시겠어요?"

그녀가 트렁크에서 스페어 타이어를 꺼내려 했지만 고정 장치가 움직이지를 않았다. 그런데 그녀가 힘을 더 주는 순간, 그게 부러져 버린 것이다. 우리는 모두 웃음을 터뜨리고 말았다! 세실과 함께라면 시간이 후다닥 지나가 버렸다. 마치 번개를 맞은 것처럼 순식간이었다.

그날 이후에도 우리는 유치원 출구에서 자주 만났다. 세실은 나보다 여덟 살이 어렸지만 공통점이 아주 많았다. 세실도 나처럼 수다쟁이였고 농담도 잘했다. 특히 그녀는 매우 싹싹한 사람이었다. 세실은 아주 이른 나이에 인생의 쓴맛을 봐서 그런지 다른 사람들보다 더 빨리 철이 들었다. 세실의 엄마가 동맥류 파열로 세상을 떠났을 때 그녀의 나이 열한 살이었고, 나중에 결혼을 하게 되었던 로제와 사랑에 빠졌을 때는 열여덟 살이 채 되지 않았을 때였다. 로제는 서른다섯 살로, 세 아이가 있었다. 로제의 첫 번째 부인은 유방암으로 수 개월 전에 세상을 떠났다고 한다. 로제는 리-조랑지 시청에서 일했다. 세실은 아무런 연습도 없이 어느 날 갑자기 열세 살, 아홉 살, 그리고 여섯 살의 세 아이를 양육해야 하는 자리에 서게 되었던 것이다. 게다가 아이들은 아직 엄마의 죽음을 받아들이지 못하고 있을 때였다. 그리고 세실은 자기 아이들도 낳았다. 그 아이들이 바로 에이미와 스티븐이다. 천만다행인 것은 세실이 이 꼬맹이들과 함께 지내면서도 에너지가 차고 넘친다는 것이었다.

셋째 마티유가 태어났을 때 세실은 마치 내 보호자 같았다. 그 해 우리는 질, 우리 아이들, 세실의 남편 로제, 그들의 아이들, 또 다른 친구인 마갈리와 그녀의 남편 세르주, 내 사촌들인 베로니크와 나탈리까지 브로메이유 우리 집에 모여 크리스마스를 함께 보내기로 했다. 우리는 근사한 파티를 하고 싶은 마음에 필요한 모든 것을 샀다. 그런데 24일 새벽 다섯 시, 나는 세실을 깨울 수밖에 없었다. 나는 부랴부랴 전화기를 들었다.

"세실, 나 마리-로르야."

"진통 왔어?"

"응……."

"지금 갈게."

세실은 우리 집에서 오 킬로미터 떨어진 오르빌에 살았다. 세실이 도착했을 때 줄리와 티보는 머리가 터부룩한 채 아직 자고 있었다. 그날 밤, 티보가 태어난 그날처럼 눈이 내렸다. 질은 나와 함께 퐁텐블로 병원으로 갔다. 그러다 내가 진통이 오래 계속되자 질은 아침에 집으로 돌아갔다. 결국 나는 오후에 제왕절개로 마티유를 낳았다. 아무것도 먹지 못하고 병원에서 크리스마스를 보내다니……. 이번에도 나의 세실이 나서야 했다! 세실이 저녁까지 우리 집 곳곳을 청소했고, 부엌을 정리했고, 식탁을 꾸몄다. 내가 병실에서 아기 마티유와 홀로 이런저런 생각에 빠져 있을 동안 전화는 계속 울려 댔다.

"연어 요리는 큰 접시에 담을까, 작은 접시에 담을까?"

"네가 하고 싶은 대로 해, 세실. 난 널 믿어."

"또 나야. 에스카르고는 요리 전에 해동시켜야 하는 거야, 아니면 직접 오븐에 넣어도 돼?"

"나도 몰라, 설명서 봐봐."

"마리-로르, 있잖아……."

"세실, 나 좀 그만 괴롭혀! 나 너무 배고프단 말이야. 나는 먹고 싶어도 먹을 수가 없다고! 혼자 알아서 해, 이제!"

나는 산부인과에서 삼 일을 보냈다. 한 해를 마무리하기에는 참 이상적인 시간이었다. 특이하게 태어날 때부터 이가 하나 나 있던 마티유와의 생활은 시끌벅적하게 시작되었다. 마티유는 주야장천 울어 댔다. 집에 돌아와서도 계속 목이 쉬어라 울었다. 그 모습을 본 로제는 마티유에게 '울보'라는 별명을 지어 주었다. 마티유가 울든 말든 질은 꿈쩍도 하지 않았다. 게다가 질은 아이들 앞에서 참을 줄을 몰랐다. 바닥에 장난감이 보이면 치울 생각은 안 하고 그냥 발로 차 버렸다. 셋째 마티유는 정말 감당이 안 되는 아이였다. 질이라는 인간은 내가 도움을 요청할 때마다 꼭 무언가를 하고 있었다. 집에서 그와 마주친다는 게 신기할 따름이었다. 컴퓨터 다음으로 그가 열중하는 계획이 하나 더 있었는데 그것은 바로 포도주 보관소를 짓는 일이었다. 기초를 파는 일부터 이음돌을 놓는 일까지 모든 일을 스스로 다 했다. 우리는 몇 개월이 지나도록 그를 볼 수 없었다. 아침에는 해가 뜨기 전에 일어나 출근하기 전까지 삽질만 해 댔다. 저녁에 퇴근해서 돌아오면 밤늦게까지 쉬지 않고 땅을 팠다. 내가 육아 휴직 중이어서 천만다행이었다. 밤에 수유를 하기 위해 일어나야 하는 사람도 나였고, 아이들을 유치원에 데려다줄 사람도, 혹시 아이들이 아플 때 병원에 데리고 갈 사람도, 이런저런 활동에 참여할 수 있게 해 줄 사람도 나밖에 없었다. 가끔 질은 버스에서 내리는 아이들을 데리러 가기는 했지만 그마저 까먹기 일쑤였다. 그럴 때는 내 친구이자 버스 운전사인 지슬랭이 내가 데려갈 수 있도록 아이들을 시청에 내려주기도 했다.

당시 나는 운전면허증이 없었다. 내 기준으로 봤을 때 수업료가 너무 비쌌다. 유치원에 가려면 나는 세 아이를 데리고 오 킬로미터를 걸었다. 마티유는 유모차에 누워 있었고, 티보는 그 앞에 앉았고, 줄리는 유모차 뒤 발판에 서 있었다. 질의 직업이 다름 아닌 운전하는 것이라는 사실을 깨달았을 때 정말 너무하다는 생각이 들었다! 어느 날 아이들 중 한 명이 아파서 브로메이유에서 오 킬로미터 떨어진 퀴소로 의사를 찾아가야 했다. 가는 길은 내리막길이라 쉬웠다. 하지만 돌아올 때는 오르막길이라 힘들 게 뻔한 데다 심지어 비가 억수같이 쏟아졌다. 흠뻑 젖고 덜덜 떨려서 번정다리가 되어 나는 기진맥진해졌다. 나는 유모차를 밀면서 마치 시합에서 참패라도 당한 사람이 다음 경기에 대한 각오를 다지듯 큰 목소리로 또박또박 되뇌었다.

"그만하자. 이제 면허증 시험 볼 거야."

나는 단번에 면허증을 취득했고 삶이 바뀌었다. 마침내 이동하기 위해 다른 사람들을 의지할 필요가 없게 된 것이었다. 유모차보다 덜 피곤한 이 새로운 운송 수단의 매력에 아이들도 금세 빠져 버렸다.

반면 내가 면허증을 취득하면서부터 질은 아주 불쾌해했다. 그는 내가 게을러 터져서 차를 타는 거라고 했다. 장을 보거나 아이들을 돌보는 일들처럼 꼭 해야 하는 일들을 하는 거라고는 생각하지 않았다. 우리 둘의 관계는 이미 아주 많이 멀어져 있었다. 그는 아이들에게도 아빠의 역할을 포기한 지 오래였다.

제가 암선고를 받은 날, 아이들을 모두 부엌에 불렀어요.

마침 식탁에 카망베르 치즈가 있었죠.

그걸 네 조각으로 나눴어요. 그리고 설명했죠.

엄마의 간의 사분의 일이 많이 아프다고요……

최악의 일요일

줄리는 항상 각별한 주의를 기울여야 했다. 까다롭지 않고 아주 조용하고 순한 아이였지만 건강 문제로 끊임없이 시달렸다. 줄리의 건강 수첩에 그간의 기록들을 다 적으려면 공간이 부족할 정도였다! 줄리 때문에 놀라서 기절할 뻔했던 적이 수도 없이 많다. 삼 개월 때는 폐렴에 걸려 열이 삼십구 도까지 올랐다. 이때 줄리는 처음으로 장기간 입원을 해야 했다. 또 한 번은 수두에 심하게 걸린 적이 있다. 나는 그렇게 많은 수포를 본 적이 없었다. 수포들이 서로서로 쌓여 붙어 버려 피부가 멀쩡한 곳이 없을 정도였다. 경련까지 일으켜 일주일 동안 입원을 해야 했다. 게다가 줄리는 태어났을 때부터 천식을 앓았다. 감기나 기관지염에 걸릴 때마다 천식 증상이 나타났다. 줄리는 커 가면서도 건강상 위험은 계속 나타났다. 벤토린과 베코타이드 흡입기를 항상 손이 미치는 거리에 두었다가 호흡 곤란으로 인한 발작이 오면 바로 대처할 정도로 숙달되었다. 그리고 줄리 자신에게 병원은 그리 낯설지 않은 곳이었다. 질은 물론이거니와 우리는 줄리가 조금이라도 안 좋다 싶으면 즉시 대처를 해야 한다는 것을 잘 알고 있었다. 그런데 그때 그 일요일에는 어떻게 손볼 도리가 없었다.

아침 일곱 시 삼십 분에 전화벨이 울려 나는 잠에서 깼다.

"마리-로르, 도미니크예요."

도미니크는 질과 형제다. 이렇게 이른 아침에 전화가 오는 건 극히 드문 일이다.

"도미니크, 지금이 몇 시인지 아세요?"

"알아요, 그런데 아버지께서 넘어지셨어요. 의료 구급대까지 왔어요. 응급실에 모시고 가려는데 아버지께서 입원을 안 하겠다고 해요. 보호자 서명을 해야 하는데 두 명의 서명이 필요하대요. 질에게 가능한 한 빨리 집으로 와 달라고 말씀 좀 전해 주실래요? 구조대원들이 아버지 입원을 위해 서명을 받으려고 기다리고 있어요."

질과 도미니크의 아버지는 암이 전신에 퍼져 있었다. 건강에 자그마한 문제라도 생기면 위험했기 때문에 염려스러웠다.

"알았어요. 바로 깨워 볼게요."

질을 깨우기란 정말 힘든 일이었다……. 전날 우리는 친구들과 파티를 했었다. 질은 방에서 마치 나팔을 불듯이 코를 골며 자고 있었다.

"질, 일어나 봐. 아버님이 넘어져서 다치셨대. 도미니크가 당신 서명이 필요하다고 연락이 왔어. 구조대원들이 아버님을 병원에 데리고 가려면 당신 서명이 꼭 필요하대."

"음……."

"질!"

"어……. 십 분 후에 갈게."

나는 다시 거실로 내려왔다. 그런데 십오분 분 뒤에도 질이 내려오지 않아 다시 방으로 올라갔다.

"질, 일어나!"

이불 안에서 웅얼거리며 투덜대는 소리만 들릴 뿐이었다. 나는 계속해서 깨웠지만 짜증 가득한 말투의 대답만 들려왔다.

"아, 알았다고! 금방 간다고 말했잖아."

이십 분이 지나도 질은 여전히 침대에 있었다. 도미니크는 참지 못하고 다시 전화를 했다.

"마리-로르! 질은 아직도 안 오고 뭐해요? 구조대원들이 다른 일도 해야 하잖아요!"

"네, 잘 알죠. 그런데 귀하신 분께서 한 번 움직이려면 이렇게도 느려터지셨으니 제가 뭘 할 수 있겠어요."

"젠장……."

"알았어요, 내가 갈게요."

다시 방으로 가 질을 깨우는 건 너무 귀찮은 일이었다. 게다가 당시 여섯 살이던 줄리의 몸 상태가 전날부터 조금 좋지 않았다.

줄리는 몸이 힘들고 목도 아프다고 했다. 혹시 모를 일에 대비해서 나는 이웃에 사는 샤를로트와 마갈리의 아들이자 나의 영세 대자인 그레고리를 찾아갔다. 그들은 아직 잠에서 깨어 있지 않았다.

"자, 잘 들어. 질의 아버지에게 문제가 좀 생겼어. 그래서 내가 가 봐야 해. 내가 돌아올 때까지 거실에서 줄리와 함께 있어 줬으면 좋겠어. 만약을 대비해서 기침 약이랑 벤토린은 꺼내 놨어. 조금이라도 이상이 생기면 나한테 전화해 줘."

나는 그렇게 줄리, 티보, 마티유를 두 명의 청소년에게 맡겨 두고 집을 나섰다. 시아버지 댁에 도착한 나는 곧바로 서류에 서명을 했고, 구급대원들은 그를 데리고 병원으로 갔다. 그런데 시아버지의 방 상태가 말이 아니어서 청소를 조금 해야 할 것 같았다. 내가 집으로 전화하자 그레고리가 전화를 받았다.

"얘들아, 내가 여기 정리를 하려면 삼십 분 정도 더 있어야 할 것 같은데 괜찮겠니?"

"걱정 마세요, 아줌마. 문제가 생기면 전화할게요."

"줄리는 어떠니?"

"지금까지는 괜찮아요."

나는 도미니크와 함께 침대 시트를 벗기고 세탁기를 돌리고 방을 환기시키면서 청소기를 돌렸다. 그런데 열한 시쯤, 내 휴대전화가 울렸다. 그레고리였다.

"아줌마, 줄리가 많이 안 좋아요. 벤토린도 듣지 않고 기침을 점점 심하게 해요."

"알았어, 바로 갈게."

나는 도미니크가 병원에서 하루를 보내야 했기 때문에 열 살짜리 조카 미카엘까지 데리고 최대한 빨리 집으로 돌아왔다. 곧바로 다시 출발해야 할지 모르니 다시 나가기 좋은 위치에 주차를 했다. 거실에서는 괴상한 광경이 펼쳐져 있었다. 줄리는 소파에서 몸을 움츠린 채 숨가빠하며 힘겨워하고 있었고, 질은 그 소파 끝에 드러누운 채 다리는 탁자에 올리고는 축구 방송 〈텔레 풋〉을 보고 있었다. 자기 딸의 고통에는 전혀 관심이 없는 모습이었다. 내가 갑작스레 거실로 들어서며 소리를 질러 대도 질은 고개만 살짝 돌려볼 뿐이었다.

"세상에! 질, 당신 정말 너무한 거 아니야? 줄리 상태가 어떤지 안 보여? 정말 생각이 없는 사람이네!"

나는 줄리를 살폈다. 줄리의 눈을 보니 열이 있는 것 같았다. 그레고리와 샤를로트가 나에게 그동안의 상황에 대해 재빠르게 설명해 주었다. 벤토린을 분사해도 줄리는 나아지지 않았다고 한다. 줄리는 숨을 쉴 수 없다면서 아무것도 보이지 않는다고도 했다. 줄리의 체온이 오르자 그레고리와 샤를로트는 줄리의 얼굴에 차가운 수건을 올려 주었다. 그리고 기관지를 확장시키는 기침 시럽과 박하사탕을 먹이려고 여러 번 시도했다. 그런데 줄리는 무언가를 삼키려고 할 때마다 구토를 했다. 줄리가 소파 위에 쓰러지듯 누워 약을 토하고 아빠를 부르며 울음을 터뜨린 지 한 시간, 그리고 그레고리와 샤를로트가 소파 밑에 걸레를 두고 줄리가 토할 때마다 치우며 줄리를 돌본 지도 또 한 시간 정도 됐다고 했다. 아이들이 그러는 동안 질은 그저 텔레비전만 들여다보고 있었던 것이다. 정말이지 미쳐 버릴 것 같았다.

나는 친한 의사인 카림에게 전화를 해 곧 줄리를 데리고 가겠다고 했다. 그레고리가 나를 도와 줄리를 차에 태웠고, 나는 퓌소에 있는 카림의 진찰실까지 내달렸다. 줄리를 진찰한 카림은 나에게 줄리를 데리고 퐁텐블로 병원으로 가 보는 게 좋겠다고 했다. 그런데 그날 말쉐르브에서 사고가 나서 줄리를 병원까지 태워 갈 구급차가 없을 가능성이 크다고 했다. 그래서 나는 다시 차에 올라 직접 운전을 해 퐁텐블로까지 갔다. 병원에 도착하자마자 줄리는 곧바로 기도에 튜브를 삽입해야 했다. 한 간호사가 줄리의 건강 수첩을 달라고 했다. 순간 나는 화가 나서 울 것 같았다. 아침 내내 받았던 스트레스에, 밤잠도 제대로 자지 못했던 피곤함 때문에 수첩까지 챙길 정신이 없었던 것이다. 화가 나 어쩔 줄 모르는 나에게 간호사는 진정하라고 했다.

"마리-로르 씨, 괜찮아요. 따님은 위기는 넘겼어요. 이제 우리 병원에서 치료를 받게 되었잖아요. 건강 수첩이 필요하지만 시간을 드릴 테니 진정하시고 다녀오세요."

나는 브로메이유로 다시 출발했다. 집에 도착하니 질은 에르베와 티티 두 친구와 함께 아페리티프를 처마시고 있었다. 질은 줄리가 어떤지는 묻지도 않았다. 나는 건강 수첩을 찾으러 방으로 올라갔다가 그레고리와 샤를로트를 보러 다시 내려왔다.

"나는 다시 병원으로 가 봐야 해. 티보와 마티유, 미카엘 좀 부탁해. 너희들만 믿을게. 마티유 기저귀 좀 갈아 줄 수 있겠니? 그리고 미카엘도 잘 살펴봐 주고."

"걱정하지 마세요, 아줌마."

나는 서둘러 다시 퐁텐블로로 출발했다. 줄리는 튜브를 빼고 이제 호흡기 도움을 받고 있었다. 간호사가 나를 위로했다.

"따님은 급성 천식성 감기에 걸렸어요. 위험한 고비는 이제 넘겼지만 회복될 때까지 나흘에서 닷새는 입원해서 지켜봐야 할 것 같아요. 지금 너무 약해진 상태라 체력도 회복해야 해요. 혹시 줄리에게 애착 인형 같은 게 있나요?"

"네, 있어요. 그런데 집에 두고 왔어요."

"보통 잘 때 함께 자나요?"

"네."

"그 인형을 가지러 댁에 또 다녀오시려면 힘드실까요? 따님이 병원에서 밤을 보내야 하는데 그러려면 애착 인형이 있으면 마음을 놓는 데 큰 도움이 될 거예요."

"네……."

결국 나는 삼십 킬로미터 거리의 브로메이유와 퐁텐블로를 세 번째 오가게 되었다. 하지만 문제될 게 아니었다. 내 새끼가 병원에 있으니 나는 곁을 지켜야 했다. 나는 해가 중천에 떠 있을 무렵 다시 집에 도착했고, 엔진은 그냥 켜 둔 채 집으로 들어갔다. 거실에서는 질, 에르베, 티티가 점심 식사를 마무리하고 있는 중이었다. 부엌의 커다란 나무 탁자는 접시, 더러운 냅킨, 빵 쪼가리, 술병, 흘린 와인 얼룩들로 온통 뒤덮여 있었다. 너무 더러워서 휴대전화 하나를 올려놓지 못할 정도였다. 녹초가 되어 버린 나는 화가 머리끝까지 났지만 이 상황을 어떻게 해볼 시간조차 없었다. 그래도 그냥 넘어갈 수 없는 한 가지가 있었다.

"아니, 아빠라는 사람이 딸이 어떤지 물어보지도 않아?"

"줄리는 어때?"

"다행히 고비는 넘겼지만 며칠 동안 입원해 있어야 한대."

"아……."

"아버님한테는 안 가 봐?"

"안 가."

"그래도 최소한 아버님이 어떤지 전화는 해봐야 하는 거 아니야?"

"안 해도 돼."

더 이상 뭐라고 할 말이 없었다. 그래 봤자 무슨 소용이 있겠는가? 샤를로트는 내가 병원에서 출발할 때 미리 전화를 해 놓았더니 고맙게도 잠옷, 칫솔, 줄리의 인형까지 넣어 가방을 싸 놓았다. 나는 가방을 들고 다른 사람들한테는 눈길도 주지 않은 채 집을 나왔다. 줄리의 병실에 들어섰을 때는 이미 오후 여섯 시였다. 줄리는 여전히 산소 마스크를 착용하고 있었다. 다행히도 줄리의 상태는 눈에 띄게 호전되어 있었다.

"아직 숨쉬기 힘드니?"

"아니에요, 괜찮아졌어요."

"정말 기특하다, 줄리야. 네가 정말 자랑스러워."

우리는 질에 대해 이야기하지 않았다. 사실 특별히 할 말도 없었다. 차라리 줄리의 기분을 풀어 줄 수 있는 농담이나 늘어놓는 편이 더 나았다. 한 시간 반쯤 흘렀을까, 나는 어쩔 수 없이 줄리에게 말을 꺼내야 했다.

"아이고, 줄리야, 너무 늦었네. 티보랑 마티유 때문에 엄마가 집에 가 봐야 할 것 같은데 혼자 있을 수 있겠니?"

"네, 괜찮아요."

나는 줄리를 꼭 껴안아 주고는 병실을 나왔다. 집에 도착하니 탁자는 아까 그대로였다. 질은 여전히 친구들과 그날의 두 번째 아페리티프를 마시고 있었다. 술을 깰 생각을 하기는커녕 또 한 잔 들이켜고 있었다……. 기진맥진한 나는 그레고리와 샤를로트를 보러 올라갔다.

"너희 물건들 잘 챙기렴. 아줌마가 집에 데려다줄게. 그리고 미카엘, 너는 오늘 어떻게 보냈니?"

"그냥요. 그런데 아빠는 안 와요?"

"내가 연락해 볼게."

나는 도미니크에게 전화했지만 그는 매우 난처해했다. 원래 도미니크는 오늘 저녁에 미카엘을 전 부인 집에 데려다주기로 되어 있었다.

"미안해요, 마리-로르. 그런데 아버지 곁에 더 있어야 할 것 같아요. 아직 다 해결된 게 아니거든요."

"알았어요, 미카엘은 내가 데려다줄게요."

전화를 끊고 나는 머리가 멍해졌다. 사실 거절할 힘조차 없었다. 나는 곧 요아킴의 번호를 눌렀다. 그레고리와 샤를로트를 집에 데려다주는 동안 티보와 마티유를 봐 줄 수 있는지 물어보기 위해서였다. 너그러운 요아킴은 늘 그렇듯 아이들을 맡아 주겠다고 했다. 원래 요아킴은 질의 친구였다. 하지만 그와 내가 진짜 친구가 되었다. 질은 내가 바로 뒤에서 세 아이를 데리고 나가는데도 눈길 한 번 주지 않았다. 그는 단짝 친구들과 시끄럽게 희희덕거리고 있었다. 꽤 취한 얼굴이었다. 나는 그레고리, 샤를로트를 다시 데려다주었다. 그리고 미카엘을 데려다주러 다시 퐁텐블로에 와 있자니, 근처 병원에 있는 줄리를 보러 가지 못하는 게 아쉽다는 생각이 들었다. 결국 나는 다시 우리 딸을 보러 갔다. 보러 간 건 잘한 일이었다. 줄리가 아직 자고 있지 않았기 때문이었다. 나는 줄리가 너무 외롭지 않게 잠깐 곁에 있었다. 밤 열한 시 반, 우리 둘은 깜빡 잠이 들고 말았다.

"내 새끼, 줄리. 엄마는 이제 가야 할 것 같아. 가서 좀 자야겠어."

"네, 엄마."

줄리의 목소리는 힘이 없었지만 나는 줄리가 힘을 내려고 얼마나 노력하고 있는지 알 수 있었다.

"엄마가 내일 다시 올게. 알았지?"

"네."

"잘 자라, 내 새끼."

"엄마도요."

나는 도로 위를 마치 좀비처럼 운전해 달렸다. 배가 너무 고팠다. 집에 도착해서 보니 정말 사람 사는 꼴이 아니었다. 바닥에는 때가 껴 너무 더러웠다. 탁자에는 그날 먹은 흔적이 고스란히 남아 있었다. 점심에 먹은 접시를 치우지도 않고 그 위에 다른 접시를 올려놓고 저녁을 먹은 모양이었다. 접시들이 넘쳐나고, 온갖 얼룩들이 남아 있었고, 음식찌꺼기들이 나뒹굴고 여기저기 빵 조각들이 눌어붙어 있었다. 질은 내가 먹을 것은 아무것도 남겨 두지 않았다. 결국 나는 폭발하고 말았다.

"좋네, 아주 좋아. 이 집구석에서는 인생이 정말이지 아름답네!"

질은 일어나 흐리멍텅한 눈으로 나를 쳐다보았다.

"너 지금 나한테 신경질 부리는 거냐?"

"신경질? 나는 당신 아버지 일까지 처리했어. 그때 당신은 소파에서 그 빌어먹을 <텔레 풋>이나 처보면서 술이나 깨고 있었지. 당신은 눈앞에서 당신 딸을 죽게 할 뻔했어! 나는 쉴 틈도 없이 하루 종일 왔다 갔다 했다고. 아무것도 먹지도 못하고. 당신은 손가락 하나 까딱 할 생각 안 하고 술만 퍼 마셔 댔지. 게다가 집 안 꼴은 돼지우리같이 이게 뭐냐고. 당연히 신경질이 나지, 안 그래, 이 머저리야!"

"뭐라고?"

나는 질의 나태함이 지긋지긋했다. 그가 빈둥거리는 모습을 익히 보아 왔지만, 오늘은 정말 참아 주지 못할 정도였다. 화가 나서 머리가 터질 것 같아서 차라리 자러 가는 게 낫겠다 싶었다. 다음 날은 아이들이 유치원에 가는 날이었다. 아침 일곱 시에 알람이 울리자 나는 일어나 꼬맹이들에게 옷을 입히고는 티보는 버스 정류장까지 데려다주었고, 마티유는 같은 브로메이유에 살면서 보모 일을 하고 있는 발레리네 집에 맡겼다. 그리고 줄리를 보러 갔다. 아침 아홉 시부터 오후 네 시 반까지 줄리 곁에 있었다. 다섯 시에는 티보가 버스에서 내리기 때문에 돌아가야 했다. 집으로 들어서는데 질이 전날 사용한 그릇에는 손도 대지 않은 것이 보였다. 나는 탁자 구석으로 그 그릇들을 몰아놓고는 아이들에게 저녁을 먹이고 저녁 여덟 시에 재웠다. 나는 청소기를 꺼내 구석구석 돌리고 바닥을 닦는 등 새벽 한 시까지 집안을 정리했다.

견디기 힘들었던 주말을 보내고 나니 그동안 내가 질에 대해 그나마 간직하고 있던 마지막 기대가 모두 사라져 버렸다. 이제 더 이상 그를 신뢰할 수 없다는 것을 깨달았다. 지금 생각해 보면 그때 왜 그를 떠나지 않았는지 모르겠다. 아마도 떠나겠다는 생각 자체를 하지 못했던 것 같다. 그럼에도 우리 부부에게 최후의 일격이 가해졌는데 그것은 마르고의 탄생이었다.

마르고를 임신한 것은 나조차도 준비가 되지 않은 일이었다. 질이 지우라고 했지만 나는 단호하게 거절했다. 내 나이 서른네 살, 유산도 많이 겪지 않았다. 열 달이라는 임신 기간을 따르지 않는다는 것은 생각할 수도 없는 일이었다. 소란스러운 두 남동생 때문에 줄리가 혼이 난 적이 있는데 나에게 이렇게 말했다.

"엄마 뱃속의 아기가 만약 또 남동생이라면 그냥 병원에 두고 오고, 여동생이면 집에 데리고 오세요."

다행히도 딸이었다. 마르고는 제왕절개로 2006년 8월 8일에 태어났다. 줄리는 여동생을 무척 반가워했다. 반면 질에게는 그야말로 대참사였다. 마티유가 태어났을 때부터 그와 나는 그 어떤 타협점도 찾지 못했고, 서로에 대한 불평불만만 쌓여 갔다. 마르고가 태어난 뒤에는 둘 사이가 더 안 좋아졌다.

육아 휴직이 끝나고 난 뒤 나는 제왕절개 수술 때문에 생긴 염증이 심각해져서 몸이 너무 힘들었다. 그래서 가사도우미가 몇 시간씩 규칙적으로 집안 일을 도왔다. 청소도 했고, 아이들도 돌봐 주었다. 어느 날 아침, 나는 심장병 전문의와 진료 예약이 되어 있어서 느무르로 갈 준비를 하고 있었다. 질은 늘 그렇듯이 작업실에 틀어박혀 몇 번째인지도 모를 라디오 램프를 밀거래하는 중이었다.

"질, 나 지금 나가. 마르고 좀 돌봐. 한 시간 반 있으면 가사도우미가 올 거니까 그때 교대하고 젖병도 그 사람에게 주면 돼."

"응."

심장병 전문의가 진료 중에 나에게 나갔다가 오라고 했다.

"마리-로르 씨, 마리-로르 씨는 담배를 피우는 사람이기 때문에 담배를 피운 후에는 어떤지 검사를 다시 시작해야 해요. 나가서 담배 네 개비만 피고 오시겠어요?"

잠깐 나온 김에 나는 마르고와 어떻게 지내고 있는지 궁금해서 질에게 전화를 했다. 질이 전화를 받자마자 마르고가 소리를 지르는 소리가 들려왔다.

"질, 무슨 일이야?"

"별일 아니야. 짜증나 죽겠어. 이 자식이 계속 고함을 질러 대는데 가사도우미는 아직 오지도 않아. 아무것도 할 수가 없다고!"

나는 화가 머리끝까지 나 부들부들 떨면서 전화를 끊었다. 세실에게 전화를 걸었지만 전화를 받지 않았다. 아이들을 데리러 갔을 것이었다. 그래서 나는 마갈리에게 전화를 했다. 다행히도 그녀는 집에 있었다.

"마갈리, 나야, 마리-로르. 내가 지금 병원이라서 그러는데 우리 집에 좀 가 줬으면 해."

마갈리는 즉시 우리 집으로 출발했다.

진료실로 돌아온 나는 혈압이 너무 심하게 올라서 의사가 검사를 하지 못할 정도였다. 제대로 화가 난 상태로 나는 집으로 돌아왔다. 다행히도 마갈리가 모든 일을 해결한 뒤였다.

"분유도 줬고, 기저귀도 갈아 줬어. 이제 괜찮아."

이 무책임한 인간이 마르고를 두 시간 동안 울부짖도록 내버려 두었던 것이다. 그 인간은 마르고에게 분유를 따뜻하게 타 줄 의욕도 없었고 엉덩이를 닦아 주려고도 하지 않았던 것이다! 정말 정나미가 떨어졌다. 내가 소파에서 잠을 잔 게 그때부터였다. 여러 번 그에게 말을 해보려고 했지만 기회를 찾기가 쉽지 않았다. 아이들과 함께 보내는 시간이 대부분이었는데 나는 아이들에게 우리가 싸우는 모습을 보여 주고 싶지 않았다. 그래서 나는 아이들이 유치원이나 학교에 있는 시간을 이용해 보려 했지만 별다른 성과는 없었다. 내가 질과 이야기를 나누려고 할 때마다 그는 도망가 버렸다. 컴퓨터 앞에 앉아 있지 않을 때면 문을 꽝하고 닫고는 집을 나가 버렸다. 결과적으로 우리는 거의 싸울 일이 없었다. 매일매일 나의 분노는 커져 갔고 그를 향해 경멸적인 언행만 할 뿐이었다.

그러던 어느 날, 나는 폭발해 버렸다. 2007년 여름, 마르고가 만한 살이 다가왔을 무렵이었다. 나는 여전히 거실 소파에서 잠을 자던 때이다. 친구들이 부엌을 보수하는 걸 도와주러 왔다. 나는 차를 몰고 페인트를 사러 플룅으로 갔다. 하얀 들보가 얼룩으로 더러워져서 새로 색칠하기 위해서였다. 집에 돌아오자 질이 잔소리를 해 댔다.

"마리-로르, 당신이 조심해서 잘 할 수 있겠어? 페인트도 안 좋은 거잖아."

그의 말대로 페인트는 질이 좋지 않았다. 나는 페인트 통을 구입했던 플룅의 가게로 다시 가지고 가 교환을 했다. 집에 돌아오니 저녁 여덟 시 반, 저녁 먹을 시간이었다. 모두들 술잔을 기울이려고 정원 탁자 주위로 앉아 있었다. 질은 파스티스(아니스 향이 나는 프랑스 식전주—옮긴이) 잔을 들고는 건성으로 물었다.

"저기, 오늘 저녁 메뉴는 뭐야?"

"아무것도 없어. 오후에 내내 도로 위를 오갔었다는 거 당신도 알잖아."

"알지, 당신이 길 위에서 늑장 부린 것도 잘 알고 말고!"

일 년 전부터 늘 이런 식이었다. 질은 내가 운전하느라 괜히 시간만 낭비하며 다닌다는 생각을 고집했다. 집을 보수하는 데 사용하려고 페인트를 사러 갔다 온 것을 질도 잘 알았다. 하지만 질은 계속 비꼬아 댔다. 내가 그날 왜 그렇게 무너져 버렸는지 잘 모르겠다. 아이들은 소파에서 잠들어 있었고 질의 친구들인 요아킴, 세르주, 미셸도 아직 우리 집에 있었다. 나는 완전히 정신이 나가 버렸다. 내가 갑자기 벌떡 일어나는 바람에 의자가 뒤로 넘어가 버렸다. 나는 의자를 일으켜 세우고는 잔디밭 위로 던졌다. 의자는 철책 위에 내리꽂혀 박살이 났다. 나는 질에게 달려들었다. 정말 한 대 후려치고 싶었다. 하지만 세르주가 일어나 나를 붙들었다. 질은 미치광이처럼 고래고래 소리를 질러 댔다.

"니 모습이 어떤지 잘 봐, 이 정신 나간 것 같으니라고!"

아니 그럼 이 바보는 자신은 어떤 모습인지 안 보이나 보지? 나는 더 이상 나 스스로 통제되지 않았다. 나는 내가 고함을 지르고 있다는 사실을 실감하면서 그에게 마구 욕설을 내뱉었다. 우리는 친구들 앞에서 서로에게 악을 쓰며 소리를 질렀다. 친구들은 감히 끼어들 생각도 하지 못한 채 우리를 그저 쳐다보고만 있었다. 하지만 그들이 있다는 사실에도 나는 멈출 수가 없었다.

"당신은 완전히 돌았어. 요아킴, 세르주, 미셸을 좀 봐. 저 사람들은 네가 집 보수하는 걸 도와주겠다고 매주 주말마다 오는데 당신은 하는 게 뭐야? 당신 친구들이 당신 거실에서 고생하고 있는데 당신은 고물상에나 가잖아! 저 사람들은 고생하는데 당신은 여전히 도망치기만 하잖아. 자, 잘 봐. 여기 당신이 돈 한 푼 주지 않아도 일해 주는 바보들이 있네. 용케 이런 분들을 발견해 내다니 참 대단도 하셔. 그런 사람들에게 고마워할 줄도 모르는 건 정말 큰 실수야. 아, 게다가 당신은 아이들까지 돌봐 주는 여편네도 가졌군. 야, 좋겠네, 다 가져서!"

그날 나는 오래전부터 벼르고 있었던 말들을 모두 쏟아 냈다. 그리고 마지막 경고로 한 마디 더 내뱉었다.

"질, 미리 말해 두겠어. 이런 식으로 계속 산다면 일 년 뒤에는 우리는 함께 살지 못할 거야."

"그래, 알았어……."

"두고 봐."

꿈

나는 원래 꿈을 꾸어도 전혀 기억하지 못한다. 기억한다 하더라도 매우 드물다. 마지막으로 기억하는 꿈은 일 년도 더 거슬러 올라간다. 그날 나는 아이들을 데리고 프랑스 전통 서커스 공연인 핀더 서커스를 보러 파리로 갔다. 우리는 서커스 중 사자 쇼가 특히 인상에 남았다. 집에 와 저녁에 잠이 들었는데 한밤중에 소스라치게 놀라 잠에서 깼다. 공포에 질려 땀까지 흘리고 있었다. 사자들이 나를 잡아먹는 악몽을 꾸었다. 덕분에 내가 한입거리밖에 안 된다는 사실도 확인했다. 이렇게 소름끼칠 수가……. 나는 물이라도 마시려고 일어났다. 그리고 오 분쯤 지나니 진정이 되는 듯했다. 나는 이런 공포를 홀로 견딜 수밖에 없었다. 그리고 다시 잠자리에 들었다. 만약 그날 서커스를 보고 언젠가 내가 날것으로 정말 잡아먹힐 수도 있겠다는 상상을 했더라면 이상할 게 없었을지도 모르겠다.

2008년 3월 초, 나는 숨이 막힐 것 같은 무서운 느낌이 들어 한

밤중에 깼다. 아무리 입을 열려고 해도 숨을 쉴 수가 없었다. 딱 죽겠다 싶었다. 나는 본능적으로 태아가 엄마 뱃속에 있을 때처럼 몸을 웅크렸다. 공포를 극복하고 호흡을 되찾기 위해서였다. 조금씩 폐가 다시 산소로 부풀어 오르는 것 같은 느낌이 들었다. 정상적으로 숨을 쉴 수 있을 때까지 기다렸다가 조심스럽게 누웠다. 그런데 심장이 다시금 요동을 쳤다. 그날 밤 나는 정말 너무너무 무서웠다. 잠깐이 너무 길게 느껴졌다. 아침에 일어나니 멀쩡했다. 하지만 이 일은 내 주치의나 다름없는 카림을 만나러 가야 할 만큼 나를 걱정스럽게 했다.

카림을 알게 된 지는 벌써 십이 년이 되었다. 카림은 나에게 너무 좋은 친구였다. 그런데 그는 눈밭에서 바캉스를 즐기는 중이었기 때문에 나는 그의 동료 의사들 중 여의사 한 명에게 진료를 받아야 했다. 청진으로는 이상한 점이 전혀 나타나지 않았다. 그 여의사는 나를 채혈을 하러 보냈고 엑스레이로 폐를 찍어 보게 했다. 그러고는 나의 증상에 대해 진단을 내렸다.

"마리-로르 씨, 아무런 이상이 보이지 않아요. 엑스레이를 찍어 본 결과 모든 게 정상입니다. 혈액 검사 결과도 전혀 이상이 없고요. 무슨 근심이라도 있으신가요? 불안에 의한 발작으로 보여지네요. 예방 차원에서 가벼운 강장제를 처방해 드리겠습니다."

일주일 뒤, 점심을 먹는 중이었다. 갑자기 위 속에 공 같은 게 들어 있는 느낌이 들었다. 크기도 아주 큰 공 같았는데 내장들을 내리누르는 느낌 때문에 너무 고통스러웠다. 나는 아무것도 삼킬 수가 없었다. 나는 곧바로 카림과 진료 약속을 잡았다.

"음……, 내가 이해한 게 맞다면 지난주에 아무것도 나타나지 말았어야 해. 이 두 번의 시기가 꽤 가깝네. 그게 좀 이상해. 조금 더 자세히 알아보기 위해 흉부에 초음파 검진을 해보는 게 좋겠어."

나흘 뒤 검사를 했다. 몹시 추운 방에서 다시 옷을 입고 있는데 초음파 검진사가 다소 경직된 얼굴로 커다랗고 투명한 사진을 손에 들고 다가왔다.

"그렇게 좋지 않은 얼굴을 하고 있다는 건, 내게 문제가 생겼다는 의미인 거죠?"

"네, 그렇습니다. 여기를 한번 보세요. 간 옆에 병변이 있는 게 보이시죠. 작은 결절들로 보이는데 복부 CT를 찍고 결과를 봐야 더 확실히 알 수 있을 것 같아요. 주치의에게 바로 연락해서 나에게 처방전을 팩스로 보내 달라고 해야겠어요."

병변? 결절? 나는 이런 단어들을 처음 들어보았지만 위험한 거라는 정도는 알고 있었다. 하지만 너무 걱정은 하지 않았다. 왜냐하면 의사가 다른 검사를 또 해야 한다고 말하는 것은 아직 모든 게 결정 나지 않았다는 걸 의미했기 때문이었다. 삼십 분 후 카림은 팩스로 처방전을 보내 주었다. 스캐너 검사 뒤 나는 다시 초음파 검진사의 결과 보고를 기다렸다.

"마리-로르 씨, 결과가 아주 좋지 않네요. CT를 통해 초음파 검사상 발견되었던 문제가 확실해졌습니다. 간 부위에 병변이 있네요."

"병변이 뭐죠?"

"종양이에요."

종양……, 이 단어가 무슨 뜻인지는 이미 알고 있었다. 에티엔 삼촌과 제라르 삼촌이 폐암으로 세상을 떠났다. 삼촌들은 공장에 다녔는데 평생 동안 석면을 마시며 일해야 했다. 종양에는 양성과 악성 두 가지가 있다는 사실도 나는 알고 있었다. 그래서인지 그렇게 두렵지는 않았던 것 같다. 그날 저녁, 나는 카림의 진료실에 있었다. 카림은 내 검사 결과를 보려고 봉투를 열었고, 표정이 어두워졌다.

"카림, 어떻게 생각해?"

"마리-로르, 잘 모르겠어. 종양의 크기는 작지만, 작다는 게 사실 큰 의미가 있는 건 아니야. 간 검진을 위해 위장병학 전문의와 진료 예약을 잡아 줄게. 그러고 나면 간 전문의와도 진료를 해야 할 거야. 만약 수술을 해야 한다면 어떻게 진행될지도 그분이 얘기해 줄 거고."

5월 5일, 구급차 한 대가 브로메이유의 우리 집 앞에 도착했다. 파리에 있는 살페트리에르 병원으로 나를 태워 가기 위해서였다. 퐁텐블로 병원에도 간 전문의가 있었지만 나처럼 다루기 힘든 경우는 이 분야 최고 권위자들에게 진료를 받아야 할 것 같다고 했다. 살페트리에르 병원에 도착하자 나는 유명한 간 전문의인 바이앙 교수의 진료실로 인도되었다.

"마리-로르 씨, 종양 조직을 채취하고 분석하게 되는 생체조직 검사를 하게 될 거예요. 국소 마취를 하고 진행되기 때문에 통증은 없을 겁니다."

나는 열흘 뒤 다시 병원에 가서 검사를 위해 수술실로 들어갔다. 한 의사가 마취를 하기 위해 내 배에 주사를 놓았다. 다른 의사가 약 삼십 센티미터 정도 되는 긴 튜브를 끼우기 위해 내 배를 절개했다. 그 끝에는 작은 톱니들이 장착되어 있었다.

"이거 보이시죠? 바로 이게 환자분의 종양 조직을 잘라 내게 될 거예요. 종양 부분에서 조직을 잘라 내는 순간, '짤깍' 하는 소리가 들릴 거고요. 무서워하지 마세요. 절대 움직이시면 안 됩니다. 그렇지 않으면 실패를 할 수도 있어요. 깜짝 놀라 흠칫 하면서 움직이지 않도록 하셔야 해요."

실제로 이 작은 물림장치들이 나의 종양을 씹는 소리는 매우 컸다. 하지만 상대적으로 나는 여유롭게 조용히 있었다. 그런데 이게 그들의 전문 분야가 맞는지 확실할 수 없을 정도로 나는 너무 아팠다. 며칠 뒤, 카림은 나에게 진료실로 오라고 했다. 조직 검사 결과가 나왔다는 것이었다.

"마리-로르, 미안해. 조직 검사 결과, 악성으로 나왔어. 심각하다는 의미야."

"어떻게 심각하다는 건데?"

“알 수 없어. 간내담관암이라고 네 연령대의 여성들에게서는 매우 드물게 나타나. 일반적으로 남성들에게서, 그것도 육칠십 대에서 주로 나타나는 암이거든.”

“이 암에 걸리는 이유는 뭐지?”

“결정적인 요인이 있는 건 아니야. 많은 원인이 있을 수 있을 거고. 상한 고기를 너무 많이 먹어서일 수도 있고 유전적인 이유일 수도 있고.”

순간 나는 아버지가 우리에게 먹게 했던 초록색 닭고기가 떠올랐다…….

“하지만 마리-로르, 좋은 소식도 있어. 당신을 치료할 수 있다는 진단이 나왔어.”

“어떻게 치료를 한다는 거야?”

“항암 화학요법 치료일 것 같은데, 그건 바이앙 교수가 자세히 설명해 줄 거야.”

내 종양이 악성이고, 그 악성 종양이 간의 반을 차지하고 있다는 사실을 나는 받아들이기가 너무 힘들었다. 그렇다고 해서 죽음을 생각하지는 않았다. 나는 매우 낙천적인 사람이었으니까. 치료가 가능하다는 사실에 희망을 가질 수 있었다. 실제로 내가 두려웠던 건 화학요법 치료였다. 수년 전에 삼촌들이 치료를 받던 모습을 본 적이 있었다. 아프기 전에 삼촌들은 건강했다. 건강하다 못해 힘이 넘칠 정도로 보이기도 했다. 그런데 화학요법 치료를 시작하게 되면서 삼촌들은 엄청 말라 갔고, 창백해졌다……. 머리카락도 빠졌고, 수시로 구토를 했으며, 걷는 것조차 힘들어했다. 피할 수 없는 미래가 내 배를 옭아매고 있었다.

살페트리에르 병원에서 바이앙 교수는 나에게 항암 화학요법 치료가 필요하다는 것을 확인시켜 주었고, 퐁텐블로 암 전문의인 장-마리 피코가 내 치료를 주도하게 되었다. 닥터 피코의 진료실에 처음으로 갔던 날 그는 나에게 조금 차갑게 대했다. 쉰다섯 살 정도의 닥터 피코는 지나치게 진지한 표정이었다.

'별 재미는 못 보겠네.'

나는 닥터 피코 앞에 앉으면서 속으로 생각했다. 그는 서류 몇 장을 정리했고 책상 위에 손을 올려놓고는 자신만만한 태도로 나를 뚫어지게 쳐다보았다. 그리고 그는 예정된 세부 사항에 대해 설명하기 시작했다. 나는 몇 분 동안 조용히 앉아 닥터 피코가 의사들의 그 잘나신 의학 용어들을 써 가며 떠들어 대는 것을 들었다. 나는 그가 이야기하는 것을 전혀 이해하지 못했다! 나는 결국 중간에 끼어들 수밖에 없었다.

"저기, 프랑스어로 좀 말씀해 주시면 안 될까요?"

닥터 피코는 기분 상해하지 않았다. 그는 곧바로 이야기를 다시 시작했는데 내가 모든 내용을 잘 이해하며 따라오는지 확인해 가면서 처음부터 이야기해 주었다. 그러고 나자 닥터 피코도 어느새 긴장이 풀린 것 같았고, 그제야 우리는 거리낌 없이 모든 것에 대해 이야기할 수 있었다. 화학요법 치료는 종양의 크기를 줄이는 데 목적이 있으며 병든 부위를 공격하게 될 물질을 주입해서 진행된다고 했다. 그리고 오 개월 동안 일주일에 두 번의 치료를 하게 될 것이라고 했다.

"그러고 나면 저는 낫게 되는 건가요?"

"화학요법 치료로는 종양을 완벽하게 없앨 수는 없어요. 11월 초에 만약 종양이 줄어들었으면 나머지 부분을 절제하기 위해 환자분을 입원시키게 될 거예요."

"그러니까 11월이면 제가 완전히 나을 수 있다는 말씀이세요?"

"그러길 바라고 있어요."

"치료는 언제 시작하나요?"

"방이 설치되면 바로 시작합니다."

"방이요? 방은 이미 있는데요?"

나는 다른 걸 말하는 게 아닐까 생각했다. 하지만 이렇게 심각한 상황에서는 다소 어이없는 유머라도 생각 없이 던져 볼 수 있지 않나……, 하는 생각도 했다. 닥터 피코는 친절하게 미소를 짓더니 세심하고 끈기 있게 설명했다.

"방이라 함은 플라스틱 카테테르를 말하는데 환자분의 흉부 경정맥 위 피부에 이식하게 될 거예요. 그 후에 이 관을 통해 항암제를 주입하게 되죠."

"이식은 어떻게 하게 되나요?"

"이식 수술은 사십오 분 정도 될 거예요. 통증도 없을 거고요."

하지만 이 고약한 카테테르를 이식하는 데 세 시간 반이 걸렸다. 내 경정맥이 너무 얇았기 때문이었다. 그래서 그들은 혈관을 팽창시키는 약물을 주입시켰는데 이 플라스틱 삼각형 관을 자리 잡게 하기 위해 여러 번 주입시켰다. 그러다 결국 국부마취 효과가 약화되었고, 수술이 끝날 때까지 흉부에서 둔통이 퍼졌다.

몇 시간을 널빤지 위에 누워 있었더니 집으로 돌아왔을 때는 엉덩이는 경직되고 등은 멍이 들어 있었다. 특히 몸이 흔들렸고 피곤했다, 정말 너무너무 피곤했다……. 버스 정류장으로 나가 학교와 유치원에서 돌아오는 아이들을 맞이하려면 기운을 내야 했다. 아이들은 내 목에까지 감겨 있던 어마어마한 붕대를 보고는 계속 질문을 하며 나를 괴롭혔다. 두 아들은 여기저기 매달리기까지 하느라 정신이 하나도 없었다.

"엄마, 왜 붕대를 감은 거예요? 붕대 안에는 뭐가 있어요? 엄마, 어디 아파요? 엄마한테 뭘 한 거예요? 엄마, 나았어요?"

엄마를 보고는 '아야 했다'고 하는 이제 십팔 개월 된 마르고에게 만지면 안 된다고 설명하기란 쉽지 않았다. 불쌍한 꼬맹이는 나에게 더 이상 다가오려고 하지 않았다……. 나는 아이들의 모든 질문에 답을 해주었다. 나는 우리 아이들에게 내가 암에 걸렸다는 사실을 절대로 숨기고 싶지 않았다. 간암이라고 진단받았던 날, 나는 그 사실을 아이들에게 말했다. 처음에 아이들은 '암'이라는 단어를 듣고 내가 곧 죽을 거라고 생각했다.

“그건 어떻게 걸리는 거예요, 엄마?”

“그건 알 수 없대, 줄리야.”

“그럼 우리도 그 암에 걸릴 수 있어요?”

“아니, 그럴 수 없어.”

“그런데 왜 엄마는 걸렸어요?”

“운이 없어서 그런 거야.”

내가 어떤 고통을 겪는지 아이들이 이해할 수 있도록 하기 위해서 나는 냉장고 안에서 카망베르 치즈를 꺼내 네 조각으로 잘랐다.

“자, 이 카망베르가 엄마의 간이라고 생각해 봐. 이 한 조각이 병든 부분이고 나머지 세 조각은 건강한 부분이란다. 항암 화학요법은 이 망가진 부분의 크기를 줄이려는 치료법이야. 크기를 줄인 다음 없애게 될 거고.”

“화학요법 치료는 아파요?”

“아니, 전혀 아프지 않대. 엄마 피부 밑에 플라스틱으로 된 작은 삼각형 관을 넣어 놓았다가 거기로 통증이 없는 약물을 주입해 주는 거래. 엄마는 이제 병원에 자주 가게 될 거야. 그리고 병원에 다녀오면 무척 피곤할 거란다.”

줄리, 티보, 마티유는 내가 종종 집에 없을 거라는 것과 건강해지기 위해서는 어쩔 수 없다는 것도 아주 잘 이해했다. 아이들은 걱정도 했지만 모든 사실을 알고 싶어 했다. 질보다는 아이들의 반응이 훨씬 더 정상적이었다. 처음에 내가 암에 걸렸다는 사실을 막 알게 되었을 때 질은 카림의 진료실까지 나와 동행했고 카림은 그에게 나의 소식을 알리려고 했다.

"남편 분, 마리-로르는 건강에 신경 써야 해요. 집안일 남편 분께서 조금 도와주시면 좋을 것 같네요. 이제부터 마리-로르는 가능한 한 일하는 수고를 줄여야 해요."

"물론이죠, 돕겠습니다."

질의 도움이라……, 나는 항상 그의 도움을 바랐다. 하지만 나의 암 발병은 아무것도 바꾸지 못했다. 질은 전보다 더 손가락 하나 까딱 하지 않았다. 내가 종양이 악성이라는 사실을 그에게 알렸을 때, 그는 한마디 덧붙였다.

"빌어먹을, 나는 절대로 네가 할 일을 대신하고 싶지 않아!"

"아주 고마워, 당신 덕분에 기운이 나네."

솔직히 나는 한계에 다다라 있었다. 우리 둘 사이의 상태가 정체 상태에 빠져 있은 지 이 년이 되었다. 나는 여전히 거실 소파에서 잠을 잤다. 그는 계속 작업실에서 라디오 램프를 수리하면서 아이들은 전혀 돌보지 않았다.

내가 질과의 관계에 있어서 큰 결심을 하게 된 건 닥터 피코의 조언 덕분이었다.

"항암 화학요법은 심적으로도 육체적으로도 정말 힘들어요. 이런 이유 때문에 치료를 시작하기 전 건강한 정신을 유지하라고 말씀드리는 거예요. 가능한 한 걱정은 최소한으로 하려고 노력하시고 도움을 받는 것을 주저하지 마세요.”

당연한 이치였다. 정신적으로도 육체적으로도 건강한 상태에서 항암 화학요법을 시작하기 위해 나는 질과 헤어져야 했다. 나는 홀로 깊이 고민해 본 뒤 결정을 내렸다. 아무에게도 말하지 않고 퀴소 근처 집들을 보러 다녔다.

퀴소에는 아이들이 다니게 될 학교와 유치원도 있었고, 내 주치의 카림도 있었다. 보러 다녔던 집들 중 정원이 딸린 단층집이 마음에 들었다. ‘나그네들의 비스트로’ 바로 옆에는 도로가 있었는데, 그 집은 그 도로 위에 솟아 있는 다리 옆에 있었고, 어느 근로자가 살고 있었다. 임대차 계약서에 서명을 할 때 집주인을 만났다. 그에게 내가 몸이 아프다는 이야기를 했더니 보증금을 면제해 주었다.

“건강을 되찾는 데 조금이나마 도움이 되었으면 좋겠네요.”

집주인은 너그러운 사람이었다. 이번 이사는 정말 돈이 많이 들 예정이었다. 하지만 가족 수당 덕분에 집세를 어느 정도 감당할 수 있었다. 그리고 마르고가 태어났을 때부터 시작된 자녀 양육 교육 휴가 수당이 남아 있었다. 대략 1천 유로 정도면 충분했다. 브로메이유 집에서는 세탁기와 증조할머니 때부터 썼던 아버지가 물려준 찬장 외에는 아무것도 가져오고 싶지 않았다. 컴퓨터도 질에게 남겨 두고 왔다. 나머지는 전부 친구들이 도와주었다. 임대 계약은 6월 1일부터 효력이 발생되었기 때문에 지금 세입자들이 집을 비울 때까지 냉장고, 텔레비전, 포르미카 스타일 식탁, 이층 소파 침대들을 창고에 보관했다. 나는 내 우편물이 이 주소로 도착할 수 있게 했다. 이제 할 일은, 말을 빙빙 돌리지 않고 아이들에게 사실을 정확하게 털어놓는 것과 질에게도 알리는 것밖에 남아 있지 않았다.

"얘들아, 이쪽으로 좀 모여 볼래? 엄마가 할 말이 있어."

"엄마, 무슨 일 있어요?"

"알겠지만 아빠랑 엄마는 더 이상 예전처럼 서로를 사랑하지 않아. 이제 너희 학교에서 가까운 퀴소에서 엄마랑 살러 같이 갈래? 엄마가 일층 집도 하나 구해 놨어. 여기처럼 크지는 않지만 작은 정원도 있단다."

조금 갑작스러웠을 텐데도 줄리, 티보, 마티유 모두는 만장일치로 의견을 모았다.

"그게 엄마가 원하는 거라면요. 엄마, 우리가 원하는 건 엄마와 함께 지내는 거예요."

아이들은 아빠와의 관계가 소원해진 지 이미 오래였다. 질은 아이들과 함께 시간을 보내지 않았다. 내가 떠난다는 사실을 질에게 알리는 건 아주 간단했다.

"질, 난 당신을 떠날 거야. 그리고 아이들은 내가 데리고 갈게."

"어떻게 살려고?"

"퀴소에 집을 구해 놨어, 곧 떠나."

"자신 있어?"

"우리는 더 이상 가능성이 없어."

"내가 뭘 해주길 바라니? 돈 좀 보태 줘?"

"아무것도 필요 없어. 매번 똑같아. 서로 욕하고, 당신은 나에게 도움을 줄 거라고 거짓 약속하고, 일주일은 노력하나 싶다가 결국 아무것도 안 하지. 나는 온 힘을 다해 버텼지만 이제 힘이 다 빠져 버렸어. 정말 이제 끝이야."

양육비는 문제가 되지 않았다. 브로메이유 집은 질의 이름으로 되어 있었고 집값을 내는 것도 그였다. 그럼에도 질은 얼마 전 그의 부모가 가입했던 생명보험 덕분에 약간의 돈도 받았다. 나는 우리 둘의 공통 계좌에 들어 있던 돈의 반인 1만 1천 유로를 출금했다. 나는 2천 유로씩을 아이들 각자의 계좌에 넣어 주고 나머지는 나를 위해 가지고 있었다. 미리 알아서 양육비 삼아 정리를 해놓는 게 나을 것 같았다. 사실 모든 게 어떻게 정리될지는 알 수 없었기 때문이었다.

6월 1일, 나는 친구들의 도움으로 이사를 했다. 내가 항암화학요법을 시작하기 사흘 전이었다. 나는 내 인생의 골칫거리를 정리했고, 이제는 준비가 끝났다.

항암 화학요법 치료

아이들은 이사를 한다니까 매우 들떠 있었다. 환경이 바뀌게 되고, 학교나 유치원 친구들처럼 우리도 퀴소에서 살게 될 것이라는 사실에 정말 좋아했다. 새로운 집의 크기는 브로메이유 집보다 훨씬 작았지만 아이들은 금세 적응했고 집 여기저기가 온통 아이들의 흔적이었다.

거실은 두 배였으나 방은 두 개밖에 없었다. 줄리가 마르고와 함께 오른쪽 방을 사용했고 티보와 마티유는 왼쪽 방이었는데 이층 침대 두 개를 놓아 주었다. 아이들은 대부분의 시간을 이 두 방 사이에 있는 거실에서 뒹굴며 보냈다. 장난감 상자며 카세트 비디오들을 거실에 정리를 해 두었다. 나는 이사 와서도 습관이 바뀌지 않았다. 여전히 거실 소파에서 계속 잠을 잤다. 전혀 불편하지 않았다. 저녁에 텔레비전을 틀어놓지 않으면 잠을 이룰 수가 없었다. 그래서 밤새도록 텔레비전을 켜 놓았고 아이들도 별로 개의치 않았다.

오늘 아침, 일곱 시에 알람이 울리자마자 나는 병원에서 가르쳐 준 대로 흉부에 패치를 붙였다. 카테테르를 이식한 부위의 피부를 무감각하게 만들기 위해서였다. 몇 시간 뒤에 바로 그 부분에 주사를 맞게 될 것이다. 구급차 운전사인 로즐린이 나를 데리러 왔다. 아이들은 우리와 함께 차에 올랐다. 로즐린은 퐁텐블로 도로로 접어들기 전에 아이들을 학교에 내려주었다.

나는 퐁텐블로에서 아홉 시 진료가 예약되어 있었다. 약속 장소에 도착하자 그녀는 어느 건물 앞에 주차를 하고는, 나를 삼층에 있는 암 병동으로 올려 보냈다. 나는 독방으로 안내되었는데, 방의 색채가 참 세련되었다고 생각했다. 간호사가 들어와 카테테르에 주삿바늘을 꽂고는 내 머리 위쪽에 약물 팩을 두었다.

마침내 치료가 시작되었다. 나는 그렇게 누운 채로 여섯 시간 동안 친절한 서비스 직원 정성스러운 돌봄을 받았다.

저녁에 집으로 돌아올 때 내 컨디션은 좋았다. 다음 날이 다시 치료가 시작될 때까지도 몸 상태는 괜찮은 것 같았다. 하지만 부작용에 대해서도 걱정이 되기 시작했다. 총감독관과 한 시간여 동안 이야기를 나누었는데 그녀는 나에게 어떤 부작용이 나타날 수 있는지 자세하게 설명했다. 그녀는 손과 발이 근질거리는 느낌, 차가운 것을 만졌을 때 감각이 무뎌지는 것, 구토, 현기증을 예로 들었다. 내가 혹시 머리카락이 빠지는지 묻자 그녀는 나에게 이 화학요법 치료 때문에 내 민머리를 볼 위험까지는 무릅쓰지 않아도 된다고 보장했다.

그녀의 말이 맞았다. 내가 가장 고생했던 건 냉장고를 열고 무언가를 잡으려고 할 때 손가락 끝이 너무 무디어져서 손으로 잡은 게 무엇인지조차도 느낄 수 없었던 것이었다. 그러고 나면 손가락을 따뜻하게 해줘야만 했다. 얼마 동안은 내가 요구르트 하나를 먹고 싶을 때도 줄리가 대신 꺼내 주었다. 아침에 구토를 하는 경우는 드물었다. 항암 화학요법 치료를 진행하는 날, 이런 소소한 부작용들만 없으면 집으로 돌아가 편안한 마음으로 쉬어야 했다. 카림의 병원에 다녀오는 것과 별다르지 않았다.

학년 말이면 아이들은 피곤해했고 방학 중에는 더 견디지를 못했다. 줄리는 전혀 문제가 되지 않았다. 줄리는 대부분 조용히 컴퓨터를 하며 지냈다.

하지만 티보와 마티유는 너무 소란스러웠다. 둘을 떨어뜨려 놓지 않으면 집안 분위기는 삽시간에 엉망이 되어 버렸다. 두 아들도 내가 아프다는 걸 알고 있었지만 사실 잘 와 닿지 않았을 것이다. 왜냐 하면 겉모습만 보면 나는 아주 멀쩡했기 때문이다. 그래서 이 두 녀석은 나를 들들볶아 아주 혼이 나가게 했다. 내 친구 지슬랭이 가끔 하루나 이틀 동안 나에게 숨 돌릴 시간을 주기 위해서 티보와 마티유를 돌봐 주곤 했었다.

6월 말에는 티보가 아빠를 찾았다. 사실 아빠에게 가장 애착을 가진 아이는 티보였다. 나는 질에게 전화를 걸어 주말 동안 아이들을 데리고 가겠냐고 물었다. 줄리는 내키지 않아 했지만 두 아들들에게는 좋을 거라고 생각했다.

7월 중순에 첫째와 둘째는 야외 활동 센터에 참여해 이 주 동안 브르타뉴 해변으로 떠났다. 마티유는 세실의 집에서 지내는 경우가 많았다. 비로소 집이 한결 조용해졌다. 정말 다행이었다. 당시 나는 등 아래쪽에 통증이 있었다. 통증은 점점 더 심해져서 아침에 일어나기가 힘들 정도였다. 하루 종일 허리가 욱신거리는 바람에 움직임을 최소화할 수밖에 없었다. 견디기가 힘들었다. 카림은 나에게 최대한 빨리 담당 암 전문의와 진료를 잡으라고 했다. 담당 암 전문의는 진료를 마친 후 뼈 스캔, 폐 엑스레이, 흉요추 MRI 검사를 하게 했다. 검사 다음 날, 닥터 피코가 진료실로 불렀다.

"마리-로르 씨, 검사 결과 척추로 전이된 것으로 나왔습니다."

"전이가 뭐죠?"

"더 정확하게 말하자면 전이일 수도 있고 아닐 수도 있어요. 간에 생긴 종양이 다른 곳으로 퍼졌어요. 10번 척추가 마치 흰개미가 갉아먹은 들보처럼 되어 버렸어요. 바깥은 멀쩡해 보이지만 안쪽은 부식되고 확장되었어요. 계속 이렇게 된다면 척추가 끊어질 수 있어요."

"그럼 어떻게 해야 하나요?"

"방사선 치료로 척추를 강화시켜 부러지지 않도록 해야 합니다."

"그게 뭐죠?"

"광선을 이용하는 치료법이에요. 환자분의 뼈를 튼튼하게 하고 척추를 더욱 공고히 하고자 하는 게 목적이죠.

"오래 걸리나요?"

"10회기를 먼저 시행하게 될 거예요."

"아픈가요?"

"전혀 아프지 않습니다."

"알겠습니다. 그렇게 하죠."

간의 종양이 커지는 중이라는 걸 알고는 있었지만 그래도 긍정적으로 생각하고 있었다. 나는 항암 화학요법 치료도 마무리하지 못하고 있었다.

두 번째 치료의 최종 결과가 부정적인 것으로 확인되면 걱정스런 시간을 보내게 될 것이었다. 실제로 결과가 어떻게 나오느냐가 나에게는 정말 중요했다. 화학요법의 치료 회기와 다르게 방사선 치료는 빠르게 진행되었다. 삼 분이면 끝났다.

믈룅 종합병원에서 한 치료가 가장 오래 걸렸다. 믈룅 종합병원은 치료를 시작한 곳으로 우리 집에서 사십오 킬로미터 떨어진 곳이었다. 가는 데 한 시간, 오는 데 한 시간이었는데 이 주 동안 주말만 빼고 날마다 그렇게 치료를 다녀왔다.

8월 초, 집에는 나와 마티유, 마르고 뿐이었다. 줄리는 매년 그렇듯 브르타뉴의 대모 집에서 휴가를 보내기 위해 떠났고, 티보는 오르베뉴의 대부 집에 가 있었다. 첫 회기 치료 후, 허리 통증은 전혀 나아지지 않았다. 등이 계속 아팠다. 두 번째 치료를 할 때였는데, 거의 다 끝나갈 무렵 등의 통증이 너무 심해지기 시작했다. 나는 치료를 멈춰 달라고 소리쳤지만 의사들은 나에게 이성을 찾으라고 했다.

"환자분, 잘 참으셔야 돼요. 다섯 번째나 여섯 번째쯤 되면 효과가 나타나는 걸 느끼실 거예요."

정말 의사들 말이 맞았다. 일주일 후, 전보다 움직임이 나아진 게 분명하게 느껴졌다. 열 번째쯤 치료를 마치고 나서 나는 다시 청소도 하고 양말도 신을 수 있었다. 게다가 항상 안아 달라고 하는 막내 마르고를 안을 수도 있었다. 마르고는 언니 줄리와 반대로 하루 종일 내 품안에 달라붙어 지냈다. 통증이 사라지자 나는 너무 기뻤다. 하지만 너무 빨리 안도했던 걸까. 치료가 잘 진행되었는지 확인하기 위해 닥터 피코는 나에게 간 MRI 검사를 하게 했고 복부 CT도 찍게 했다. 그런데 결과는 그동안의 안심을 순식간에 날려 버렸다.

"마리-로르 씨, 유감스럽지만 종양이 줄어들지 않았어요."

"무슨 말씀이시죠?"

"전에 했던 화학요법 치료가 전혀 효과가 없었어요.

닥터 피코의 말에 나는 가슴이 아팠다. 그러니까 일주일에 꼬박 이틀씩 병원에서 보낸 게 두 달인데 헛된 일이었다니……, 목이 메어 왔다. 나는 낙담하지 않으려고 무진 애를 썼다.

"그럼, 이제 뭘 하죠?"

언뜻 보니 이곳 파리 병원의 의사 아저씨들은 나의 항암 화학요법 치료를 계속해 나가는 게 의미가 없다고 결정한 것 같았다. 닥터 피코는 나에게 '조금 다른' 두 번째 치료를 권했다.

"첫 번째보다 강도가 더 센 치료예요."

닥터 피코가 나에게 말했다

"어떤 면에서 강하다는 건가요?"

"지난 치료보다 육체적으로 더 많은 반응이 나타날 거예요. 아마 더 피곤할 거고 또 힘든 점이 있는데……."

"머리카락이 빠지나요?"

"그럴 가능성이 큽니다, 맞아요."

"전처럼 계속 일주일에 두 번 오면 되나요?"

"아니오, 그렇지 않아요. 방식이 바뀔 거예요. 일주일에 이틀 대신 이 주에 한 번 사흘 동안 치료하게 됩니다. 그런데 문제는 그날 치료가 끝나고도 집에 돌아가실 수 없고 입원을 해야 한다는 거죠."

조금 다르다고? 이건 확실히 더 강제적이잖아! 하지만 회복될 수만 있다면 해볼 만한 가치는 있었다.

"저는 선택권이 없잖아요, 선생님. 알겠습니다."

집에 와서 나는 아이들과 함께 앞으로 어떻게 해야 하는지 생각을 정리해 보았다. 내가 치료 때문에 집을 비우게 될 삼 일 동안 누가 아이들을 돌봐 줄지 고민해야 했다. 줄리와 마티유는 사실 복잡할 것도 없었다. 세실 집으로 가면 되니까 말이다. 하지만 티보와 마르고는 주의도 더 많이 기울이며 돌봐야 했기 때문에 맡아 줄 사람을 찾는 게 쉽지 않았다.

언젠가 브로메이유 시장의 아내이자 보모 일도 하는 멜린다가 나에게 내가 필요한 날 꼬마들을 봐 주겠다고 했다. 멜린다에게 전화를 하자 그녀는 내가 입원하게 되는 동안 아이들을 맡겨도 좋다고 흔쾌히 말해 주었다. 아이들은 환호까지는 아니었지만 그래도 세실과 멜린다 집에 가서 자게 된다는 것을 꽤 즐거워했고, 어쩔 수 없는 일이라는 것도 이해했다.

나는 아이들에게 나의 첫 화학요법이 실패했다는 사실을 말하지는 못했다. 아이들은 엄마의 치료가 생각했던 것보다 조금 더 길어질 것이라는 걸 짐작하고 있었다. 그래서 마치 항상 그래 왔던 것처럼 이런 갑작스러운 일에도 반항하지 않고 잘 따라와 주었다. 다행히 아이들은 이 집 저 집을 떠도는 데 익숙했다.

그런데 문제가 한 가지 있었다. 멜린다가 밤에 아이들을 돌보는 것에 대한 승인이 없었던 것이다. 나는 모자보호센터(PMI, Protection maternelle et infantile, 출산, 육아, 부부 관계에 관한 상담도 해주고 정보도 제공해 주는 곳—옮긴이)에 소송을 제기해 두고 이러지도 저러지도 못하고 있었다. 그런데 '암과 싸우는 협회Ligue contre le cancer'

라는 단체가 이런 상황을 해결해 주었다. 협회는 처음부터 내 편에 서 있어 주었다.

6월 초, 내가 퐁텐블로 병원에 있을 때 이베트가 나를 찾아왔다. 이베트는 발랄하고 사랑스러운 자그마한 여성이었다. 그녀는 나에게 협회를 소개하는 자료를 주었고, 그때부터 암 연구 업무 차원에서 방문할 때마다 나를 보러 왔다. 이베트는 올 때마다 나에게 무엇을 해주길 원하는지 물어보았다. 내가 입원해 있는 동안 아이들을 돌보는 문제에 대해 말하자 그녀는 곧바로 여기저기 전화를 돌렸다. 단 이틀 만에 문제가 해결되었다.

8월 초 수요일에 두 번째 치료가 시작되었다. 나는 진행 과정에 꽤 익숙해져 있었다. 첫날의 치료는 수분 공급이 주를 이루었다. 나는 하루 종일 혈관을 통해 수액을 맞으며 수분을 공급받았다. 그나마 강아지처럼 여기저기 따라다니는 링거 '팔찌' 때문에 나는 일어나 다닐 수 있었다. 하루에 열네 번이나 화장실을 들락거리느라 바빴는데 천만다행이었다. 둘째 날에는 간호사가 나에게 약물을 주입했다. 아마도 부작용을 피하기 위한 것 같았다. 셋째 날에는 병원에 머물렀다. 의사들은 내 상태가 어떤지 지켜보았다. 금요일 오후 네 시쯤이 되어서야 '젖병'과 함께 나는 풀려났다. 정말 아기 젖병 크기의 큰 가스관이었는데 목 부위에 그걸 붙여 주었고, 열두 시간 동안 온몸에 천천히 화학요법 치료약을 퍼뜨려 줄 수 있도록 배에도 매달아 두었다. 토요일 아침에 그걸 빼기 위해 간호사가 집으로 왔다.

나는 이 모든 치료 과정 동안 피로감 말고는 별다른 징후 없이 지냈다. 육체적으로도 정신적으로도 피곤했다. 그런데 이런 정신적인 피로감은 나로서는 처음 겪어 보는 것이었다. 금요일 저녁 집에 돌아오면 정신적으로 너무 힘들었다. 도저히 견디기가 힘들 정도였다. 눈에서는 불이 난 듯 열이 났다. 나 스스로 너무 불행하다는 생각이 들면 고개를 뒤를 젖히고 잠깐 동안 눈을 감고 있었다. 그러다 보면 마음이 조금 가라앉는 것 같다가 순식간에 잠에 빠지곤 했다.

내가 바라는 거라면 딱 한 가지뿐이었다. 주말 동안 잠을 푹 자는 것이었다. 줄리와 마티유는 주말에도 세실 집에 있을 수 있었다. 하지만 멜린다는 금요일 저녁에 티보와 마르고를 집으로 데려다주었다. 매주 주말이면 지슬랭이 내가 한숨 돌릴 수 있도록 멜린다와 교대를 했다. 나는 마르고만 돌보면 됐다. 가끔 티보도 함께였다. 왜냐하면 다른 형제들보다 유독 나에게 매달렸기 때문이다. 티보는 나와 떨어지는 걸 견디기 힘들어했다. 나는 잠깐이나마 휴식을 취하고 일요일 오후에 아이들을 데리러 갔다. 아이들로서는 기분 좋은 상황은 아니었을 텐데 아무 말 없이 잘 따라주었다. 심지어 아이들은 친구들 집 여기저기를 떠돌며 자는 것을 익숙하게 여겼다.

8월은 매우 빨리 지나갔다. 9월에 아이들은 학교로 돌아갔다.

줄리는 6학년(우리나라 경우, 초등학교 6학년에 해당한다.—옮긴이)에, 티보는 CE2(우리나라의 초등학교 3학년에 해당한다.—옮긴이)에, 마티유는 유치원의 만 5세 반에 들어가게 되었다. 마르고의 경우는 탁아소 자리를 신청해 일주일에 이틀을 보낼 수 있게 되었다.

항암 화학요법 치료는 계속되었다. 항상 너무 피곤했지만 어느 정도 적응이 되었다. 나는 머리카락이 많이 빠졌다. 지난 화학요법 치료 초기에는 머리카락이 중간 정도 길이였다. 두 번째 치료가 시작되면서 나는 머리를 잘랐는데 그때만 해도 머리숱은 상당히 많았다. 하지만 점점 날이 갈수록 머리를 감을 때마다 머리가 한 움큼씩 빠졌다.

나는 일주일에 한 번 이상은 머리를 감지 않아야겠다고 결심했다. 머리를 감고 나서 말릴 때도 머리를 털지 않고 수건으로 조심스럽게 꾹꾹 눌러 주었다. 나는 빗도 안 보이는 데로 치워 버렸다……. 나는 아주 조심했다. 왜냐하면 두피에 듬성듬성 머리카락이 빠지는 게 너무 두려웠기 때문이다. 운이 좋았던 건, 두 달 동안 무엇보다 숱이 적어지기는 했지만 심각하지는 않았다. 원래 숱이 워낙 많았기 때문이다. 그러고는 마침내 머리카락이 다시 자라나기 시작했다. 그래서 나는 치료가 잘 끝나 가고 있다고 확신했다.

우울한 금요일

두 번째 항암 화학요법 치료를 시작한 후 두 달하고도 오 일이 되자, 닥터 피코는 나에게 복부 CT 촬영을 해보자고 했다. 그날이 10월 24일 금요일이었는데 나는 검사 후 병원에서 결과를 기다리고 있을 수 없었다. 아이들이 학교에서 돌아오기 전에는 집에 있어야 했기 때문이다.

나는 월요일에 결과가 어떤지 알기 위해 닥터 피코에게 전화를 했다. 그는 별말이 없었다.

"살페트리에르 병원으로 다시 가셔서 바이앙 교수님을 뵙게 될 거예요."

금요일에 구급차가 집 앞으로 왔다. 일단 내 복부 CT 촬영 결과를 받아 바이앙 교수에게 가지고 가야 했기 때문에 우리는 퐁텐블로 병원에 먼저 들르게 되었다. 나는 커다란 서류를 받았는데 그 위에는 검은색 글자로 내 이름이 타이핑되어 있었다.

메조니오 마리-로르.

나는 구급차 앞자리에 앉아 무릎 위에 서류 봉투를 올려놓았다. 이 결과 때문에 긴장이 되어 별다른 생각을 하지 못한 채 도로만 뚫어지게 바라보고 있었다. 나는 항암 화학요법 치료를 연속으로 두 번 했다. 첫 치료는 효과가 없었고 이번 두 번째는 어떤지 결과를 빨리 알고 싶었다. 아무래도 좋다는 생각으로 서류를 뒤적거렸다. 두꺼운 서류 뭉치, X선 촬영 사진들 외 여러 사진들이 있었는데 나로서는 이해할 수 없는 것들이었다. 그런데 새하얗고 작은 봉투 하나가 허벅지 위로 툭 떨어졌다. 이 봉투는 밀봉되어 있었다. 살페트리에르 병원에 도착하려면 한 시간은 더 가야 했는데 내용이 너무 궁금해서 봉투를 뜯어보고 싶었다. 봉투가 밀봉되어 있으니 더 걱정스러웠다.

운전을 하고 있는 조엘을 곁눈질로 흘낏 보았다. 평소에는 로즐린이 운전을 했었기 때문에 조엘은 잘 알지 못했다. 내가 지금 걱정하고 있는 사실을 조엘과 공유해도 되는지 말을 꺼내기가 조심스러웠다. 하지만 나는 잠자코 앉아 참는 성격이 아니었다.

"이런 거 너무 싫어요. 이 작은 봉투에 비밀이 들어 있나 봐요."

"……."

"열어 봐야겠어요. 이의 없으시죠?"

"아, 안 돼요! 마리-로르 씨, 그러면 안 돼요. 이 봉투는 환자분이 열 수 있는 게 아니에요."

"그래도 내 건강에 대한 내용이 들어 있을 거 아니에요. 나에 대한 서류를 볼 권리는 있다고 생각하는데요, 아닌가요?"

"그렇기는 하지만, 그게 밀봉이 되어 있다는 건 다 이유가 있는 거죠."

"조엘 씨 덕분에 밀봉되어 있는 이유에 대해 생각해 보게 되네요. 열어 보겠어요."

나는 작은 봉투를 개봉했다. 그 안에서 종이를 끄집어 내서는 몹시 떨리는 마음으로 펼쳤다. 보고서 내용을 읽어 보았다. 하지만 읽어 내려가려고 하면 계속해서 뜻 모를 외국어나 다름없는 의학 용어에 자꾸 걸렸다. 나는 대충 훑어보고는 결론 부분을 보았다.

'다수의 폐 전이, 간좌엽의 전이, 척추체와 척추관 침습을 동반한 10번 흉추의 다발성 전이.'

"실패했구나."

조엘이 놀란 눈으로 나를 쳐다보았다. 나는 내가 큰 소리로 말을 내뱉었다는 사실조차도 깨닫지 못하고 있었다. 나도 모르게 목소리가 크게 나와 버렸다. 나는 내용의 반은 이해하지 못했다. 하지만 '전이'는 무슨 말인지 알았다. 그건 다른 게 또 있다는 소리였고, 그러니까 문제들이 또 생겼다는 뜻이었다. 내가 이해했던 게 맞다면 처음 발견된 종양은 간에 자리했고 확실히 작은 크기였다. 그후 척추뼈로도 전이되었고……. 이 단어로 생각해 볼 수 있는 건 한 가지뿐이었다. 종양이 줄어들지 않고 반대로 다른 장기로 퍼졌다면 이건 두 번째 항암 화학요법 치료도 효과가 전혀 없었다는 의미였다. 나는 내 미래에 대해 기대를 하지 않게 되었다. 어쩔 수 없는 일이었다. 차 안에 있자니 마음이 불편했다. 걱정이 되어서 마음이 너무 무거웠다. 그래서 나는 긴장을 풀고 싶은 마음에 괜한 농담을 하기 시작했다.

"자, 그럼 이제 저는 관이나 준비해야 되겠어요. 치료가 계속되면 시간이 없을지 모르니까요."

"……."

"너무 그렇게 심각한 표정 짓지 마세요, 좋은 점도 있어요. 이 기회에 새로운 의상 한 벌 장만해야겠네요. 그날 아름답게 보이고 싶거든요!"

조엘은 쓴웃음을 지었지만 나는 차 안의 분위기를 조금이라도 풀고 싶었다. 하지만 어떤 생각조차 할 수가 없었다. 다만 내 마음 저 깊은 곳에서 근심이 솟구치고 있다는 사실을 숨기고 싶었다. 절망한 모습을 보이지 않기 위해서 도대체 어떤 농담을 해야 할지 알고 싶었다. 정신적으로 너무 큰 타격을 입은 상태였다. 살페트리에르 병원에 도착한 나는 표정 관리를 하며 바이앙 교수의 진료실로 들어갔다. 나는 바이앙 교수에게 커다란 서류를 내밀었다. 그는 서류 하나하나, 사진 한 장 한 장, 그리고 그것들이 내포하고 있는 내용들을 주의 깊게 검토하기 시작했다. 그는 내가 핸드백 속에 넣어 둔 작은 봉투가 없다는 사실을 눈치 채지 못했다. 하지만 바이앙 교수 정도의 유능한 의사라면 종합 소견서가 없더라도 눈앞에 있는 자료들을 이해할 수 있을 거라는 생각이 들었다.

“마리-로르 씨, 이 종양을 수술하지 못하게 될까 봐 좀 걱정스럽네요.”

“…….”

“지금으로서는 다음 과정에 대해 말씀드리는 건 시기상조인 것 같습니다. 일단 환자분 상태와 관련된 다른 전공의들과 함께 의논을 해봐야 할 것 같아요.”

나는 바이앙 교수가 말하는 동안 말을 끊지 않고 가만히 듣고 있었다. 나는 죄책감이 들었고, 사실을 털어놔야 할지 고민이 되었다. 바이앙 교수는 가능한 치료를 찾아보겠다는 말만 되풀이할 뿐 더 이상 다른 말이 없었다.

조엘은 퀴소까지 나를 데려다주는 동안 마음이 불편해 보였다. 집으로 돌아가는 길에 나는 말을 별로 하지 않았다. 조엘은 나를 집 앞에 내려주고 인사를 건넸다. 하지만 내 찌푸린 얼굴을 보고 차마 발길이 떨어지지 않는 것 같았다. 그런데 나 역시 말을 꺼내고 싶은 마음이 전혀 없었다. 충격이 너무 컸던 것이다. 저녁에는 카림과 예약이 되어 있어 진료실에 가야 했다. 마르고가 중이염에 걸렸기 때문이었다. 진료를 하는 동안 내 CT 촬영 결과를 알고 있다는 티를 전혀 내지 않았다. 하지만 카림은 알고 있는 게 분명했다. 그에게도 내 검사 결과에 대한 모든 내용이 전달되었을 것이기 때문이다. 카림이 마르고의 처방전을 작성하기 시작했을 때가 되어서야 나는 본론을 꺼냈다.

"이제 말해 봐, 나는 가능성이 전혀 없는 거지?"

"왜 그렇게 말하는 거야?"

나는 핸드백에서 그 봉투를 꺼내 어리둥절해하는 그에게 들이밀었다.

"이게 뭐야?"

나의 친구 카림은 다리에 힘이 풀린 것 같았다……. 카림이 걱정스런 눈빛으로 말없이 나를 바라보았다.

"카림, 언제부터 알고 있었어?"

"며칠 됐어."

안쓰럽게도 카림은 겨우 입을 열고 말을 하고 있었다. 숨조차 제대로 쉬지 못했다.

"이 종이에서 내가 읽고 이해한 건, 난 이제 관이나 준비해야 한다는 거야."

"미안해."

"이 사실을 알았을 때 내게 바로 이야기해 줄 수도 있었잖아!"

"미안해……."

카림은 따뜻한 사람이기도 했지만 매우 섬세한 사람이었다. 나에 관한 좋지 않은 소식에 카림의 마음은 찢어졌을 것이다. 말하기 곤란한 사실을 알려야 할 때면 그는 의자에 앉은 채 몸을 비틀기 시작한다. 그리고 슬픈 코커스패니얼 눈빛을 하고는 시무룩한 표정으로 겨우 바닥만 뚫어져라 바라본다. 우리 둘이 서로 알고 지내면서부터 우린 서로 가족처럼 느꼈다. 사실 내 소식에 그는 큰 슬픔에 빠졌을 게 분명했다. 로제의 첫 번째 아내가 유방암으로 세상을 떠났던 경험도 그에게는 참 힘든 기억이었다. 그는 이 일이 모든 사람들에게 결코 쉽지 않은 일이라는 걸 알고 있었다. 그날 저녁 그가 너무 괴로워하며 의자에 잠자코 앉아 있기만 했던 모습을 나는 아직도 잊지 못한다.

"내게 시간이 얼마나 남은 것 같아?"

"난 몰라……."

"카림, 이제 속 시원히 털어놔 봐!"

"잘 몰라…… 내 생각에 시간이 그리 많지는 않아. 하지만 정확히 얼마나 남은 건지 물으면 뭐라고 말해야 할지 모르겠어……."

"시간이 많지 않다는 건 무슨 소리야?"

"몇 개월 살지 나도 몰라."

"정확하게 몰라?"

"나는 대답을 해줄 만한 입장이 아니야. 나보다 닥터 피코가 말해 주는 게 더 나을 거야."

"아, 그래?"

"미안해, 마리-로르."

"자, 자, 시무룩한 얼굴 하지 마. 어쨌든 나에게 미리 이야기해 주지 않은 건 정말 바보 같아. 하지만 원망하지는 않을게."

나는 마르고를 품에 안고 집으로 돌아왔다. 요아킴은 아이들에게 저녁을 먹이고 있었다. 나는 아이들을 데리고 침실로 가서 재우고 늘 그렇듯 뽀뽀를 해주고는 다시 요아킴과 식탁에 앉았다. 늦은 시간이라 나는 배가 고팠다. 불치 판정을 받고서도 식욕은 사라지지 않았다. 곧 죽게 될지도 모른다는 생각은 이미 해봤었다. 첫 번째 항암 화학요법 치료가 끝나고 아무런 효과가 없었다는 걸 알았을 때, 나는 이런 생각을 했다.

'내가 죽으면 어쩌지?'

관을 사려면 비용이 얼마나 드는지 계산해 보기도 했다. 그런데 참 이상하게도 내가 죽고 난 뒤 아이들은 어떻게 되는지에 대해서는 생각해 본 적이 없었다. 그때는 죽음이라는 게 와 닿지도 않았고 확실하지도 않아서 그저 마음속으로만 낫게 될 거라고 막연하게 생각하고 있었던 것 같다. 하지만 이제는 더 이상 피할 수 없게 되었다. 나에게 얼마만큼의 시간이 남아 있는지 정확하게 알 수는 없었다. 하지만 그게 얼마가 됐든 이제는 정말 죽음을 준비할 수밖에 없었다.

곧 죽게 된다는 사실을 알고서도 나는 눈물을 흘리지는 않았다. 나는 원래 질질 짜는 사람이 아니다. 어릴 때는 다른 아이들처럼 울기는 울었다. 하지만 정말 처음으로 오열을 했던 건 할머니가 돌아가셨을 때였다. 그리고 청소년기에는 눈물이 말라 있었는데, 제왕절개 수술을 하고는 통증 때문에 저절로 눈물이 나왔다. 그 후로는 운 적이 없다. 사실 내가 두려웠던 건 죽음 자체보다도 통증이었다.

나는 처음으로 아이들의 미래에 대해 생각했다. 내 새끼들……, 나에게 소중한 유일한 보물들이었다. 내가 죽는 건 상관없었다. 하지만 아이들의 미래를 생각하니 걱정스러웠다. 아이들을 어떻게 해야 하지? 내가 죽게 되면 누가 나타나 아이들을 돌보게 될까? 내 새끼들은 아직 너무 어렸다. 줄리가 이제 열한 살, 티보는 아홉 살, 마티유는 다섯 살, 마르고는 겨우 두 살이었다. 내가 죽고 나면 누가 이 아이들을 돌봐 줄까? 질? 절대 안 돼! 하지만 그렇다고 누가 있을까? 아버지는 죽었고 나에게 어머니는 없다. 질의 부모도 세상을 떠났다. 내 친구들은 자기 아이들이 있고, 마리-테 선생님 역시 좋은 할머니가 되어 주실 수는 있지만 아이들을 돌봐 주실 수는 없다. 그렇다면 누가 있을까? 네 명이서 한 집에 같이 살아갈 수 있을까? 네 명의 아이들을 함께 살 수 있도록 거처를 마련하기란 정말이지 쉬운 일이 아니다! 아이들의 앞날을 생각하느라 내 머릿속은 뒤죽박죽이었다. 나는 생각이 깊은 여자가 아니어서 생각보다 행동을 먼저 하는 편이다. 이게 내가 살아가는 나만의 방식이었다. 이번에도 내 방식대로 해보기로 했다.

다음 날은 토요일이었다. 오후에 나는 요아킴에게 전화를 했다.

"여보세요, 나 마리-로르야."

"여보세요."

"나 오늘 저녁에 일이 좀 있는데 아이들 좀 봐 줄 수 있어?"

"응, 괜찮아."

요아킴은 이런 식이다. 도와주는 데는 항상 일등이다.

세실과 나는 요아킴을 '토스모노트tosmonaute'라고 불렀다. 요아킴이 포르투갈 출신이라 포르투갈 사람들을 가리키는 '포르토스Portos'의 '토스tos'와 귀가 한쪽밖에 없는 사람이란 뜻의 '모노트monate'를 합쳐 '토스모노트'라고 불렀다. 그는 머리칼과 수염이 길고 덥수룩해서 온 얼굴과 머리를 뒤덮고 있었다. 그래서 귀가 한쪽밖에 없어서 저렇게 가리고 있는 게 아닌가 싶었다.

원래는 슬레이트공이지만 그는 배관 공사, 페인트칠, 심지어 필요할 때는 기저귀도 가는 등 못하는 일이 없었다. 그는 우리와 한 가족이나 다름없었다. 그 역시 불우한 어린 시절을 보냈다. 요아킴은 칠남매 중 다섯째였는데, 그의 말에 따르면 부모 사랑을 듬뿍 받아 본 기억이 없다고 했다. 그가 성적이 안 좋게 나오면 그의 엄마는 그를 때렸다고 했다. 그리고 안정적인 수입을 유지하기 전에는 엄청 고생을 하며 살았고, 심지어는 몇 달 동안 길거리에서 노숙을 하기도 했으며, 사장의 트럭에서 몰래 잠을 자기도 했다. 결혼을 한 적도 아이를 키워 본 적도 없었다. 나를 알게 되면서부터 가족이 무엇인지 조금이나마 느낄 수 있게 되었다. 어깨는 거대한 데다 여느 인부들처럼 투박한 손을 가져서 조금 거친 인상이기는 하지만 그는 정말이지 다정다감한 사람이다. 내가 퀴소로 이사를 했을 때 요아킴은 점점 더 자주 집에 왔다. 그러고는 곧, 오후 일곱 시 전쯤 일이 끝나면 우리 집으로 와 매일매일 함께 보냈다. 내가 줄리, 티보, 마티유의 유도 수업이 같은 날 한꺼번에 잡히지 않아 따로따로 데려다줘야 할 때면 요아킴은 남아 있는 아이들과 집에 있으면서 끼니를 챙겨 먹였다. 내가 등에 통증이 생기기 시작했을 때는 아예 우리 집에 살면서 내가 외출할 때면 항상 청소기를 돌리거나 걸레질을 했고 설거지도 했다. 아이들이 저녁에 자러 가면 우리는 함께 저녁을 먹었다. 그리고 내가 초코카라멜 사탕 봉지와 초콜릿 상자를 꺼내면 요아킴은 위스키를 가지고 와 저녁 내내 스크래블 게임을 하며 보냈다.

그날 토요일에 요아킴이 오자마자 나는 브로메이유로 달려갔다. 나는 가능한 한 빨리 질을 만나야 했다. 질을 만나자마자 늘 그랬듯 바로 본론으로 들어갔다.

"파리 병원에서 나온 결과도 좋지 않아. 종양이 여기저기 전이 됐대. 나에게는 시간이 얼마 없어."

"젠장!"

"말했지, 문제는 아이들이야. 어떡하지?"

"에휴, 나도 정말 모르겠어. 어쨌든 나는 아이들을 어떻게 돌봐야 하는지도 몰라."

"그럼 우리는 생각이 같네."

"뭐가?"

"그러니까 내가 아이들을 키울 수 있는 다른 사람을 찾아야 한다는 거지. 가능한 한 빨리."

이제 가능한 해결책에 대해 여러 방향으로 생각해 보는 일만 남은 것이었다. 어떤 문제가 시급한지 아직은 나도 알 수 없었다. 다음 수요일, 나는 마침내 닥터 피코를 만날 수 있었다. 카림이 그에게 내가 봉투를 열어 보았다는 것과 곧 내게 무슨 일이 닥칠지 나도 알고 있다는 이야기를 전했다. 그는 비주(뺨을 맞대며 '쪽' 소리를 내는 프랑스식 인사법—옮긴이)도 생략한 채 곧바로 주제의 핵심으로 들어갔다. 그는 바이앙 교수가 나에게 했던 말을 반복하고는, 머릿속에 떠오르는 궁금증이 있으면 무엇이든 물어보라고 했다.

"그러니까 암이 전이되었다는데……, 어디까지 퍼졌나요?"

"폐와 척추에 전이되었어요."

"회복할 가능성은 전혀 없는 건가요?"

"없다고 말씀드려야 해서 걱정스럽습니다."

"하지만 치료 후 컨디션이 좋았어요."

"그건 아무 의미가 없어요. 환자분의 장기들은 이미 병들었어요. 건강이 나빠지는 건 이제 시간 문제일 뿐이에요."

"내가 의지가 강하더라도 소용없는 건가요? 왜 그런 말 자주 하잖아요. 정신력이 강하면 병의 경과도 바꿀 수 있다고요. 난 싸울 수 있어요."

"환자분의 의지는 아무것도 바꾸지 못해요. 환자분 몸속에 있는 건 말하자면 모두 쓰레기라고 할 수 있어요."

"그럼 항암 화학요법 치료는 그만두는 건가요?"

"지금으로서는 그렇습니다. 치료는 중단합니다. 우리가 할 수 있는 치료가 어떤 게 있을지 고민해 보겠습니다."

"통증이 심해지나요?"

"모르핀 때문에 그렇지는 않을 거예요. 그리고 만약 통증이 심해지면 양을 늘리게 될 테고요."

"이제 마지막 질문을 할게요."

"무슨 질문일지 짐작은 가네요."

"그럼 대답해 주세요."

"운이 좋은 경우에 1월이라고 말씀드릴 수 있을 것 같습니다."

1월이라……, 아까 카림의 말은 너무 두리뭉실했다. 어쩌면 나에게 차마 진실을 이야기하지 못했던 것일지도 모르겠다. 이제 11월 초니까, 내가 살날은 두 달 남짓 남아 있었다. 닥터 피코는 '운이 좋은 경우'라는 말을 덧붙였다. 나는 정말 세게 한 방 얻어맞은 듯 정신이 없었다. 나는 잘 죽고 싶었다. 결국 모든 사람은 어느 날 죽게 마련이다. 하지만 이렇게나 빨리? 나는 바로 내 새끼들을 떠올렸다. 어쩌면 아이들과 크리스마스를 함께 보내지 못할지도 모른다. 또 어쩌면 티보가 12월 15일 생일날 촛불을 불어 끄는 것을 보지 못할지도 모른다. 정말 생각하기도 싫었다. 하지만 가장 힘든 점은 따로 있었다. 누가 우리 아이들을 돌보게 될까? 어서 해결책을 찾아야 했다. 어떻든 간에 아이들의 미래를 준비하지 않고는 떠나고 싶지 않았다. 모자보호센터에 연락을 하면 나와 함께 고민해 줄 것 같았다. 나는 당장 다음 날에 피티비에 모자보호센터에 전화를 했다.

"여보세요, 무엇을 도와드릴까요?"

"여보세요. 저는 마리-로르 메조니오라고 합니다. 제가 암에 걸렸는데 전신으로 퍼져서 얼마 살지 못하게 되었어요. 제가 세상을 떠나고 나면 우리 아이들은 어떻게 지내게 되는지 알고 싶어서 연락드렸어요."

"아, 만약 가족 중에 아이들을 돌봐 줄 분이 아무도 없다면 아이들은 위탁 가정에 맡겨지게 될 거예요."

"사남매예요. 아이들이 모두 함께 지낼 수 있었으면 좋겠어요."

"네, 당연히 그러시겠죠. 형제가 여러 명인 경우 해결책이 있기는 해요. 'SOS 어린이 마을'이라는 단체에 대해 들어보신 적 있나요?"

"들어본 것 같아요. 거기에 연락하면 우리 아이들이 헤어지지 않고 함께 지낼 수 있게 해줄까요?"

"이 협회가 하는 일이 딱 그거예요. 형제자매들이 함께 자랄 수 있게 도와준답니다."

"혹시 퓌소 근처에도 이 단체가 있는지요?"

"오를레앙 쪽에 하나 있습니다."

"아, 그래요? 감사합니다. 생각해 볼게요."

오를레앙이라고? 육십오 킬로미터밖에 떨어져 있지 않은 곳이다. 그런데 아이들의 삶이 많이 달라질 필요가 없다면 천 킬로미터가 떨어져 있다 한들 가야 할 것이었다. 하지만 거기서 아이들은 처음부터 다시 시작해야 할 것이다. 나는 아이들이 전혀 알지 못하는 곳에 도착하는 모습과 거기서 전혀 알지 못하는 사람들과 함께 살아가는 모습을 상상했다. 그리고 운이 좋다면 나도 그 사람들을 한 번 만나 볼 수 있으면 좋겠다고 생각했다. 나는 아이들이 특징 없는 방에서 잠드는 모습을 떠올렸고, 새로운 친구들을 만나는 모습을 떠올렸다. 그리고 떠오른 생각은 내가 어떻게 이런 걸 아이들에게 강요할 수 있을까……였다. 내가 세상을 떠난 직후 아이들이 가장 필요로 하게 될 것은 바로 주위 사람들일 것이다. 아이들의 삶은 퀴소에서만이 같은 방식으로 흘러갈 수 있을 것이다. 친구, 학교, 아이들의 익숙한 모든 것들이 퀴소에 있었다. 아이들의 삶은 어차피 뒤죽박죽 되어 버리겠지만 변할 수밖에 없다면 최소한만 변했으면 했다. 삶의 지표들이 몇 가지만이라도 유지될 수 있다면 변화가 찾아와도 조금은 덜 힘겨울 것 같았다. 아이들은 자신들을 사랑하는 세실, 마리-테 선생님, 크리스텔 언니, 그들의 아빠 질도 곁에 있기 때문에 그들의 관심과 사랑을 받으며 사는 익숙한 생활을 할 수 있다.

나는 인터넷을 통해서 이 'SOS 어린이 마을'에 대해 알아보았다. 그런데 이곳 아이들은 몇 년이 지나면 형제자매들이 헤어지게 되는 경우가 많았다. 그들 중 성년이 될 때까지 함께 지낸 아이들은 아무도 없었다. 아동복지센터ASE, L'Aide sociale à l'enfance는 우리 아이들 중 둘은 북쪽 지역으로 보내고 나머지 둘은 남쪽 지역으로 보낼 수도 있었다. 그리 어려운 일도 아니었다. 엄마를 잃은 꼬맹이들이 형제자매와도 헤어져야 한다면 아이들은 무너지고 말 것이다. 정말 끔찍한 상황이다. 어쩌면 나쁜 길로 접어들지도 모른다. 내 경우만 보더라도 만약 어머니가 집을 나간 후 리샤르 오빠와 크리스텔 언니와 헤어졌더라면 지금 내가 어떤 사람이 되어 있을지 장담하지 못한다. 어머니를 잃으면서 함께 잃었던 것을 존재조차 몰랐던 네 명의 이부형제들과 관계를 유지하면서 나는 다시 되찾을 수 있었다.

우리 아이들이 윗집 이웃이었던 로즈의 운명을 겪게 되지 않으라는 법은 없었다……. 로즈는 지역보건사회국의 아이였다. 몹시 여윈 모습에 혈혈단신이었던 로즈는 다섯 살에 부모와 떨어지게 되었다. 로즈는 열세 명의 형제들 중 열두 번째였다. 이 아이들은 모두들 다른 가정에서 살게 되었다. 로즈는 서류를 떼 본 적도 없고 부모와 다른 형제들의 소식을 들어본 적도 없다. 오랫동안 이 위탁 가정에서 저 위탁 가정으로 떠돌며 살게 되었다. 로즈는 학대를 당했고, 심지어 길에서 잠을 자기도 했다. 로즈는 열아홉 살 때 마침내 친부모를 만나게 되었다. 하지만 불행하게도 만나고 얼마 뒤 부모는 세상을 떠났다. 그리고 로즈는 전화번호부에서 그 지역의 같은 성씨를 찾아 자매들 중 한 명에게 전화를 하게 되었다. 그들의 재회는 정말 감동이었다. 얼마 뒤 로즈는 조카의 대모가 되기도 했다. 다른 형제자매들에 대해서 로즈는 이야기를 들을 수 없었다. 형제자매들의 이름 대부분을 잊어버렸기 때문이었다. 그럼에도 쉰여섯 살 때 로즈는 매일매일 그들을 생각했다. 죽었을까, 살았을까, 어디에서 살까 궁금했지만 아무도 소식을 알려오지 않았다. 우리 아이들에게 이런 이야기가 현실이 되어서는 안 될 것이다. 너무 끔찍하다. 내 생각에 로즈가 유아 학교 보조 교사가 된 것은 우연이 아니다. 한 가지는 확실하다. 내가 우리 아이들을 위해 하려는 이런 준비를 로즈도 바랐을 것이다.

새로운 부모

“얘들아, 엄마가 항암 화학요법 치료했던 게 효과가 없었대. 미안해.”

나는 아이들을 부엌 식탁으로 불러 모았다. 마르고는 거실에서 레고를 가지고 놀고 있었다. 한동안 무거운 침묵이 흘렀고, 아이들은 내가 말을 이어 가기를 기다리고 있었다. 나는 내 스타일 대로 빙빙 돌리지 않고 본론으로 바로 들어가기로 했다. 나는 아이들에게도 꼭 진실을 말해야 한다고 생각한다. 만약 내가 아이들에게 사실을 숨긴다 해도 아이들은 언젠가는 사실을 알게 될 것이고 그렇게 되면 나는 아이들에게 거짓말을 한 셈이 될 것이다. 나는 아이들이 가능한 한 빨리 나의 죽음에 대해 생각해 볼 수 있기를 바랐다. 나의 죽음에 아이들의 미래가 달려 있었고, 내가 죽고 나면 아이들의 삶은 완전히 바뀔 것이었다. 아이들에게 설명하기 위해서 나는 가능한 한 보통 때의 내 목소리로 말을 했다. 목소리에 감정을 싣고 말하는 것은 도움이 되지 않는다고 생각했다.

“엄마, 엄마가 그때 그게 마지막 치료라고 했잖아요. 또 다른 치료를 하게 되나요?”

“아니, 다른 치료는 하지 않게 될 거란다. 소용이 없대.”

“소용이 없다니, 그게 무슨 말이에요?”

“엄마는 치료를 해도 낫지 않을 거래. 치료하기에는 너무 늦었대. 나를 위해서 해줄 게 이제 아무것도 없대.”

“그럼, 엄마는 계속 아파하며 살아야 하나요?”

“아니, 엄마는 곧 죽게 될 거야.”

“…….”

“엄마가 곧 죽게 될 거라는 걸 말해 주고 싶구나.”

“내일요?”

“아니야, 내일은 아니야. 하지만 기껏해야 몇 개월, 그 후에 엄마는 없을 거야.”

“엄마, 그럼 내 생일날은 같이 있을 거죠?”

줄리였다. 줄리의 생일은 5월 7일이다. 줄리의 목소리는 긴장되어 있었고, 나는 공포에 질려 흔들리는 줄리의 눈빛을 계속 바라보기가 힘들었다.

“줄리야, 아니, 그러지 못할 것 같아. 네 생일날 내가 살아 있을 가능성은 거의 없대. 사실 크리스마스까지만이라도 너희와 함께 있을 수 있기를 바란단다. 그렇게 되면 우리 인생의 가장 아름다운 크리스마스 파티를 하게 될 것 같아."

줄리는 그동안 겨우겨우 참고 있던 눈물을 결국 터뜨리고 말았다. 나는 줄리를 달랠 수 없었다. 품에 줄리를 안고서 나는 울면 안 된다는 생각만 했다. 나까지 눈물을 터뜨려 나머지 아이들을 두렵게 만들고 싶지 않았다. 티보와 마티유는 특별한 감정을 표현하는 일 없이 충격을 참아 내고 있었다. 하지만 아이들에게는 엄마인 나의 죽음이 너무 추상적인 것이어서 실감을 하려면 시간이 오래 걸릴 거라는 것을 나는 알고 있었다.

"얘들아, 엄마가 그 무엇보다도 너희들을 사랑하는 거 알지?"

"우리도 너무너무 사랑해요, 엄마."

"그런데 엄마는 너희들에게 아무것도 숨기고 싶지 않단다. 언제든지 엄마의 병에 대해 말하고 싶으면 와서 말해도 돼. 설사 너희가 힘들더라도 엄마는 모든 질문에 사실대로 대답해 줄 테니까."

다음 날, 학교에 다녀온 아이들은 부엌 식탁에서 간식을 먹으면서 나에게 이런저런 질문을 해 댔다. 덕분에 나는 꼼짝도 하지 못했다. 줄리는 조금 진정된 것 같았고, 티보와 마티유는 호기심이 커져 있었다. 마티유가 처음으로 말문을 열었다.

"그런데 엄마, 엄마가 왜 곧 죽어요?"

"그건 엄마가 지금 아프기 때문이야."

"엄마가 무슨 나쁜 짓을 해서 그런 거예요?"

"엄마는 나쁜 짓을 하지 않았단다. 엄마는 그냥 암에 걸렸을 뿐이야. 아무도 뭘 어떻게 할 수 없는 거야. 그리고 또 누구나 걸릴 수 있는 거고."

고집스러운 표정으로 줄리가 말했다.

"그런데 왜 항상 훌륭한 사람들만 떠나는 거예요?"

"설마! 꼭 그런 건 아니야."

"왜 아빠는 암에 안 걸렸어요?"

"바로 이거지. 암을 걸리고 안 걸리고를 선택할 수 있는 사람은 아무도 없단다, 줄리."

티보에게는 구체적으로 말해 줄 필요가 있었다.

"엄마가 죽으면 누가 우리를 돌봐 주나요?"

"아빠 아니면 위탁 가정이 돌봐 주게 될 거야."

"위탁 가정이요? 그 말은 우리에게 두 번째 엄마가 생긴다는 거예요?"

"말하자면 그런 거야. 너희들의 엄마는 나 한 명뿐이고 앞으로도 그렇겠지만 내가 없는 동안 대신 엄마 역할을 해줄 누군가를 찾아봐야 한단다."

"그럼 그 사람을 '엄마'라고 불러야 해요?"

"꼭 그래야 하는 건 아니야. 너희들이 부르고 싶은 대로 부르겠다고 말하면 돼."

"……."

"너희들은 뭐가 더 좋겠니?"

"위탁 가정이요."

"아빠 집에 가서 사는 건 싫어?"

"싫어요. 아빠는 우리를 돌보지 못해요."

아이들은 모두 다 같은 생각이었다. 줄리는 심한 천식 때문에 위험했던 그날 이후로 더 이상 아빠를 신뢰하지 않았다. 마티유는 아빠와 특별한 관계를 형성한 적이 없었다. 티보는 유일하게 아빠에게 애착을 느꼈지만 다른 아이들과 같은 대답을 했다. 마르고는 의견을 내놓기에는 너무 어렸다.

"그래, 알았어. 엄마가 너희들을 돌볼 수 있는 새로운 부모를 찾아볼게. 내가 너희들을 사랑하는 만큼 너희들을 사랑해 줄 좋은 분들을 열심히 찾아볼게."

'SOS 어린이 마을'이 좋은 해결책이 될 수 없다는 것을 깨달았을 때 갑자기 떠오른 게 바로 위탁 가정이었다. 내가 아이들의 가족을 선택하는 게 제일 자연스러울 것 같다는 생각이 들었다. 내 아이들을 행복하게 해줄 새 부모를 누가 평가하고 결정해야 할까? 사실 질문할 필요도 없었다. 나는 아이들의 동의를 받자마자 아이들에게 미래의 가족이 되어 줄 사람을 찾아나섰다. 학교에서 마주치는 엄마들을 비롯해 내 주변의 모든 사람들에게 이야기를 전했다. 나는 퀴소에 위탁 가정이 있는지조차 알지 못했다. 아이들을 위탁해서 키우는 아주머니가 한 분 있다는 걸 알고 있었지만 그녀는 나이가 무척 많았다. 우리 아이들이 성년이 될 때까지 돌봐 줄 수 있는 부모를 찾으려면 그 아주머니보다는 나이가 어려야 했다.

결과를 알게 되기까지는 그리 오래 걸리지 않았다. 내가 모자 보호센터에 전화를 해본 후 며칠이 지난 어느 일요일 아침이었다. 나는 아그네스로부터 기분 좋은 전화 한 통을 받았다. 아그네스는 아이들 학교 간식 시간에 자주 마주치는 친구였다. 아그네스의 쌍둥이 딸들인 메간과 아델린은 티보와 같은 나이로, 아그네스는 나에게 도움도 많이 주었다.

"여보세요! 마리-로르, 나야, 아그네스."

"응, 아그네스, 잘 지냈지?"

"응, 잘 지냈어. 내가 무슨 좋은 소식을 가지고 왔는지 맞춰 봐. 사실 퀴소에서 위탁 가정을 하는 사람들을 알고 있어."

"세상에! 나도 그 사람들을 본 적이 있니?

"응, 아마 너도 이미 마주쳤을 거야. 마리옹이라고 알아? 우리 집에 자주 왔던 꼬마 여자애 있잖아, 기억나? 바로 그 아이 부모야. 발레리와 장-마르크 피니에스. 그 사람들은 세 아이를 위탁할 수 있는 자격이 있는 걸로 알고 있어. 한번 만나 보러 갈래, 싫어?"

"전화번호 좀 알려 줘. 내가 전화해 볼게."

나는 아그네스와 전화를 끊자마자 다시 번호를 눌렀다. 자동 응답기가 켜지길래 메시지를 남겼다.

"안녕하세요, 저는 마리-로르라고 합니다. 퀴소에 살아요. 그런데 제가 온몸에 암이 퍼져 한두 달 후면 죽게 돼요. 그래서 우리 네 명의 아이들을 돌봐 줄 수 있는 위탁 가정을 찾고 있어요. 두 분과 함께 이야기를 나누고 싶어요. 제 전화번호를 남기겠습니다. 안녕히 계세요."

나는 곧바로 아이들에게 이 소식을 알렸다. 아이들은 수락하는 것 말고는 다른 선택이 없었고, 이것이 자신들의 미래에 어떤 영향을 주는 일인지 알고 있었다. 아이들은 내가 퀴소에 사는 부부를 찾았다며 만족스러워하기까지 했다. 퀴소라는 도시는 우리 아이들에게 일종의 보호막과도 같았다. 큰 아이들 셋이 돌아가면서 나를 찾아와서 했던 이야기가 있다. 세 아이의 말을 요약해 보면 내용은 같았다. 가장 끈질기게 요구했던 건 바로 티보였다.

"엄마, 난 전학 가기 싫어요. 스티븐이랑 같이 다니고 싶어요. 그리고 브라임 선생님이랑 계속 유도도 하고 싶어요."

"엄마도 네 맘 알지, 티보."

브라임은 세 아이에게 유치원 때부터 유도를 가르쳐 준 유도 선생님이다. 유독 티보가 그를 따랐다. 마티유는 특히 친구들이 바뀌면 어쩌나 그게 걱정이었다. 줄리는 떨리는 목소리로 소리쳤다.

"우리 모두 여기 있어요, 엄마, 우리 모두가요! 우리가 떠날 이유는 전혀 없다니까요!"

그날 저녁, 발레리 피니에스에게서 전화가 걸려 왔다.

"안녕하세요, 발레리 피니에스예요. 오늘 아침에 메시지를 남겨 주셨더라고요. 그런데 그쪽은 저를 기억 못하시는 것 같은데 우리 서로 알고 있어요……."

"아……."

"저 발레리예요, 약국에서 일하는……."

발레리…… 약국……. 누구더라, 발레리……, 아! 퀴소 약국에서 주문 조수로 일하는 발레리!

"아! 지금 목소리를 들으니까 누군지 알겠어요. 그러니까 마리옹 엄마가 당신이라는 거죠?"

"네, 맞아요."

"와! 그럼 우리 말 편하게 해도 되겠네요?"

"그럼요, 그렇게 하자!"

"내 메시지 들었지?"

"응, 가장 편한 건 우리가 만나는 거 같은데, 어때?"

"지금 바로 보는 게 좋을 거 같은데. 집에서 만날 시간 있을까?"

"좋아, 남편이랑 함께 갈게. 이따 봐."

나는 일이 진행되지 않고 질질 늘어지는 걸 좋아하지 않는다. 오늘 할 수 있는 일을 절대로 내일로 미루지 않는다. 발레리 피니에스는 이런 면에서 서로 통하는 것 같았다. 일단 시작이 좋았다. 한 시간 후 발레리와 장-마르크가 문을 두드렸다. 장-마르크와 악수를 하면서 보니 그의 얼굴도 낯설지 않았다.

"남편분도 누군지 알겠어요! 인쇄소에서 일하시잖아요, 맞죠?"

"맞아요, 브룅 인쇄소요."

"아, 맞네요. 우리 몇 년 전에 거기서 마주쳤잖아요. 좋아요, 그럼 우리도 말 편하게 하자고요!"

아는 장소에 와 있는 느낌이었다. 내가 사는 세상 속에 이미 이 두 사람은 들어와 있었다. 나는 그들이 어디에서 온 사람들인지 알고 있었다. 같은 뤼소에서 사는 우리는 많은 것을 공유하고 있었다. 발레리는 이미 우리 아이들을 알고 있었다. 그 사실에 정말 마음이 놓였다. 그리고 가장 좋았던 건 이 부부의 밝은 분위기였다. 발레리는 작은 키에 날씬하고 에너지가 넘치고 매우 빠릿빠릿하기까지 했다. 젊었고 주위에까지 행복한 기운을 퍼뜨리고 있었다. 꼭 나처럼 말이다. 게다가 발레리는 마흔두 살밖에 되지 않았다. 내 아이들이 성년이 될 때까지 돌봐 주기에 문제가 없었다. 발레리가 나에게 인사한 후 처음으로 한 것은 네 명의 아이들에게도 비주로 인사하는 것이었다. 모든 게 일사천리였다. 아이들도 발레리와 장-마르크가 왜 우리 집에 있는지 알고 있었다. 아이들은 호기심 어린 눈빛으로 그들을 바라보았지만 거실에 함께 있지는 않았다. 사실 아이들에게는 이 모든 과정이 이해하기 어려운 일일 것이었다. 평소에도 애교가 많고 낯을 잘 가리지 않는 마르고가 발레리에게로 가더니 팔을 뻗었다.

"안아 줘! 안아 줘!"

발레리는 마르고를 안아 올리고는 무릎 위에 앉혔다. 그리고 어른들끼리 이야기를 나누었다. 줄리와 티보, 마티유는 옆방에서 놀고 있었다.

"발레리, 너희 아이들은 몇 살이야?"

"딸 마리옹은 벌써 스물세 살이야. 아들 위베르는 열여덟 살이고. 위베르는 전자공학을 전공하는데 기숙사에 있어. 주말이면 집에 오고."

"지금도 약국에서 일해? 약국에서 못 본 지 좀 된 거 같아."

"아니, 지난번에는 육아 휴직 중이던 조수 자리를 육 개월 동안만 대신 일했던 거야."

발레리는 퀴소 약국에서 칠 년 동안 일했다. 그리고 구급차 회사에 들어가 의료 구급대와 적십자에서 구급대원으로 당직 근무하면서 사 년 동안 일했다. 그러면서 의료 처치 책임자가 될 때까지 면허 취득 시험도 치렀다. 하지만 가정생활도 소홀히 할 수 없었기 때문에 약국 조수 일을 다시 시작했다. 의학과 관련된 분야에서 전문적인 경험을 살려 계속 구급대원으로 자원봉사를 하고 있었다고 한다. 그런 면이 나를 많이 안심하게 했다. 나는 특히 줄리와 마르고의 건강이 늘 염려스럽기 때문에 그런 부분을 이야기해야 했다. 그동안 아픈 적 없던 아들들과 다르게 딸들은 감기와 기관지염을 달고 살았기 때문이다. 겨울이 왔다 하면 바로 모세기관지염에 걸렸다. 발레리 같은 사람과 지내면 좋은 보살핌을 받을 수 있을 것이다.

"두 사람이 위탁 가정을 하는지 몰랐어. 언제부터 이 일을 했어?"

"1991년부터 이 일을 하기 시작했어. 그 전에 시누이가 청소년들을 돌봐 주었는데 우리도 하게 된 거야. 우리는 가장 어려운 상황에 처해 있는 아이들을 돌보기로 했어. 이를 테면, 비행 청소년들이나 계속해서 범죄를 저지르는 재범 청소년들 말이야. 청소년 사법적 보호 조치부PJJ, Protection judiciaire de la jeunesse가 그런 아이들을 우리에게 보내 주었어. 처음에는 청소년 두 명이 왔었어. 거친 아이들이었지만 가족을 소중히 여길 줄 알았지. 아이들은 그때 한 살이었던 위베르를 많이 돌봐 주었어. 위베르에게 걸음마도 가르치고 자전거도 가르치고……. 또 이어서 우리 집에 오게 된 다른 아이들과도, 그때 꼬마들이었던 우리 아이들과도 전혀 문제를 일으키지 않았어. 좀 심각한 문제 청소년인 아이들도 포함되어 있었지만 말이야. 사실 어떤 애들은 도둑질을 했고, 또 다른 애들은 난폭했어. 또 거짓말을 일삼는 아이들도 있었고, 심지어 정신적 질환이 있는 아이들도 있었어. 이런 청소년들이 고아인 경우는 드물어. 하지만 고아나 다름없지. 한 여자아이의 부모는 C형 간염에 걸렸는데 술을 마시고 마약을 했어. 다른 한 여자아이의 가족은 근친상간이 일어나 문제였지. 우리는 마리옹이 열네 살이 되면서부터 청소년들은 받지 않았어. 남자아이들이 많이 왔는데 마리옹이 좋아하지 않았거든. 남녀가 뒤섞여 지내는 게 조금 민감한 문제여서 잠시 쉬는 게 낫겠다고 생각했어. 다시 청소년들을 받기 시작한 게 이제 일 년이야. 현재로서는 남자아이 한 명, 여자아이 한 명과 함께 사는데 이번 달 말이면 이제 떠나게 돼."

"청소년은 사실 거칠어. 하지만 우리는 여전히 그들을 돌보는 일이 좋아. 문제는 우리 집에 온 이 아이들과 있으면 정말 과격해질 수밖에 없다는 거지."

장-마르크가 덧붙였다. 그는 평균 키에 조금 마른 체구를 가졌는데, 신경성 경련이 일어 몸이 자꾸 움직였다. 하지만 말하는 어조는 속사포로 쏟아 내는 발레리보다 훨씬 조용했다. 그는 머리가 좋은 사람이었다. 그가 '과격해진다'고 했을 때 그들이 정말 고생했다는 것을 공감할 수밖에 없었다.

"솔직히 말하면 조금 한계가 온 것 같아. 네가 어린아이들이 있다고 말을 했을 때 우리는 어쩌면 우리 일의 방향을 조금 바꿀 수 있는 기회가 될 수 있겠다 싶었어."

"아이들을 직접 보니 어때? 여전히 그런 기회를 가지고 싶어?

"그럼! 아니, 그런 마음이 전보다 더 커졌는걸!"

발레리와 장-마르크는 분명 매력적인 사람들이었다. 그들은 아이들을 안아 주고는 집으로 돌아갔다. 그들은 다음 날 자신들의 집으로 와서 함께 보내자며 우리를 초대했다. 나는 곧바로 아이들을 불렀다.

"아까 그분들 어땠어?"

"착하신 것 같아요."

"그게 다야?"

"네, 친절한 분들인 것 같아요."

아주 잠깐 동안의 만남이었지만 많은 얘기를 나눈 기분이었다. 나는 네 명의 아이들이 처음 만나자마자 그들과 사랑에 빠질 거라고는 기대할 수 없었다. 어쨌든 처음 만남은 이렇게 잘 끝났다. 그들이 어떤 사람들인지 아는 데 부족함이 없었다.

장-마르크와 발레리는 우리 집에서 일 킬로미터 떨어진 곳에 살았다. 돌을 쌓아 지은 예쁜 집이었는데 집 앞에는 넓은 들판이 펼쳐져 있었다. 우리는 약속했던 대로 바로 다음 날 발레리의 집을 방문했다. 주차를 하자마자 아이들은 정원의 철문 너머를 들여다보려고 목을 쭉 뺐다. 정말 멋졌다. 초인종을 누르자 피니에스 부부가 문을 열어 주며 우리를 반겼다. 우리는 그들을 따라 돌계단을 올라 현관으로 갔다. 검은 개 한 마리가 큰 소리로 짖으며 달려나오더니 아이들 주위를 돌기 시작했다. 아이들은 신이 나서 난리였다.

"왈왈! 엄마, 봤어요? 개가 있어요!"

"응, 봤어!"

"진짜 멋있어요! 아줌마, 개 이름이 뭐예요?"

"이름은 앙카란다."

시스코라는 이름의 고양이도 한 마리 있었다. 우리 집에도 티그루와 미키라는 고양이 두 마리가 있어서 우리 아이들이 낯설게 느끼지는 않을 것 같았다. 오히려 개는 좀 놀랐다. 아이들이 얼마나 들떠서 난리를 피웠는지 말도 못한다. 들보와 벽난로가 어우러진 내부도 정원만큼이나 쾌적한 분위기였다. 나는 곧 편안해졌다. 아이들 역시 그랬다. 일층에는 방이 세 개 있었다. 피니에스 부부의 아들 위베르가 쓰는 방과 부부의 방, 그리고 이 두 방 사이에 중간 크기의 방이 또 하나 있었다. 지하로 통하는 계단으로 내려가자 장-마르크가 또 다른 방 하나를 정비하고 있었다.

"저기 구석에 샤워할 공간을 만들 거야."

"와, 우리 아이들이 정말 귀여움을 받고 지내겠네요!"

이건 분명했다. 발레리와 장-마르크는 착하고 친절하고, 에너지가 넘치고 유능하고 안정적인 사람들이었다. 우리 아이들이 이 가족들과 행복하게 지낼 수 있을 거라는 생각이 들었다.

"그럼, 두 사람이 우리 아이들을 돌봐 줄 부모가 되어 줄 수 있을까?"

"고민을 해봐야 해. 솔직히 네 꼬맹이들의 부모가 되어 주고 싶은 마음은 커. 저 꼬맹이들이 헤어질 수도 있다는 말을 들었을 때 가슴이 답답하더라고."

"아이들이 성년이 될 때까지 키우는 게 혹시 부담스러워?"

"그런 건 아니야. 꼬마들의 리듬에 따라 맞춰 가며 지내면 되지. 하지만 청소년들보다 더 피곤하기야 하겠어?"

"우리 아이들을 받아 줄래?"

"사실 문제는 우리가 받은 승인으로는 세 명의 아이들만 받을 수 있다는 거야. 네 명을 위탁할 수 있는 승인을 받은 가족을 내가 알고 있지만 지역이 달라. 루아레 주에서는 최고 세 명의 아이만을 위탁 가정에 맡길 수 있어."

"승인은 누가 하는 거야? 아동복지센터?"

"아니, 모자보호센터야. 아동복지센터는 아이들이 살 집을 정할 뿐이고."

"그러니까 승인을 받으려면 모자보호센터에 알려야 하고 내 아이들을 위탁하려면 아동복지센터에 연락을 해야 한다는 거지?"

"응, 바로 그거야. 우리는 지금까지 파리 아동복지센터와 같이 일했는데 루아레 아동복지센터에 자격을 부여해 달라고 요청해도 충분해."

"응, 알았어!"

"그리고 문제가 하나 더 있어……."

"무슨 문제?"

"원래는 네가 스스로 위탁 가정을 선택할 수 없어. 판사가 아이들을 위해 한 가정을 선택하고 거기에 아이들을 살게 하는 거야. 너 같은 경우는 아마 네가 세상을 떠나고 난 뒤 이런 절차가 진행될 거야."

"네 말은, 곧 죽게 될 엄마나 아빠는 아이들에게 미래의 부모가 되어 줄 사람들을 선택해 줄 수 없다는 말이야?"

"나도 잘 모르지만 그렇게 직접 선택하는 경우는 본 적이 없어."

"응, 알았어. 어차피 모든 일에는 시작이 필요한 거니까!"

나는 이미 우리 아이들 미래의 부모로 발레리와 장-마르크를 결정했다. 이상, 끝! 아이들도 마음에 들어 하니 주저할 이유가 없었다.

나는 바로 당당하게 행동에 들어갔다. 피니에스 부부 집을 방문한 다음 날 모자보호센터에 전화를 했다. 전화를 받은 사람은 내가 아이들 문제로 처음 전화했을 때 통화했던 사람이었다. 나는 우리 아이들에게 딱 맞는 위탁 가정을 찾았다고 이야기하면서 내 경우에 대해 설명했다. 그 사람은 우선 '나의 이런 요구는 당연하다'고 본다면서 내 상황은 마냥 기존의 절차를 따르기에는 문제가 있다고 평가하는 것 같았다. 통화를 마치고 나니 큰 난관을 하나 해결했다는 생각에 너무 기뻤다. 공무원들도 알고 보면 아주 꽉 막힌 사람들은 아니었다. 나는 당연히 한동안 한껏 들떠 있었다. 그런데 다음 날, 모자보호센터에서 전화가 왔다.

"메조니오 부인, 모자보호센터입니다. 부인의 사남매를 위탁 가정에 맡기는 요청에 대해 말씀드리려고 전화를 드렸습니다."

"네?"

"제가 피니에스 부부의 서류를 찾아봤는데요. 죄송합니다만 저희는 부인께서 원하시는 대로 해드릴 수가 없습니다."

"농담하시는 건가요?"

"죄송하지만 농담이 아닙니다. 피니에스 부부는 세 명의 아이만 돌볼 수 있게 승인을 받은 분들이에요."

"네, 알아요. 그런데 네 번째 승인을 받는 게 어렵지 않은 걸로 알고 있는데요. 안 그런가요?"

"어렵고 안 어렵고는 모자보호센터가 판단합니다. 게다가 피니에스 부부가 네 명에 대한 승인을 받았다고 해도 그 위탁 가정에 이미 두 아이가 지내고 있다는 걸 생각해 보셔야 해요."

"네, 하지만 그 두 아이는 곧 떠날 거예요."

"죄송합니다만 책임자께서 부인의 요청을 거절하셨습니다."

"이해할 수가 없네요. 저와 먼저 의논을 하려고도 하지 않으셨잖아요!"

"죄송합니다, 메조니오 부인. 대신 우리가 아밀리에 있는 위탁 가정을 찾았어요. 몽타르지 근처에 있는 어린이 마을 안에 있어요. 그분들은 네 명을 돌보실 수 있습니다."

"저는 우리 아이들을 어린이 마을에 보내고 싶지 않아요."

"하지만 부인 댁 아이들이 헤어지지 않을 거라는 걸 보장할 수 있습니다."

"우리 아이들이 성년이 될 때까지 함께 지낼 수 있다고 보장하실 수 있어요?"

"아니오, 그럴 수 없다는 건 저도 인정합니다. 상황은 세월에 따라 변할 수 있는 것이니까요."

나는 결국 폭발했다. 이 여자는 내 말을 이해하기는 한 건가? 몽타그리는 우리 아이들에게 너무 멀었다. 그리고 나는 단기간을 위한 해결책은 원하지 않았다. 내가 해결책을 찾았다는데 왜 거절하는 거지? 어이가 없었다! 나는 수화기에 대고 마구 소리쳤다.

"잘 들으세요. 당신들이 내 아이들의 미래를 결정할 생각은 절대 하지 마세요. 내가 살아 있는 한 우리 아이들에게 좋은 게 무엇인지 결정하는 건 바로 나니까요."

나는 이성을 잃고 당장 발레리에게 전화를 했다. 발레리는 내가 무엇에 대해 그렇게 화가 났는지 짐작했다. 아무도 정작 발레리에게는 의견을 물어보기 위해 연락하는 수고를 하지 않았다. 모자보호센터는 발레리의 승인 서류를 대충 훑어보는 걸로 끝이었다. 전화를 한 사람이 너무 형식적으로 처신하는 모습에 나는 격분했다. 그들은 발레리와 장-마르크와는 의논도 하지 않았고, 이 상황을 이해하려 들지도 않았다!

그렇다고 해서 내가 전의를 상실할 사람은 아니었다. 내 아이들의 가족은 내가 선택할 것이다. 줄리, 티보, 마티유, 마르고는 피니에스 부부 집으로 가게 될 것이다. 그렇지 않으면 난 마리-로르가 아니다. 나는 계속 부딪치기로 결심하고 수화기를 들었다.

"발레리, 또 나야."

"응, 무슨 일 있어?"

"지금 상황은 서둘러 해결해야 할 때야. 나는 시간이 얼마 없으니까 말이야. 난 널 믿어. 네 도움이 필요해."

"알았어. 내가 뭘 해주었으면 좋겠어?"

"루아레 아동복지센터에 승인 요청을 넣어 줘."

"그렇게 하려고 했어. 내일 파리 아동복지센터에는 사임하겠다고 연락할 거야. 그리고 새로 루아레 아동복지센터에도 연락할 거야. 너는?"

"나는 언론사에 연락할 거야."

내가 곧 죽는다는 걸 알고는 단 한 가지 생각만 들었어요.

내가 죽어도 우리 아이들의 삶이 바뀌어서는 절대 안 된다!

우리 아이들은 꼭 함께 살아야 한다!

아이들을 위해 주는 가족 안에서 사랑받으면서 살아야 한다!

마리-로르, 8시 뉴스에 출연하다!

세실과 나는 오후 내내 머리를 맞대고 생각을 쥐어짰다. 사건을 언론에 공개하는 게 우리에게는 가장 좋은 방법이자 해결 가능한 유일한 방법인 것 같았다. 언론이 아니면 누가 지금 이 어려운 상황을 타개하기 위해 도의회에 압력을 행사할 수 있겠는가? 나는 내 새끼들이 헤어지지 않을 거라는 것을 죽기 전에 무슨 일이 있어도 확인해야만 했다. 이런 나의 고집을 이해하지 못하고 있는 건 바보 같은 놈들뿐이었다. 사람들의 관심을 끌어야만 한다는 게 유감스러웠지만 어쩔 수 없었다. 내가 원하는 목적을 달성하기 위해서는 사회 체제와 맞서야 했다. 충분히 그럴 만한 가치가 있는 일이었다.

어느 토요일 아침, 나는 서둘러 세실 집으로 갔다. 우리는 함께 주요 지역 언론과 전국 언론들의 목록을 작성하고 인터넷에서 전화번호를 찾았다. 할 일이 너무 많아지는 바람에 나는 발레리에게도 전화해 우리가 뽑아 놓은 언론사 기자들에게 연락하는 일을 도와 달라고 했다. 발레리의 아들 위베르는 나의 상황을 설명하는 내용의 긴 편지를 작성해 주었다. 발레리는 이 편지 내용을 언론사에 메일로 보냈고, 세실과 나는 텔레비전과 라디오 방송국을 맡았다. 우리는 대부분의 시간을 자동 응답기에 대고 이야기해야 했다. 토요일이었으니 당연한 일이었다. 두세 번쯤, 사람이 전화를 받아서는 끝까지 이야기를 듣고 이렇게 말해 주었다.

"저는 당직 근무 중이에요. 하지만 월요일에 이런 내용을 담당 기자분께 전해 드리겠습니다.

'라디오 블루Radio Bleue'의 경우에는 운이 좋았다. 세실은 관계자에게 구두로 이야기할 수 있었다. 여자분이었는데 곧바로 세실의 이야기를 경청했다.

"관심이 가는 이야기군요. 다음 주에 제가 찾아뵙겠습니다."

이 기자는 다음 주 수요일에 우리 집에 들이닥쳤다. 그의 취재는 11월 20일 목요일에 방송되었다. 금요일에 시청에서 즉각 전화가 왔고, 토요일 약속을 잡았다. 이날 회의의 주제가 무엇인지는 알려 주지 않았다. 루아레 도의회 의원이자 전 퀴소 시장이었던 크리스티앙 브뤼멘펠드와 현 시장인 클라우드 우제, 시청에서 사회복지를 담당하고 있는 크리스틴 에르블로가 그 자리에 참석한다는 게 내가 아는 전부였다. 이 대단하신 분들이 나를 위해 모이시게 된다니 정말 믿을 수 없는 일이었다! 나는 세실에게 함께 가 달라고 부탁했다. 나는 이날 옷차림에 신경 썼고 화장까지 했다. 시청에 도착하자 나는 어느 방으로 안내되었고, 그곳에 앉아 기다렸다. 시장을 제외한 모든 사람들이 도착했다. 우리는 십오 분 정도 기다린 후 시작하기로 결정했다. 사회복지 책임자가 말했다.

“마리-로르 씨, 마리-로르 씨와 관련된 서류를 우선 처리하게 되었다는 것을 알아 주십시오.”

그리고 크리스티앙 의원의 발언이 이어졌다.

“네, 저는 오로지 마리-로르 씨의 청원만을 검토하기 위해 이곳에 왔습니다. 모자보호센터는 중요하지 않은 일과 긴급한 일을 구별할 줄 모르는 게 분명합니다. 월요일이 되면 센터 직원들은 혼날 각오를 해야 할 것입니다. 왜냐하면 마리-로르 씨의 문제는 정말이지 중요한 문제임이 분명하고 처리가 시급한 것이니까요.”

“그러니까 지금 말씀은 피니에스 부부 집에 우리 아이들을 위탁하고자 하는 요청이 이루어질 수도 있다는 건가요?”

“그럼요, 단지 문제점들에 대해 연구할 시간은 필요합니다. 모자보호센터는 모든 관계자들과 진지한 논의를 거치지 않고 마리-로르 씨에게 그런 결정을 내리지 말았어야 합니다. 결정이 너무 성급했던 것이죠.”

“그러니까 제 문제가 다시 검토된다는 건가요?”

“이미 검토되고 있고 좋은 결과가 나올 거라고 제가 장담하죠. 우리 모두는 마리-로르 씨의 아이들에게 꼭 맞는 해결책을 찾기 위해 최선을 다하고 있습니다. 믿어 주세요. 피니에스 부부가 빨리 승인을 받을 수 있도록 가능한 한 노력하겠습니다. 시간 문제일 뿐입니다."

"저에게는 시간이 별로 없어요."

"걱정하지 마세요. 우리가 전부 도맡겠습니다."

"감사합니다. 여러분 모두에게 감사 인사를 드리고 싶네요."

"저희는 마리-로르 씨의 생활도 가능한 한 도와드리겠습니다. 저희가 도와드릴 다른 게 또 있으면 말씀해 주시겠어요?"

"예를 들면 어떤 걸 말씀하시는 건가요?"

"음, 예를 들어 아드님 두 분의 학생 식당 비용의 절반을 지원해 드리면 짐을 좀 덜 수 있으실 것 같은데 어떠신가요?"

"감사하네요, 하지만 전 추가 보육을 이용하고 싶습니다. 제가 등이 너무 아픈데 우리 막내 마르고를 돌보는 게 점점 더 힘들어지고 있거든요. 보육 서비스 시간을 늘려 주시는 게 저에게는 큰 도움이 될 것 같아요."

"좋습니다. 저희가 그 문제에 대해 어떻게 도움을 드릴 수 있을지 알아 보겠습니다."

몇 가지 세부적인 사항을 제외하고, 오늘 대부분의 문제들이 다루어졌다. 벌써 많은 이야기가 오갔다.

오늘 회의를 위해 모인 사람들과 나눈 이야기들에 안심이 된 나는 세실과 함께 잔뜩 부푼 희망을 안고 집으로 돌아올 수 있었다.

'라디오 블루' 없이는 내 이야기가 크리스티앙 의원에게까지 가지 못했을 것이며 이런 회의 또한 열리지 못했을 거라고 확신했다. 하지만 아직은 어떤 구체적인 내용도 결정된 것이 없었기 때문에 압력은 계속 넣어야 했다. 입바른 소리로 그럴듯한 약속을 해주고 나를 잠잠하게 만들려는 것일 수도 있기 때문이다. 《리베라시옹》 기자인 무라 기샤르가 우리 집을 방문했다. 정말 친절한 사람이었고 마음이 잘 통했다. 무라 기자의 기사는 11월 25일 화요일에 실렸다. 화요일에 우리 집은 하루 종일 전화벨이 울려 댔고, 엄청난 수의 기자들이 나를 만나고 싶어 했기에 무척 놀랐다.

다행히 세실이 나를 도와 이 상황에 대처하기 위해 우리 집에 함께 있었다. 세실은 내가 곧 죽게 될 거라는 걸 알게 되었을 때부터 악착같이 나를 따라다녔다. 진짜 거머리처럼 말이다! 심지어 하루 종일 나를 돌보기 위해 노인들의 가사도우미로 일하던 것도 그만두었다. 매일 아침 세실은 스티븐과 에이미를 학교에 데려다주고는 우리 집에 들렀다. 오전 내내 함께 있다가 열한 시 반에 아이들을 학교에서 집으로 데리고 가 점심을 먹이고 한 시 반에 다시 학교로 데려다주었다. 그리고 오후에는 할 일을 몰아서 하다가 학교 출구로 다시 아이들을 데리러 갔고, 지나는 길에 우리 아이들까지 찾았다. 그리고 이 모든 아이들을 데리고 집으로 와 간식거리를 챙겼다. 저녁에는 자주 마티유를 초대해 스티븐과 함께 재우기도 했다.

언론에서 정신없이 연락이 오기 시작할 때 세실은 내 개인 비서 역할을 했다. 연락을 받는 것도 약속을 잡는 것도 모두 세실이 했다. 약속 장소에도 나 혼자 보내는 법이 없었다. 사람들은 행정적 절차라는 게 곧 죽게 될 누군가의 삶을 얼마나 피폐하게 만드는지 상상하지 못한다. 그런 내 곁에서 세실은 내 수첩과 마구 몰려드는 인터뷰 요청도 관리하기 시작했을 뿐만 아니라 나의 장례식 관련 서류와 생명보험에 대해서도 책임을 졌다. 솔직히 말해 나는 세실에게 정말 감탄했다. 전문 비서들이 일하는 걸 보면 세실의 생활 리듬과 별다를 게 없을 것이다.

"이봐, 세실, 내가 죽기 전에 네가 다른 곳에서 비서로 일할 수 있도록 추천서 한 장 써 줄게."

우리 사이에는 이런 농담이 통했다. 정말 내가 누군가에게 세실을 추천함으로써 세실에게 도움을 줄 수 있다면 그보다 기쁜 일이 어디 있을까 싶다. 그래서 나는 이 책을 읽게 될 사람들 중 누군가가 세실에게 관심을 보인다면 확실히 말할 수 있다.

"세실은 비서들 중 최고예요!"

분명한 것은 세실이 기분 전환을 할 필요가 있을 것이라는 것이다. 세실은 몇 개월 전쯤부터 한숨도 돌리지 못하고 바쁘게 살아왔다. 농담 따먹기를 할 때는 물론 항상 쾌활하고 늘 활동적으로 선두에 서서 관리했다. 그럼에도 내 눈을 속일 수는 없다. 세실은 성실하게 살기 위해 지나치다 싶을 만큼 에너지를 낭비했다. 세실의 이런 모든 부산함과 밝은 미소가 사실은 깊은 근심을 가리기 위한 것이라는 걸 나는 알고 있다. 내가 더 이상 이 세상에 없게 되면 모든 걱정 근심이 세실을 후려칠 것이고 세실은 온몸으로 맞을 수밖에 없을 것이다.

그 주 화요일 오후, 우리는 부엌에서 수다를 떨고 있었는데 퀴소 시장이 전화를 했다.

"마리-로르 씨, 퀴소 시장 클라우드 우제입니다."

"안녕하세요. 좋은 소식 전해 주시려고 전화 주셨나요, 맞죠?"

"잘 들으세요, 마리-로르 씨. 이제 더 이상 언론에서 떠들어 대지 않게 해주시길 요청드립니다. 마리-로르 씨가 언론과 너무 지나치게 접촉하시면 우리는, 우리 쪽에서는 전에 약속드렸던 것을 전면 취소하겠습니다, 안녕히 계십시오."

뚝!

그는 그렇게 전화를 끊어 버렸다. 퀴소 시장의 전화에 나는 얼어붙었다. 시장의 말투는 너무 차가웠다. 나는 그가 왜 그렇게 짜증을 냈는지 짐작해 보았다. 아침부터 기자들이 나를 만나고 싶으니 어디서 만날 수 있는지 내 연락처를 가르쳐 달라고 시청으로 직접 전화를 했다. 그러면서 기자들은 왜 내 사건이 해결되지 않는지 알려고 들었다. 그의 입장에서 보면 이 모든 상황이 너무 거슬릴 수밖에 없었을 것이다. 하지만 그렇다고 그게 나에게 짜증을 부릴 이유가 될 수는 없었다. 내 이야기로 언론이 이렇게까지 뜨겁게 달구어지자 가장 놀란 건 바로 나 자신이었다. 나는 이렇게까지 일이 커지는 것을 기대했던 게 아니었다. 나는 같은 날 여러 인터뷰를 연속으로 진행했고, 이게 현실인지 실감이 나지 않았다.

이렇게 밀어붙이자 작은 효과가 나타났다. 모자보호센터는 느닷없이 발레리를 찾아왔다. 사회복지 담당자들도 그녀의 집을 방문했다. 질에게도 역시 모자보호센터로 방문하라는 연락이 갔다. 약속은 월요일이었다. 약속 전 금요일, 질이 예고도 없이 찾아왔다.

"안녕, 마리-로르."

"웬일이야?"

"모자보호센터에서 방문하라는 연락이 왔어. 월요일에 가 봐야 해."

"그래서?"

"그들은 내가 아이들과 지내고 싶어 하는지 아니면 위탁하기를 원하는지 알고 싶어 해."

"응……? 그 점에 대해서는 우리 둘이 동의한 걸로 아는데, 아니야?"

"모르겠어. 내가 키우겠다고 할 수도 있고, 여러 가지 생각이 들어."

"뭐라고?"

"아, 왜! 안 돼? 결국 내 새끼들이잖아."

"뭐라고? 지금 아이들을 키우고 싶다고 말하는 거야?"

"모자보호센터에서는 지원받을 수 있을 거라고 하더라고."

나는 나도 모르게 빽 소리를 지르고 말았다. 나는 너무 화가 나서 몸까지 부들부들 떨렸다. 나는 질을 향해 울부짖었다.

"도대체 당신이 뭔데? 젠장! 그래서, 그러니까, 오늘 아침에 일어나 보니 새삼스럽게 '어머나, 내가 한 가정의 아빠로 산다면?' 하고 상상해 보신 거야? 우리가 헤어진 지 벌써 칠 개월이야, 질. 그동안 단 한 번도 아이들을 찾아오지 않았잖아. 주말에도! 아랑곳하지 않고 혼자 산 지가 벌써 오래라고! 당신은 아이들 기저귀 한 번 갈지 않았고 젖병을 준비해 준 적도 없었어. 당신은 당신 눈앞에서 줄리를 죽일 뻔했고! 학교에도 한 번을 안 데려다줬지. 애들 선생님 이름조차 모르고. 그런데 지금 불쑥 생각 없이 아이들을 키울 수 있다고 생각하는 거야? 지금 장난해?"

내가 신경질적으로 발악을 하자 질은 잠자코 있었다. 하지만 속으로는 기가 죽지 않은 것을 분명히 보았다. 그는 대답 없이 돌아갔고 나는 걱정이 되어 미쳐 버릴 것 같았다.

지난 주, 우리는 브로메이유 집에서 약 사십 명 정도 되는 인원과 함께하는 성대한 파티를 준비했다. 우리 모든 이웃들에게 피니에스 부부를 소개하기 위한 자리였다. 늘 그렇듯 질은 그의 집에 모든 사람들을 맞이하는 데 만족은 하면서도 하는 건 아무것도 없었다. 하지만 자발적으로 피니에스 부부를 초대한 건 질이었다. 아무도 그에게 강요한 적이 없었다. 그런데 왜 갑자기 생각을 바꾸었던 걸까? 이제 겨우 먼 길을 통과했나 싶었는데 지금 와서 질 때문에 모두 망치게 될까 봐 두려웠다.

하지만 나는 질이 막상 아이들을 키우는 게 두려워 주저하고 있다는 걸 느꼈다. 왜냐하면 그가 우리의 아이들을 돌볼 수 없다는 것을 그도 나도 분명히 알고 있었기 때문이다. 우리 아이들이 아빠의 울타리 안에서 자랐다면 너무나 불행했을 것이다.

질이 모자보호센터에 가기 전에 그는 이성적으로 생각해 볼 시간이 꼭 필요했다. 그날 밤, 세실의 남편 로제가 질에게 말을 해 보려고 전화를 걸었다. 로제 역시 십 년 전에 암으로 아내를 잃고 혼자 세 아이를 키워야 했던 사람이었다. 하지만 질은 로제가 이야기를 시작하자 너무 신경질적이었다. 로제는 다음 날 이야기를 꺼내 보는 게 낫겠다고 생각했다. 그래서 토요일에 로제는 카림과 함께 브로메이유로 갔다.

나는 로제가 질에게 아이를 키운다는 것이 정확히 무엇을 의미하는지, 아이들이 위탁 가정에서 살게 되면 질은 앞으로 어떤 역할을 하게 될지에 대해서도 명확하게 이야기해 주길 기대하고 있었다. 물론 그는 재정적 지원을 받을 권리가 있을 것이고, 아마 몇 시간 정도는 가사 도움을 받을 수 있을지도 모르지만 정작 아이들이 필요로 하는 모든 것을 충족시키기에는 턱없이 모자란다는 사실을 깨달아야 했다. 게다가 그가 사는 곳은 시골이다. 아이들을 학교에도 데려다줘야 했고, 아이들이 참여하고 있는 각각 다른 활동에도 참여하게 해줘야 했고, 아이들이 아프면 병원에도 가야 했다. 또한 아이들에게 옷을 입히고 먹을 것을 만들어 주고, 마르고 같은 경우는 기저귀도 갈아 줘야 했다……. 로제와 카림은 이 모든 것을 아주 차근차근 설명했다.

마침내 질은 잘 알아들었고 태도를 누그러뜨렸다. 질이 갑자기 아이들을 키우겠다고 나섰던 것은, 이제 진짜 아이들을 잃게 되는구나, 이젠 더 이상 아빠가 아닌 거구나, 앞으로는 아이들을 볼 수 없겠구나, 하는 생각이 들어서였던 것 같았다. 덕분에 나는 걱정을 내려놓을 수 있었다.

질은 모자보호센터와의 월요일 약속에 가기 직전 집에 들렀다. 그는 더러운 회색 바지에 감색 스웨터, 빨간색 작업 잠바를 입고 있었다. 아이들의 미래에 대해 이야기하러 가는데 어떻게 저런 거지 행색으로 나타날 수 있었을까? 나는 그날 질이 정확하게 뭐라고 대답했는지 모른다. 어쨌든 질은 솔직하게 이야기했을 것이고, 내게 했던 말과 똑같은 말을 그들에게도 했을 것이다.

"계속 고민을 해봤습니다만 제 상황에서 아이 넷을 키우기란 어려울 것 같습니다."

모자보호센터는 질을 안심시켰다. 질은 위탁 계약서에 서명을 하면서도 친권을 포기하지 않았고, 아이들 삶과 관련된 중요한 모든 선택들에 대해 공동 결정권자로 남았다. 질은 그나마 그런 권리가 남게 된다고 하니 서명을 했던 것이다. 어쨌든 질에게는 선택의 여지가 없었다. 며칠 후 모자보호센터 책임자 마담 포이약은 질의 옷차림을 보고 그가 아이들을 돌볼 능력이 있는지 성품이 어떤지를 파악할 수 있었다고 나에게 털어놓았다.

11월 28일 금요일, 《리베라시옹》 신문에 내 이야기가 실린 지 사흘 후였다. 발레리가 아주 신이 나서 나에게 전화를 했다.

"마리-로르, 됐어! 이제 승인을 받았어!"

"정말?

"응, 방금 등기우편으로 받았어. 네 번째 승인을 보내 왔어."

"정말 잘됐다!"

우리의 작은 승리였다. 아직은 아무것도 서명되지 않았지만 중요한 첫걸음을 성큼 내딛은 것이었다. 이제 피니에스 부부가 우리 아이들의 위탁 가정으로 지정되는 일만 남아 있었고, 계약서에 서명을 하면 되었다. 이런 공식적인 서류 없이는 안심할 수 없었다. 그래서 나는 계속해서 기자들을 만나 줄곧 시장 아저씨를 거슬리게 했다. 이미 잡아 놓았던 약속들을 굳이 취소하지는 않았다. 나로 인해 변한 건 아직 아무것도 없는 거나 마찬가지였다. 그리고 내가 이 일로 연락했던 모든 언론사들이 긍정적인 대답을 보내 왔기 때문에 나는 이에 책임을 져야 했다. 하지만 단지 이 이유 때문만은 아니었다. 솔직히 시청과 도의회에 계속해서 압력을 넣고 싶었다.

나 같은 경우가 관심을 끌게 된 것은 정말 기대 이상의 결과였다. 사실 이런 문제와 부딪히는 사람들은 한두 명이 아닐 것이다. 곧 죽게 될 거고, 그래서 자신의 아이들이 다른 사람들과 살며 자라나야 할 것이라는 것을 알게 된 부모들의 수는 적지 않을 것이다. 그런데 부모들은 왜 법이 이런 경우를 대비하지 못하고 있는지, 그리고 자신들의 아이를 맡길 위탁 가정을 직접 선택할 수 없는지 이해할 수 없다. 자신의 선택권을 가지고 싶은 사람들은 지금까지 내가 거쳐 온 과정을 꼭 거쳐야 할까? 모자보호센터가 나에게 '안 됩니다'라고 했을 때, 나는 내 눈앞에 문이 쾅 닫혀 버린 것 같았다. 내가 그 문을 부수어야겠다고 결심했던 것은 내 아이들을 위해서였다. 꼭 그래야만 했다. 나는 아직 죽지 않았고, 행동할 수 있었다. 삶을 살고 있는 한, 희망은 있는 거 아닌가? 오늘날 나는 자기 눈앞에서 닫혀진 문을 발견한 사람들에게 손을 놓고 단념하지 말고 문 앞으로 가라고, 계속 부딪쳐서 그 문을 부숴 버리라고 말해 주고 싶다. 이렇게 시끄럽게 하면 할수록 고아가 될 수밖에 없는 아이들에게 삶의 터전을 마련해 주는 방법들이 분명히 진화하게 될 것이다.

하지만 몸과 마음이 아픔을 겪는 시기에 맞서 싸우는 건 정상이라고 할 수 없다. 머지않아 죽게 될 엄마나 아빠는 그들의 아이들과 이 생에 남아 있는 시간을 보내야지 쓸데없는 싸움에 에너지를 낭비할 이유가 없다. 나는 한 가지를 기다릴 뿐이었다. 내 아이들과 내게 남아 있는 시간을 잘 보내기 위해 아이들의 거처 문제가 잘 마무리되는 것, 그뿐이었다.

이런 소란이 일어난 게 즐겁지 않았다는 건 거짓말이다. 즐거운 순간들도 있었다. 하루 종일 졸졸 따라다니는 기자들이 한 팀이 아니라 여러 팀이라 정말 재미있었다. 그리고 텔레비전에 나올 내 모습을 상상하면서 조금 더 외모에 신경 쓸 걸 하는 생각도 든다.

나는 일개 시민일 뿐이며, 특별할 거 하나 없는 보통 사람이다. 그런데도 사람들이 나에게 관심을 보였고, 나의 수많은 발언에 동의를 했다. 이것은 마치 내가 힘없는 사람들의 대표로 메시지를 전해야 하는 임무를 부여받은 것 같았다. 나에게 향하는 모든 사람들의 갑작스런 관심에 도취되는 면도 있었다. 퀴소에서는 내가 길을 지날 때도 사람들이 인사를 건네기 시작했는데 기분이 나쁘지 않았다. 〈7시에서 8시〉(sept à huit, 프랑스 공중파 민영 방송국인 TF1사의 일요일 저녁 시사 프로그램—옮긴이)의 기자가 나에게 어떤 기분이 드는지 물어본 적이 있는데 나는 아주 솔직하게 대답했다.

"죽음을 앞두고 있는 다른 사람들에 비해 나는 운이 좋죠. 나는 유명한 사람이 되어 죽게 될 거잖아요."

농담이 아니었다. 다른 이름 없는 사람들과 다르게 나는 헛되게 죽지 않을 거라는 걸 말하고 싶었던 것이다. 하지만 죽어도 좋으니까, 다른 사람들이 말하고 싶어 했을지 모르는 그 메시지를 내가 대신 전하고 싶었다. 나의 싸움을 언론에 공개하게 되면서 필요한 사람들이 나의 메시지를 듣게 하는 데는 성공했다. 아마도 내가 전한 메시지를 들은 사람들은 자신의 생각을 행동으로 옮기게 되었을 것이다. 사실 나는 나와 같은 상황에 처해 있는 엄마들을 위한 본보기가 되기를 바랐다.

나에게 쌀쌀맞은 목소리로 전화를 해 명령했던 퀴소 시장은 며칠 뒤인 토요일에 우리 집으로 찾아왔다. 에르블로 사회복지사가 함께 왔다. 클라우드 우제 시장은 그날 전화를 어떻게 끊었는지 까맣게 잊어버린 사람 같았다. 그의 품안에는 엄청난 양의 봉투 더미가 들려 있었다.

"마리-로르 씨, 우리가 오늘 여기 온 것은 이 우편물들을 드리기 위해서예요. 당신 앞으로 온 것들이지만 주소가 시청으로 되어 우리가 받게 되었어요. 당신이 쓸 수 있는 수표도 도착했어요. 자, 여기 있습니다."

나는 깜짝 놀랐다. '라디오 블루'에서 내 이야기를 처음 다루고 난 뒤 나에 대한 기사를 읽었거나 나를 텔레비전에서 봤다는 사람들로부터 두세 통의 편지를 받긴 했지만 퀴소 시장이 가져온 우편물의 양은 너무 엄청나서 놀라지 않을 수가 없었다. 나는 멍하니 입을 벌린 채 서 있다가 에르블로 사회복지사 뒤에 가려져 있던 퀴소 시장에게 감사 인사를 전했다. 나는 아쉬울 게 전혀 없다는 생각이 들었다. 프랑스 전역에서 보내온 모든 편지를 뜯어

읽는 데만 이틀이 걸렸다. 주로 한 가정의 어머니와 아버지들처럼 나이가 많은 분들이 쓴 편지였다. 나를 응원하는 내용과 함께 아이들의 그림이 그려져 있기도 했다. 그중 이사벨이라는 분은 하트 모양의 예쁜 카드로 편지를 보냈다.

"마리-로르 씨, 너무 감동적입니다. 당신이야말로 진정한 엄마세요. 아이들이 당신을 자랑스러워할 거예요."

그리고 베아트리스라는 분도 거의 비슷한 내용이었다.

"당신이 지금 아이들을 위해 발휘하고 있는 용기, 정신력, 그리고 따뜻한 마음은 아이들에게 당신이 남겨 줄 수 있는 가장 아름다운 유산입니다. 이런 유산은 앞으로 아이들이 인생을 살아가는 데 큰 도움이 될 거라고 믿어 의심치 않습니다."

나도 이분들이 말하는 대로 이루어지길 진심으로 바랐다. 그들이 함께 가슴 아파해 줘서 내 마음은 따스해졌고 용기도 났다. 이 모든 사람들이 나를 응원해 주고 있다는 사실을 알게 된 것은 정말 큰 행복이었다. 몇몇 편지 봉투들 중 재미있었던 건, 받는 이의 주소조차 적혀 있지 않은 편지였다. 우표 옆에는 안느라는 사람이 이렇게 적어 놓았다.

"마리-로르, 퓌소…… 우체부께서는 이 우편이 어디로 가야 할지 아시겠지요, 감사합니다."

편지도 귀여운 내용이 담겨 있었다.

마리-로르,

내 느낌으로는 당신이 행동하는 방식과 당신의 통찰력은 이 하찮은 세상에 가장 필요하답니다. 끝까지 당신이 느끼는 대로 즐기세요. 하지만 고통스럽지는 않기를 바랄게요……. 당신에게 미소를 보내 드리고 제 품에 꼭 안아 드리고 싶네요. 집에 당신을 위한 초를 하나 켰어요.

당신의 아이들에게도 인사를 전합니다.

안느

이 부인은 짧은 시를 교묘하게 삽입했고, 나를 데리고 디즈니랜드에 가겠다고 제안하기까지 했다. 그녀가 디즈니랜드 근처에 살기 때문이었다. 나는 인터뷰 중에, 죽기 전에 가족들과 파리 디즈니랜드에서 주말을 보내고 싶다는 말을 여러 번 했다. 이런 나의 말에 사람들이 귀를 기울였던 것이다. 내가 받았던 우편 속에, 많은 사람들이 수표를 넣었고, 어떤 사람들은 디즈니랜드 입장권을 보내 주기도 했다. 전혀 모르는 사람들이 나에게 이렇게 따뜻한 친절을 보여 준다는 사실이 정말 놀라웠다.

날이 갈수록 편지더미는 점점 더 쌓여 갔다. 주로 여자분들이 보낸 것들이지만 모두 그런 건 아니었다. 그중 한 아버지의 편지가 기억에 남는다. 내용은 이렇다.

저는 세 아이의 아빠입니다. 아내가 세상을 떠난 후 저는 홀로 아이들을 키웠습니다. 당신이 겪고 있는 것이 무엇인지 잘 압니다. 고통 속에 있을 당신을 돕고 싶은 마음에 조금이나마 보탬을 드리고 싶습니다.

그가 말한 '조금이나마'라는 보탬은 5백 유로나 되었다. 나는 남자들은 다 질 같은 줄 알았는데 이 분은 전혀 달라서 더 큰 감동을 받았다.

편지더미들 속에는 몇몇의 광신자들도 있었다. 예를 들어, '이름을 밝히고 싶지 않다는 한 시청자'는 나에게 레오니 마르탱 이야기를 다룬 책을 알려 주었다. 레오니 마르탱은 '아기 예수의 성녀 데레사'의 자매로 그분에게 기도를 하면 나의 고통이 줄어들 거라고 했다. 이 시청자는 나에게 '유전학적이고 자기학磁氣學적인 균형 회복'을 할 수 있도록 도와주겠다고 제안했고 이를 위해서는 나의 사진 한 장만 보내 주면 된다고 했다. 그리고 콜레트라는 사람은 정말 친절했다. 그녀는 이탈리아 성지순례 대신 산 다미아노 행 모든 버스의 정보까지 알려 주면서 순례 기간과 도로의 상태도 상세히 알려 주었다. 그리고 나는 작은 꾸러미 속에서 투명한 액체로 가득 찬 작은 병도 발견했다. 은가루가 섞인 성수였는데 하루에 두 방울씩 마시면 내 병이 낫는다고 했다. 플로리스트인 크리스텔 언니와 함께 정말 배꼽을 잡고 웃었던 사연이 있었다! 다음과 같은 어느 여자분의 상세한 지령 때문이었다.

일단, 매일 아침 싱싱한 제비꽃 잎사귀 일곱 장을 집으세요……. 물 한 컵을 끓이고 제비꽃 잎을 넣고 우려내세요. 당신은 공복에 이 우린 물을 마시고 곧이어 아침을 드세요. '오, 이 제비꽃 차 맛은 이상하고 역겨워'라는 생각이 든다면, 된 겁니다. 그리고 차를 마시지 마세요. 잎이 우러난 차는 전이를 멈추게 합니다. 많은 사람들이 이게 쓸데없는 짓이라고 생각하지만, 천만의 말씀입니다.

이 내용은 두 쪽에 걸쳐 이어졌다. 문제의 제비꽃 때문에 우리는 웃다가 결국 울어 버렸다. 나에게 되도록 빨리 개종을 하라며 압력을 넣는 사람들도 있었다. 그들의 종교 때문에 혼란스럽지는 않았다. 결국 우리는 우리가 원하는 것을 믿으니까 말이다. 나는 그저 사람들이 각자의 신앙으로 나를 위해 기도를 해준다는 사실에 매우 감동을 받았고, 기분이 좋기도 했다. 사실 내가 이상하게 생각했던 건 그들의 포교 활동이었다. 어떻게 감히 누군가에게 자신과 같은 것을 믿으라고 강요할 수 있는 걸까?

우리 아이들은 이런 언론 노출에 각자 나름의 방식으로 반응했다. 그동안 평범했던 일상들이 열흘 동안 조금 뒤죽박죽되어 버렸다. 이전에도 우리 집에는 항상 누군가 방문했다. 아무리 그렇다 하더라도 학교에서 돌아왔을 때 카메라들이 거실을 점거하고 있는 모습은 이상해 보였을 것이다. 줄리는 이런 상황을 즐기기도 했다. 〈7시에서 8시〉의 젊은이들이 줄리의 유도 수업에 함께 간다고 하니 너무 기뻐하며 거실에서 방방 뛰었다.

"좋아요! 카메라에 더 잘 찍힐 수 있게 저는 다다미 가장자리에서 있을게요!"

진지한 질문을 받으면 줄리는 꽤 자연스럽게 대답했다.

"줄리, 엄마께서 어떻게 아프신지 알고 있니? 말해 봐."

"그럼요, 엄마는 치료할 수 없는 암에 걸리셨어요."

"그럼 줄리, 엄마께서 곧 세상을 떠나게 되실 거라는 것도 알고 있니?"

"네."

"줄리, 죽음이란 무엇을 뜻하는지 아니?"

"아, 네……."

사람들이 심각한 얼굴로 질문을 해도 줄리는 마치 왜 당연한 것을 묻는지 모르겠다는 것처럼, 어른 말투로 무표정한 얼굴을 하고는 한숨을 푹 내쉬었다. 사실 나는 내 병에 대해 절대 금기시하지 않았다. 처음부터 나는 병의 변화에 대해 아이들에게 모두 알렸고 암이 무엇인지, 치료를 위해 무엇을 시도하게 될 것인지도 모두 알렸다. 나에게 닥칠 위험들에 대해 전혀 숨기지 않았다. 그리고 내가 어쩔 수 없이 죽게 되었다는 것을 알게 되었을 때도 나에게 얼마만큼의 시간이 남아 있는지 아이들에게 바로 알렸다. 기자들이 줄리, 티보, 마티유를 구석으로 데리고 가 조용히 이것저것 묻는 경우가 자주 있었다. 나는 아이들이 기자들과 이야기를 나누고 난 뒤 어떤 대답을 했는지 물어본 적이 없었다. 고통스러운 이야기를 다시 한 번 떠올리게 하고 싶지 않았기 때문이다. 나는 아이들에게 아무것도 숨기지 않았고, 아이들은 나를 신뢰했으며, 나는 그 신뢰를 아이들에게 다시 돌려주었다. 세 아이들 중 한 명이 어느 기자의 질문에 당황하게 되면 분명히 나에게 와서 이야기를 할 것이라는 것을 나는 알고 있었다.

마르고는 늘 해왔던 대로 했다. 기자들이 남자면 '아빠'라고 불렀고, 새로운 사람이 오면 "안아 줘, 안아 줘."라며 다가가 매달렸다. 티보와 마티유로 말하자면 좀 짜증스러워했다. 처음에는 친절하게 대답을 잘했다. 두 아들은 원래 말이 많지 않았지만 그래도 처음에는 분위기를 잘 따랐다. 하지만 결국 싫증을 냈다. 마티유에게서는 그리 큰 문제가 일어나지 않았다. 마티유는 까다로운 아이가 아니었고, 혼란스러워하지 않았다. 내가 마티유에게 소파로 와서 사진 한 장을 같이 찍자고 하면 상냥하게 다가왔다. 그러고는 잠깐 앉았다가 예고도 없이 다시 놀이를 하러 돌아갔다. 아직 사진을 제대로 찍지도 않았는데 말이다. 티보는 모르는 사람들과 함께 있다는 사실에 많이 혼란스러워했다. 다른 아이들보다 늘 더 예민했다. 티보는 투덜대면서 불평불만을 했다. 어느 날 저녁, 나는 아이들과 이런 집안 분위기에 대해 이야기를 나누었다.

"얘들아, 요즘 집에서 일어나고 있는 일 때문에 너무 귀찮지는 않니? 우리끼리 있을 수도 없고 항상 카메라로 찍어 대고 사진도 찍고…….”

“아뇨, 재밌어요!”

줄리였다. 이런 분위기 속에서 재미를 느끼고 있는 건 줄리밖에 없었다. 마티유는 어깨만 으쓱 올렸고, 티보는 솔직하게 불만을 털어놓았다.

“저는 지긋지긋해요. 저 사람들 때문에 놀지도 못해요. 귀찮게 자꾸 뭘 물어봐요.”

홍분은 어느새 분노로 바뀌었다. 불가피한 일이었다. 열흘이 지나자 줄리조차도 매일 저녁 부엌을 차지하고 있는 이 기자들을 지겨워했다. 피니에스 부부 역시 영향을 받았다. 기자들이 퀴소의 피니에스 가족들까지 귀찮게 했다. 장-마르크의 어머니 전화도 삼일 내내 계속 울려 댔다. 발레리와 장-마르크는 그들을 카메라에 담고 싶다든지 인터뷰를 하고 싶다는 요청을 들어주지 않았다. 발레리는 이런 주제에 대해 주관이 뚜렷했다.

“위탁 가정으로서, 비밀을 지켜줄 의무가 있어. 어떠한 경우에도 언론에 이야기하면 안 돼. 하물며 아이들의 방에 카메라를 두는 건 절대 안 되는 일이야.”

열흘간의 미디어의 홍수 끝에 내 이야기가 TF1의 France 2 저녁 8시 뉴스를 통해 방송되었다. 이어 France 3, M6에서는 물론 국영 라디오 방송국과 주요 일간 신문에서 다뤄지고 나자 모자보호센터에서 전화가 왔다.

"마리-로르 씨, 좋은 소식이 있어요."

"네?"

"아이들을 피니에스 부부에게 위탁할 수 있는 계약서가 준비되었어요. 이제 서명할 일만 남아 있습니다."

마침내 내가 해냈다! 나는 내 귀를 의심했다. 아이들에게 이 소식을 알리자 아이들은 나에게 축하해 주었다.

"최고예요, 엄마. 엄마가 해냈어요."

아이들의 기뻐하는 표정 뒤에 또 다른 감정이 일고 있다는 것을 나는 알아챘다. 피니에스 가족과 함께 살게 되었다는 뚜렷한 행복 이상으로 앞으로의 인생에 대한 안도감이었다.

12월 3일 수요일, 피니에스 부부는 피티비에 모자보호센터와 계약서에 서명을 했다. 나는 목요일에 서류에 서명했다. 금요일에는 질이 아이들의 미래를 최종적으로 확인하는 서류들에 간략 서명을 했다. 이 서명으로 이제 줄리, 티보, 마티유, 그리고 마르고는 성년이 될 때까지 발레리와 장-마르크 부부와 함께 살게 되었다. 서명된 계약은 일 년 동안 유지된다. 원래 표준 절차라고 했다. 아이들의 위탁은 매년 갱신된다. 계약 갱신과 상관없이 발레리와 장-마르크가 내 아이들을 계속 보호하기 위해 온 힘을 쏟을 것이라는 것은 의심의 여지가 없었다. 그리고 나는 세실이 불의의 사태에 대비하겠다는 말에 동의했다. 만약 모자보호센터가 이런저런 이유로 내가 세상을 떠난 후 나의 의사와 다르게 일을 처리한다면 세실은 당장에 전쟁 선포를 할 것이고, 우리가 만났던 기자들을 모두 불러 모을 것이다. 내가 이 이야기를 기자들에게 했을 때 그들은 내 사후에도 나를 지지하겠다고 약속했다.

"마리-로르 씨, 걱정하지 마세요. 만약 아이들이 피니에스 씨 집을 나오게 된다면 다시 언론은 강하게 압박할 것입니다."

나는 그들이 그렇게 할 것이라는 것을 확신한다. 그들은 나에게 그렇게 하겠다고 약속했다. 하지만 이런저런 상황에 나는 조금 힘이 부쳤고 기자들의 행렬은 나를 지치게 했다. 리포터들은 친구와 달랐다. 저녁에 요아킴과 스크래블 한 판을 하고 몸이 힘들다 싶으면 나는 주저 없이 요아킴을 밖으로 내몰았다. 하지만 내 이야기를 들어주기 위해 수 킬로미터를 달려온 사람들을 소홀히 대할 수는 없었다. 그렇지만 내 몸은 더 이상 생활 리듬을 따라가지 못했고 종양 때문에 척추가 눌려 끔찍한 통증이 몰려 왔다. 문제는 오랫동안 내가 건강이 나빠질 거라는 것을 실감하지 못했다는 것이다. 닥터 피코가 나에게 말했던 것처럼 아무리 내 몸 속은 모두 썩었다고 생각을 해도 소용없었다. 나는 그간 컨디션이 좋았고, 카림이 나에게 조언했던 것처럼 몸을 보살피지 못했다. 요컨대 몸이 좀 살 만하다고 너무 방심했던 것이다. 나는 휴식을 취해야 했고, 아이들과 함께 조용히 쉬는 시간도 가져야 했다. 내가 내 이야기를 쓰기로 결심했던 것도 바로 이때다. 나에게 책이란 언론이 했던 역할의 뒤를 잇고, 장기간의 흔적을 남길 수 있는 가장 이상적인 방법인 것 같았다. 내 아이들은 신문에 실린 모든 기사들을 통해 무엇을 기억하게 될까? 내가 이 책 속에 증언하고자 하는 것은 바로 내 아이들을 위한 내용들이다. 그리고 아이들이 나를 더 잘 알게 하기 위해서, 나의 투쟁을 잘 이해할 수 있도록 하기 위해서다. 아이들이 더 자랐을 때 내가 누구인지, 내가 아이들을 얼마나 사랑했는지 그리고 아이들을 위해 내가 했던 모든 것들에 대해 말해 줄 수 없을 것이기 때문이다.

파트타임 엄마

"자, 잘 봐. 저분들이 엄마가 세상을 떠나고 나면 내가 살게 될 집의 아줌마, 아저씨야."

11월 어느 저녁이었다. 승인이 아직 나지 않았을 때였다. 피니에스 가족은 아이들이 그들에게 익숙해질 수 있도록 자주 우리 집에 들러 커피를 마셨다. 그날도 그런 이유로 우리 집을 방문했다. 아이들은 인사를 하러 다가왔다. 그들 중에는 줄리의 친구도 있었다. 마티유가 인사를 하려다가 이상한 표정으로 누나 친구에게 장난을 쳤다. 발레리는 멍하니 입을 벌리고 있었고, 장-마르크는 웃고만 있어야 할지 중간에 끼어들어야 할지 몰랐다. 결국 발레리가 입을 열었다.

"잠깐만, 마티유, 그러면 안 된다고 했지."

"아, 네, 네, 알아요."

발레리와 장-마르크는 기분이 좋지 않았다. 다섯 살짜리 남자아이가 냉랭한 말투로 별거 아니라는 듯 성의 없이 대꾸하는 것을 보면 어떨 땐 조금 두렵기도 하다. 다행히 발레리와 장-마르크는 아이가 겉으로 보이는 차가움 속에는 심각한 혼란이 숨겨져 있다는 걸 아주 잘 알고 있었다. 내가 세상을 떠난 뒤 아이들에게 닥칠 일들은 사실 아무리 큰 아이들이라고 해도 아직은 너무 먼 이야기였다. 게다가 아이들은 자기들끼리는 엄마가 없을 때의 삶에 대해서는 이야기 나누지 않았다. 마치 금기시되는 주제 같기도 했다. 아이들이 가능한 한 빨리 그들의 미래에 대해 생각하게 만드는 것, 이것이 피니에스 가족에게도 우리에게도 중요했다. 변화가 부드럽게 이루어질 수 있게 하고 싶었다. 그래서 우리는 주말을 이용해 작은 시도부터 해보기로 했다.

"얘들아, 발레리 아줌마랑 장-마르크 아저씨 집에서 주말을 보내는 거 어때?"

"왜요?"

"좀 친해지면 좋잖아. 너희가 어떤 곳에서 살게 될지도 보고. 너희들이 어떤 방에서 지내게 될지 보고 싶지 않아?"

"보고 싶어요!"

아주 큰 소리로 대답한 목소리의 주인공은 마티유였다. 마티유는 까다로운 아이가 아니었다. 나의 둘째아들 마티유는 남들과 별다르지 않았다. 물론 조금 소란스럽기는 했지만 온순한 편이었다. 만약 그에게 "오늘 세실 집에 가서 잘까?"라고 말을 하면, 말이 다 끝나기도 전에 마티유는 이미 자기 짐을 챙기러 간다. 그런데 동시에 혼자 조용히 지내기를 좋아하는 아이기도 하다. 구석에서 놀기 좋아하고 장난감 트랙터로 이야기를 지어 내며 논다. 레고나 플레이모빌을 가지고 내리 서너 시간은 놀 수 있다. 그리고 누가 책을 읽어 주는 것도 정말 좋아한다. 자신만의 세상 속에서 많은 것을 내면화한다.

줄리는 주말 계획에 대해 그리 뜨거운 반응을 보이지 않았지만 그렇다고 반대하지는 않았다. 줄리는 이런 계획이 자신들의 행복을 위한 것이라는 걸 잘 알고 있었다. 사실 내가 가장 걱정스러웠던 건 티보의 반응이었다.

우리 큰아들은 나와 떨어지는 걸 힘들어하고 누나와 동생들보다 감수성이 더 예민한 편이다. 친구 스티븐 집에서 종종 잠을 자지만 그래도 대부분 집에 있는 걸 더 좋아한다. 부드럽고 다정한 아이지만 자기가 느끼는 모든 것을 밖으로 표현해 버리는 솔직한 아이기도 하다. 이런 성향은 좋은 점도 있고 나쁜 점도 있다. 무엇인가 마음에 들지 않으면 얼굴은 잔뜩 뿌루퉁해서는 싫은 감정이 그대로 드러난다. 그래서 학교 생활이 늘 쉽지 않다. 학교에 가면 도움이 되는 게 많다는 데도 동의하지 않았고, 교사의 권위도 인정하지 않았다. 그래서 만약 내가 피니에스 가족의 집에 가서 주말을 보내자고 하면 티보는 가차 없이 싫다고 할 거라고 생각하고 있었다. 그런데 내 생각이 완전히 빗나갔다. 티보는 그저 어깨만 으쓱하더니 숨을 내쉬며 말했다.

"알았어요."

내가 아이들을 데리고 피니에스 집에 간 날은 11월 15일 토요일이었는데, 이날은 마침 발레리의 생일이었다. 티보와 마티유는 발레리의 생일 파티에 참석할 수 있다는 생각에 오히려 들떠 있었다. 집에 데려다주고 자리를 뜨려는 순간에도 아이들 중 아무도 소란을 떨지 않았다. 이런저런 주의사항을 전할 필요도 없었다. 나는 발레리와 장-마르크를 전적으로 신뢰했기 때문이다. 나는 두 사람에게 종이 한 장을 건네주었을 뿐이었다. 나는 거기에 티보가 좋아하는 것들의 목록을 적어 두었다. 빵, 버터 그리고 줄무늬가 없으면 먹을 수 없는 거라고 우겨 대기 때문에 꼭 줄무늬 모양으로 누른 햄버거 패티, 감자 퓨레, 감자튀김, 정말정말 좋아하는 강낭콩, 토마토, 이게 전부였다. 발레리는 나에게 아이들 한 명 한 명에 대해 짧게라도 조언을 부탁한다고 했다. 하지만 나는 발레리와 그녀의 남편이 스스로 아이들을 파악해 보는 게 낫겠다고 생각했다. 어차피 아이들은 나와 함께 있을 때와 다른 사람들과 함께일 때 아주 다르게 행동할 테니까 말이다.

일요일에 안부를 물으러 전화를 했다.

"그래 어떻게 지냈어?"

"최고였어. 덕분에 웃음이 끊이지 않았다니까. 이 연령대 아이들과 함께 있으니 우리가 젊어지는 것 같아!"

"나를 찾지는 않았고?"

"아니, 종이에 써 준 거 덕분이야."

"너무 까탈스럽게 굴지는 않았어?"

"전혀. 정말 사랑스럽고 말도 잘 들었어. 줄리는 좀 조심스러워하는 것 같지만 모든 일에 흥미를 보여. 티보는 질문을 끝도 없이 하고 우리에게 쉽게 마음을 열었어. 마티유는 큰 아기나 다름없어. 가끔 다른 생각에 빠져 있는 것 같긴 하지만 이런 수다쟁이가 또 있을까 할 정도로 말이 많아!"

"마르고는?"

"마르고는 정말 고집쟁이야! 변덕을 안 받아 주면 마구 화를 내! 발을 동동 구르고 삐지고 꼬집고 그리고……. 그래도 너무 귀여워. 계속 안아 달라고 하고……."

"집에서 하는 거랑 똑같네! 장난도 치고 그래?"

"아이들이야 노는 게 일이지. 어제는 아이들로 집이 꽉 차서 다들 깔깔거리며 웃는 소리만 들렸어. 티보와 마티유는 둘이 싸우기도 했지만 뭐 괜찮아! 남자아이들이 다 그렇지……."

"다들 잠은 잘 잤어?"

"응, 그럼, 아주 잘 잤어. 그런데 잠자리를 처음엔 결정을 못했는데, 티보와 마티유는 아래에서 자기로 했어. 조금 따로 떨어진 느낌이 들지만 거기에서는 시끄럽게 떠들어도 괜찮거든.!

"좋네! 자기들이 더 좋다면…… 몇 시쯤 데려다줄 수 있어?"

"오후 다섯 시쯤, 넌 어때?"

"좋아. 아이들에게도 내 인사 전해 줘. 이따 만나."

많이 지쳐 있었는데 이번 주말, 일요일 아침은 여덟 시 반에 일어날 수 있어서 감사했다. 하루 종일 거의 잠만 잤다. 아이들이 집에 돌아올 때는 몸이 그리 좋지 않겠지만 내 새끼들을 다시 품에 안을 수 있다는 생각에 기뻤다. 그래도 아이들이 너무 보고 싶었다…….

"이번 주말에는 어떻게 지냈어?

"좋았어요."

"티보, 너도 좋았니?"

"네, 네. 장-마르크 아저씨랑 엄청 많이 놀았어요."

"뭐하고 놀았어?"

"수리요. 아저씨가 벽을 수리했어요. 아저씨가 못을 박을 동안 마티유랑 같이 판자를 잡아 드렸어요."

티보의 눈이 반짝거리고 있었다. 피니에스 가족도 티보에게 축구공을 주었을지도 모른다. 하지만 티보는 축구공 놀이는 재미없어 한다. 질은 아이들과 함께 수리를 하고 싶어 한 적이 없었다. 참을성이 없었기 때문이다. 모든 일이 순조롭게 진행되어서 정말 마음이 편했다. 하지만 쉼은 잠깐뿐이었다. 저녁이 되자 아이들은 또 미친 듯이 날뛰었다.

"마티유, 장난감 상자 쏟을라 조심해."

그때 마티유는 파워레인저를 담은 파란 상자를 들고 있었는데 내 앞에서 보란 듯이 일부러 상자를 엎어 거실 바닥에 장난감을 모조리 쏟아 버렸다.

"마티유, 티보, 샤워실에서 조심해! 마티유, 장난감을 여기저기 늘어놓지 말고!"

이 녀석들 때문에 분명히 욕실 바닥은 물난리가 났을 것이다. 줄리마저도 대답하는 말투가 반항적이었다. 보통 저녁 아홉 시가 되면 아이들을 재웠는데 오늘은 모두 일곱 시에 침대에 누웠다. 나는 너무 피곤했다. 주말 내내 기다렸던 저녁인데 아이들 때문에 모두 망쳐 버렸다. 아이들 나름대로 나에게 복수하는 것 같았다. 다음 날 저녁에 발레리가 집에 들렀길래 나는 아이들의 태도에 대해서 이야기했다. 줄리, 티보, 마티유가 학교에서 돌아오자 발레리가 아이들을 꾸짖었다. 아이들은 발레리의 이야기를 아주 잘 이해했다. 아이들은 단지 내 병과 이로 인해 초래되는 결과에 대해 거부하려는 마음을 그들만의 방식으로 표현하였던 것이었다. 그날 저녁에는 아주 사랑스러운 아이들로 돌아왔다……. 주중에 너무 힘들었는데 다행이었다. 등의 통증은 점점 끔찍해져만 갔다. 닥터 피코는 나에게 다시 검사할 것을 권유했다.

"마리-로르 씨, 척추 부위의 전이가 더 확산되었어요. 몸을 아끼셔야 해요. 특히 절대로 무거운 물건은 들지 마세요."

무거운 것이라 함은 마르고도 포함이었다. 난처해진 나는 카림에게 조언을 구했다. 카림이라면 깔끔하게 정리해 줄 것 같았다.

"마리-로르, 척추에 계속 무리를 주면 얼마 안 있어 더 이상 걷지 못할 수도 있어요. 안아 주지 않는 게 정말 아이들을 잘 돌볼 수 있는 길이에요……. 약속해요, 마리-로르, 마르고를 이제 안아 주면 안 돼요."

말은 쉽지! 우리 막내는 이제 겨우 두 살이다. 항상 붙잡아 줘야 하고, 식사를 할 때도 챙겨야 하고, 목욕을 할 때도 옷을 입을 때도…… 신경이 많이 갔다. 내가 어떻게 안아 달라고 매달리는 내 새끼를 뿌리칠 수 있을까? 마르고는 틈만 나면 안아 달라고 했다! 발레리에게 이 문제에 대해 이야기했더니 그럴듯한 대책을 하나 제시했다.

"마리-로르, 잘 들어봐. 모자보호센터의 결정을 기다리는 동안 내가 마르고를 돌볼게. 지금부터 하루 종일, 자원봉사자로서 맡는 거야."

"고마워."

이 문제에 대해 여러 각도로 고민해 보았지만 별다른 해결책이 없었다. 그날 저녁, 그러니까 11월 22일부터 마르고는 완전히 발레리와 장-마르크의 집에서 살게 되었다. 너무 이상하게 느껴졌지만 좋은 선택이었다. 게다가 관계가 끊기는 게 아니다. 피니에스 가족의 집은 우리 집 근처이고……, 그리고 세실이 정기적으로 우리 집과 피니에스 가족의 집을 오갈 것이다. 내가 마르고를 더 많이 보고 싶으면 저녁에 피니에스 부부가 우리 집으로 커피

한 잔 하러 오면서 데리고 와도 된다.

이 주 후, 모자보호센터까지 서명을 한 위탁 계약서로 발레리와 장-마르크 피니에스에게 우리 아이들을 위탁하는 것이 공식적으로 승인되었다. 이 계약은 즉시 효력을 발휘하게 되었다. 이제부터 나의 건강 상태에 따라 위탁을 원하면 아이들은 그 어느 때라도 피니에스 가족 집에 머물 수 있다. 아동복지센터의 여러 사회 보조들이 아이들이 살 집에 대해 알아 보고 아이들과 함께 이야기를 나누기 위해 우리 집과 발레리 집을 다녀갔다. 우리는 아이들이 새로운 환경에 적응하는 데 도움을 주기 위해서 함께 방문 일정을 짰다. 줄리, 티보, 마티유는 일요일 저녁부터 수요일 아침까지 일주일에 이틀 동안 피니에스 가족의 집에서 지내게 되었다. 나는 아이들의 의사를 묻지는 않았다. 그건 의미가 없었기 때문이다. 아이들은 나와 계속 이 집에서 머물고 싶어 할 게 뻔했다. 나는 단지 아이들에게 가장 좋은 일정이라고 생각되는 대로 짰을 뿐이다.

이번에는 티보가 심드렁했다. 투덜이 티보는 나에게 왜 피니에스 가족의 집으로 돌아가고 싶지 않은지 설명했다. 주요 불만은 샤워 때문이었다.

"거기에선 매일매일 샤워를 해야 한다고요!"

아이들이 집에 있을 때는 하루 건너 한 번씩 샤워를 했다…….
이런 소소한 이유들이 나에게는 참 재밌게 느껴졌다. 중요한 건

어쨌든 모든 과정이 잘 흘러가고 있다는 사실이었다. 아이들이 학교에서 돌아오고 난 뒤 발레리와 장-마르크가 우리 집으로 오면 줄리는 그 두 사람에게 먼저 다가가 안겼다. 아들들 역시 그들의 품안으로 달려갔다. 티보는 곧 매일매일 샤워를 하게 될 것이라고 나는 확신한다. 그런데 줄리가 피니에스 가족의 집으로 간다니까 얼굴을 찡그리며 말했다.

"세실 아줌마네 집에 가서 자면 안 돼요?"

"왜?"

"그냥 그러고 싶어요, 그게 다예요……."

나는 줄리가 혹시 불안한 건가 싶어 차마 거절하지 못했다. 이번에는 아들들만 피니에스 가족에게 보내기로 했다.

일요일 저녁, 나는 아들들을 데리고 아이들의 두 번째 집인 피니에스 가족의 집으로 향했다. 아이들의 발걸음이 무거워 보였지만 그렇다고 시무룩해 보이지도 않았다. 집에 돌아와서 부엌으로 가 보니 집이 텅 빈 것처럼 느껴졌다. 아이들이 다른 곳에 자러 간 게 처음은 아니었다. 하지만 한두 명은 함께 집에 남아 있었다. 이번에는 정말 나 혼자였고 아이들 모두 다른 집 지붕 아래서 자고 있었다. 다행히도 무거운 기분에 짓눌려 있기에는 몸이 너무 피곤했다. 나는 텔레비전 앞에서 일찍 곯아떨어져 버렸다. 걱정하느라 목이 메어 오기 시작했던 것도 하품 한 번으로 진정되었다. 다음 날 아침, 새벽에 깨지 않고 푹 자고 일어나니 기분이 좋아졌다. 내가 정말 휴식이 필요했구나, 하는 생각이 들었다. 나는 아주 적은 활동에도 예전보다 훨씬 빨리 피로를 느꼈다. 늦은 오전에 나는 조용히 커피 한 잔을 마시고 있었다. 바로 그때 전화벨이 울렸다. 세실이었다.

"마리-로르, 학교에서 전화가 왔어. 교장 선생님 말이 줄리가 배랑 가슴 쪽이 아프다고 한대. 어서 와서 데리고 가라고 하셔."

"네가 줄리 좀 너희 집으로 데려올 수 있니?"

"응, 데리고 와서 좀 누워 있게 할게. 그럼 좀 나아질 거야. 내 생각에는 불안에 의한 발작 증상 같기도 해."

"그럼 다행이고……."

"너희 집으로 데리고 갈까?"

"병원에 예약이 잡혀 있어서 안 되겠어."

"알았어, 어쨌든 내가 알아서 할게."

"그래도 소식은 알려 줘."

"당연하지."

내 새끼 줄리……, 성격도 조용하고 몸도 너무 약한 내 새끼. 줄리는 곧 열두 살이 된다. 줄리는 지금 변화를 겪고 있다. 본인은 그 사실을 모르고 있을 뿐이다. 요즘 줄리는 옷과 액세서리 같은 여자아이들이라면 좋아하는 모든 것에 눈이 반짝반짝했다. 이미 귀도 뚫었고, 아직 어린데도 화장품에 관심이 많다는 것도 나는 안다. 문제는 줄리의 피부가 나처럼 너무너무 약하다는 사실이다. 언젠가 한 번은 줄리가 친구의 화장품으로 화장을 해보았다가 얼굴이 삶은 가재처럼 온통 시뻘게진 적이 있다. 결국 응급실로 달려가야 했다!

어느 날 여전히 싱거운 농담을 던지고 있었는데 카림이 말했다.

"마리-로르, 그런 이상한 농담은 도대체 언제까지 할 수 있는 거야? 너와 함께 그런 농담도 이제 사라지겠구나."

"아니, 아닐걸! 내가 엄마의 유머 감각을 이어받을 건데!"

말은 그래도 줄리는 어리석은 짓을 많이 하지 않았다……. 나의 큰딸, 학교에서는 모범생이고 집에서는 컴퓨터 앞에서 채팅을 하며 시간을 보내는 조용한 우리 큰딸. 네 아이들 중 앞으로 무슨 일이 일어날지에 대해 가장 잘 이해하고 있는 건 분명 줄리다. 줄리가 보이는 호기심, 모든 것들에 던지는 수많은 질문들, 어른에 대한 견해, 솔직함은 줄리가 어느 정도의 성숙한 시선으로 상황을 받아들이고 있음을 보여 주었다. 그리고 줄리는 맏이 역할을 하고 싶고 모범을 보이고 싶어 하는 것 같았다. 줄리는 내가 살 날이 얼마 남지 않았다는 사실을 알게 되었을 때부터 문에 걸려 있는 작은 칠판에 파란색 수성펜으로 나에게 자주 메모를 남겼다.

엄마, 사랑해요. 그냥 하는 말이 아니에요. 진심으로 하는 말이에요. 나는 엄마를 정말 정말 정말, 정말보다 훨씬 많이, 엄청 많이 사랑해요! 아이 러브 유! 나는 엄마를 항상 생각할 거예요, 언제까지나 사랑할 거고. 맞아요, 엄마는 영원히 나의 소중한 엄마예요. 비록 엄마가 세상에……. 자, 여기까지, 쪽, 줄리가.

줄리의 문제는 자기도 엄마만큼 강하기를 원한다는 것이다. 이제 고작 열두 살인 아이가……. 불안 발작도 어쩌면 어느 정도 예상했던 일이다. 줄리도 언젠가는 어떻게든 한 번 겪을 일이었다. 나는 줄리가 세실과 함께 있으면 마음이 놓였다. 세실은 가족이나 다름없었다. 나는 줄리가 세실에게는 말할 수 있기를 바랐다. 엄마인 내가 아닌 다른 누군가와 함께 자신의 짐을 덜어 내는 것도 좋을 것 같았다.

오후에 나는 아들들이 어떻게 지내고 있는지 궁금해 발레리에게 전화를 했다.

"어떻게 지내고들 있어?"

"좋아, 아주 잘 지내. 티보는 어제 저녁에는 엄청 잘 먹었어. 심지어 더 먹기까지 했다니까."

"웬일이야! 집에서는 뭐라도 먹게 하려면 전쟁인데."

"아니야, 엄청 잘 먹어. 닭고기랑 강낭콩 요리 먹었거든. 티보가 다 좋아하는 것들이지! 그런데 마티유는 자러 가면서 엄마 찾더라."

"뭐라고 이야기해 줬어?"

"오늘 밤 지나고 수요일이 되면 이제 집에서 잘 수 있다고 설명해 줬지. 그러니 엄마 안 찾고 잠들었어. 넌, 잘 지내고 있지?"

"응, 그럼, 그럼."

전화를 끊고 나니 익숙했던 아이들의 시끌벅적한 소리가 그리웠다. 만약 수화기 너머로 아이들의 소리가 들렸으면 당장에 발레리 집으로 내 새끼들을 보러 달려갔을지도 모른다. 하지만 그렇게 하면 아이들을 혼란스럽게 할 수 있기 때문에 그러지 않기로 스스로 약속했다. 그때부터 나는 아이들이 발레리네 집에 자러 갔을 때는 전화를 하지 말아야겠다고 결심했다. 내가 이 세상에 없게 되면 아이들을 보러 갈 수 없을 것이다. 아이들도 가능한 한 일찍 익숙해지는 편이 낫다.

저녁에 세실이 전화를 했다. 줄리는 아주 잘 지내고 있다고 했다. 세실은 나에게 말했다.

"줄리가 원하는 건 단지 관심일 뿐이야. 그게 다인 거 같아. 돌봄을 받기 시작하니까 아주 건강해졌어!"

수요일 아침, 나는 내 아이들 모두를 다시 볼 수 있다는 사실에 기뻤다. 티보는 전날, 밤 열 시 반까지 자지 않고 있을 수 있어서 좋아했다. 티보가 얌전하게 생활했고, 다음 날은 학교에 가지 않기 때문에 발레리가 그때까지 텔레비전을 볼 수 있도록 허락했다는 것이었다. 아이들은 더 이상 피니에스 가족의 생활 규칙이 과하다고 여기지 않았다. 잘 적응하고 있었다. 마티유는 자기도 티보 형처럼 생활 규칙들을 잘 지켜보기 위해 다음 주를 기다렸다.

처음부터 발레리는 매우 분명하게 밝혔다.

"여기는 아주 단순해. 너희들이 착하게 행동하면 너희는 그에 맞는 상을 받게 되고, 너희가 못되게 굴면 나는 소리를 지를 거야. 나는 너희들이 내 이야기를 듣기 원해. 뒤죽박죽 어질렀으면 다시 제자리에 정리하는 것도 너희 몫이야. 내가, '식탁으로 모이자' 하면 다들 식탁으로 와서 앉아야 하고 다른 사람들이 식사를 마치지 않으면 계속 자리를 지켜야 해."

일요일 저녁, 식구들이 저녁 식사로 닭고기 요리를 먹는 중이었는데 마티유가 다른 사람들이 식사를 마치기 전에 평소처럼 아무 말 없이 의자에서 일어났다.

그러자 발레리가 마티유를 바로 멈춰 세웠다.

"마티유, 어디 가니?"

"그만 먹으려고요."

"아직 감자가 남아 있구나. 이제 배 안 고프니?"

"고파요, 하지만……, 안 고파요."

"식탁에서 일어나면 더 이상 아무것도 먹을 수 없어."

마티유는 발레리 눈을 똑바로 쳐다보고는 구석으로 가 놀기 시작했다. 그런데 티보가 접시를 다 비우자 마티유가 다시 식탁으로 왔다.

"요구르트 먹고 싶어요."

"안 돼. 식탁에서 자리를 뜨면 디저트도 없을 거라고 이미 얘기했어. 더 이상 감자를 먹고 싶지 않았던 건 다른 것도 먹고 싶지 않았던 거지."

마티유는 아무런 대답도 하지 못하고 자리를 떠났다. 티보는 요구르트를 한입 먹고는 눈치도 없이 한마디 했다.

"맛 좋네."

이런 틀에 맞춰진 생활 방식이 티보의 마음을 안심시켰을 거란 생각이 든다. 티보는 피니에스 가족과 함께 살게 되면서 그를 기다리고 있는 게 무엇인지 알고 있었다. 티보만의 방식으로 또 다른 작은 둥지를 만들어 가고 있는 중이었다. 발레리는 며칠 뒤 다른 일화로 나에게 확인시켜 주었다.

"어제 남편이 긴 의자에 앉아 있었는데 내가 그 옆에 앉으려고 했거든. 그런데 티보가 갑자기 끼어들면서, '안 돼요! 제발요, 두 분 사이에 제가 앉아도 될까요? 가운데 자리를 좋아하거든요. 제가 좋아하는 자리예요.' 하고는 혼자서 우리 사이에 떡 하니 앉는 거야. 엄청 만족한 표정으로 말이야."

아이들 각자 새로운 가족 안에서 자신의 자리를 만들려고 애를 썼다. 가장 자연스럽게 자신의 땅을 표시했던 건 마르고였다. 안아 달라고 팔을 뻗고, 발을 동동 굴러 자기를 돌볼 사람이 있는지를 확인하는 것이었다. 마티유는 어디까지 갈 수 있는지 시험했다. 줄리 같은 경우는 아직까지는 자기가 느끼는 걸 속으로 억누르고 있었다. 하지만 사춘기에 접어들었고 결국에는 어떻게 해서

든지 자신을 표현하게 될 것이었다. 당장에 이 정도면 적응이 순조로운 편이었다. 하지만 언젠가 또 다른 문제들이 생겨날 것이라는 걸 나는 알고 있었다.

아이들이 피니에스 가족의 집에서 짧게나마 머물기 시작한 지 삼 주가 되었을 때였다. 티보의 행동에 대해 경고하기 위해 학교에서 전화가 왔다. 티보는 여전히 성적은 좋았다. 하지만 쉬는 시간에 소란을 피웠고, 심지어 싸우기까지 했다. 일주일 전부터 교장선생님이 엄마에게 말을 전하라고 했는데 일부러 전달하지 않았던 것이었다. 티보는 작년에 이미 정신과 전문의를 만난 적이 있었다. 그 정신과 전문의는 나에게 티보가 아버지의 부재로 힘들어하고 있으며 나에게 대드는 걸로 그 결핍을 표현하고 있다고 했다. 이번에는 질과 아무 상관이 없었다. 티보는 교육 상담원에게 불려 갔다. 교육 상담원은 전문가를 만나 치료를 계속 이어갈 것을 권유했다. 카림은 나에게 한 정신과 전문의를 소개해 주었다. 나는 수요일에 예약을 잡았다. 그리고 티보는 억지로 가는 것이기는 했지만 상담하러 갔다.

"거기 가기 싫어요."

"왜?"

"정신과 전문의들은 바보들을 위한 사람들이잖아요."

"아니야, 전혀 그렇지 않아, 티보. 정신과 전문의들은 혼자서는 해결할 수 없는 문제들을 가지고 있는 사람들을 위해 이야기를 해준단다.”

“그래도 가기 싫어요, 그냥 노는 게 더 좋아요.”

티보의 상담이 끝날 무렵, 나는 상담실로 들어갔다. 의사는 티보가 내가 죽고 나서 어떤 일이 일어날지 파악하는 데 어려움을 겪고 있다고 했다. 그리고 카메라에 노출되는 것을 더 이상 견디기 힘들며, 이런 언론 노출 때문에 티보는 자신의 지표도 잃게 되었다면서 아이가 너무 힘들어한다고 주의를 주었다. 그 다음 주에 나는 줄리를 데리고 가야겠다고 마음먹었다. 그런데 줄리는 또다시 배가 아프고 가슴이 답답하다고 했다. 나는 줄리와 이야기를 나누려고 해보았다. 하지만 내 말을 전혀 들으려고 하지 않았다.

“줄리, 네가 왜 그렇게 배가 아프고 가슴이 답답한지 아니?

“아뇨.”

“그건 네가 불안을 드러내는 너만의 방식이야.”

“말도 안 돼요! 내가 왜 불안해요?”

“왜냐하면 엄마가 죽을 거니까. 그리고 그게 널 두렵게 해.”

“난 두렵지 않아요. 난 앞으로 어떤 일이 일어날지 잘 이해했다고요.”

“네가 두렵지 않다는 건 네가 네 자신을 이해하지 못했기 때문이야. 두려운 건 너무 자연스러운 일이란다.”

“두렵지 않아요. 엄마 이야기는 말도 안 돼요.”

정신과 전문의를 만나러 간다는 사실은 줄리에게 괴상망측하게 느껴졌을 것이다. 하지만 줄리는 어깨를 으쓱하는 것으로 만으로 내 결정을 따랐다. 첫 번째 상담 후 의사는 나에게 말했다.

"줄리는 자기가 어른이라고 생각해요. 아직은 그렇지 않은데 말이죠. 자기 나이에 비해서 스스로 너무 큰 책임감을 부여하고 있어요. 그래서 그 결과 엄마의 역할과 맏이의 역할을 혼동하는 경향이 있답니다."

아이들은 무언가를 이해하고 받아들일 시간이 필요하다. 나는 줄리와 티보를 데리고 매주 수요일마다 정신과 상담을 갔다. 매번 아이들을 상담에 데려갈 때마다 너무 힘들었다. 하지만 나는 꿋꿋하게 견디었다. 아이들의 이야기를 들어주고 아이들을 향한 내 사랑을 그들에게 보여 주는 게 내가 할 수 있는 전부였다. 아이들은 발레리의 집에서 자는 날이면 매일 저녁 나에게 전화를 해 똑같은 질문을 했다. 특히 마티유가 그랬다.

"엄마, 잘 지내요?"

"응, 잘 지내고 있어, 걱정 안 해도 돼."

"우리는 언제 집에 돌아가요? 지금 갈까요?"

"그건 너희들이 잘 알고 있을 텐데. 예정된 대로 수요일 아침이란다."

"아, 그렇지! 맞다."

아이들은 내가 자기들을 잊을까 봐 두려웠던 것 같다……. 내

입장에서는 아이들에게 깜짝 방문이 될 수 있도록 피니에스 가족의 집에 자주 가고 싶었다. 하지만 나는 이 변화의 시기가 성공적으로 이어지기 위해서는 내가 판단을 잘해야 한다고 생각했다. 나는 홀로 참아 왔다. 저녁이 되면 내 새끼들이 너무너무 보고 싶었다. 온 집안에 깔려 있는 침묵은 짜증이 날 지경이었다. 그 시간이면 아이들이 내 귀에 대고 고래고래 소리를 질러 대곤 했다.

"숙제하기 싫어요!"

"정말 하기 싫어요, 그건 좋은 게 아니에요."

"웩! 이거 색깔이 왜 이래? 이거 먹기 싫어요!"

"날 괴롭힌 건 형이라고요!"

요아킴과 함께 스크래블을 하면서 내 차례를 기다리는 동안 지루해하는 나를 보며 스스로 놀랐다. 다행히 요아킴이 매일 저녁 함께 시간을 보냈다.

재밌는 건 사실 내가 혼자 있었던 적이 없었다는 것이다. 원래도 우리 집을 찾아오는 사람이 많기는 했지만, 내가 아프기 시작하면서 정말이지 끊이지 않고 행렬이 이어졌다. 그중 가장 일찍 오는 사람은 마갈리다. 마갈리는 아침 일곱 시쯤 엄청 일찍 우리 집에 들이닥쳤다. 아이들이 학교 갈 준비를 하는 것을 도와주었고 직접 아이들을 데려다주기도 했다. 아이들이 가고 나면 내가 샤워를 하는 동안 아홉 시쯤이 되면 세실이 교대를 했다. 세실은 우리 집에 하루 종일 있었다. 일주일에 세 번 세실의 친구 에블린도 함께였다. 에블린은 가족 수당 기금에서 보낸 사회복지 요원인데 청소를 하거나 아이들을 돌보는 일로 나를 도와주러 왔다. 안느라는 사회복지 요원이 또 한 명 더 있었다. 그리고 매일 저녁 우리 집을 들르는 카림을 뺄 수 없다. 크리스텔 언니도 남자 친구와 함께 롱스보로 이사한 이후로 일주일에 두 번은 왔다. 그리고 마리-테 선생님은 사십오 킬로미터나 떨어진 곳에 사시면서 일주일에 최소 한 번은 오셨다. 그리고 위쪽 이웃들인 파스칼, 카린, 로즈, 버스 운전사인 지슬랭, 아그네스, 발레리와 그 외 친구들, 심지어 이부형제들의 아내들과 두 번이나 집을 찾아왔던 어머니도 있었다. 어머니는 늘 그렇듯 아무 말도 하지 않았다. 나는 왜 오셨느냐고 묻기까지 했다.

우리 집을 방문하는 사람들 때문에 방해가 된 적은 없었다. 오히려 그 반대로 나는 그들 덕분에 힘을 얻었다. 잠을 자고 싶을 때만 빼면 말이다. 그런 경우에 나는 고통을 꾹 참았다. 내가 피곤하다는 이유로 누군가에게 감히 돌아가 달라고 말한 적은 단 한 번도 없었다. 우리 집에서는 그런 일은 일어나지 않았고, 그렇게 자라지도 않았다. 나는 기자들에게든 그 누구에게도 '아니오'라는 말을 할 줄 몰랐다. 그 결과, 우리 집은 항상 북적거렸다. 우리 아이들은 친구들이 함께 있으면 좋아하긴 했지만, 지금 와서 생각해 보면 조용한 걸 더 좋아했던 것 같다. 언젠가 발레리가 집에서 티보와 있었던 일을 이야기해 준 적이 있었다.

"전 여기가 참 좋아요. 조용하잖아요. 아무도 없고."

생각보다 심각한 경우도 있었다. 왜냐하면 나에게 부탁을 하러 오는 건 기자들만이 아니었다. 전혀 알지 못하는 사람들도 우리 집 문을 두드린 적이 있었다.

어느 금요일이었다. 한 아주머니가 정원 대문을 밀고 들어왔다. 현관문에서 초인종을 누르려면 계단을 올라와야 하는데 그 분은 그냥 부엌 창문을 두드렸다. 아마 창문을 통해 나를 바라보고 있었던 것 같았다. 나는 창문을 열고 그 아주머니와 이야기를 나누기로 했다. 그녀는 아주 정중하게 자기를 소개했다. 그녀는 브라질 출신이며 무엇에 이끌려 여기까지 왔는지 설명했다.

"난 오를레앙에서 조용히 운전을 하고 있었어요. 그때 신께서 내 어깨를 두드렸어요. 오를레앙을 떠나 퀴소까지 가라고. 신께서 당신 집까지 가는 길을 보여 주셨어요. 나는 당신 어깨에 손을 올려놓기만 하면 돼요. 그러면 신께서 당신을 치료하실 거예요. 신께서 말씀하시길 아직 당신의 때가 아니라시네요."

재미있는 경험이었다. 아주머니는 잔디 위에 서 있었고, 나는 창틀에 앉아 그녀를 내려다보고 있었다. 상황이 참 우스꽝스러웠다. 나는 그 아주머니에게 내 어깨를 내밀지 않았고 그녀도 굳이 고집하지 않았다. 하지만 떠나기 전에 종이 위에 자기 전화번호를 써 놓고 집을 나섰다.

"시간이 날 때 주저하지 말고 전화하세요. 당신과 이야기를 나눌 수 있다면 너무 기쁠 거예요. 즐거운 저녁 보내세요."

"감사합니다, 안녕히 가세요."

그 아주머니는 귀찮게 달라붙지 않지 않았기 때문에 나는 금방 벗어날 수 있었다. 그런데 다음 날 흑인 세 명이 우리 집에 눌어붙은 적이 있었는데 정말 뻔뻔한 사람들이었다. 줄리는 집에서 늦잠을 자고 있었고, 아들들은 피니에스 가족 집에 있었고, 나는 장을 보러 나갔다. 오전 열한 시 반, 세실이 내 휴대전화로 전화를 했다.

"여보세요, 마리-로르. 너희 집에 갔었는데 너 진짜 몸 조심해. 이상한 여자 세 명이 너희 부엌에서 널 기다리고 있더라."

"뭐? 그 여자들 내 부엌에서 뭐하는 거야?"

"널 위해 기도한대."

"그럼 줄리는?"

"줄리가 그 여자들은 부엌에 두고 핫초코를 만들어 주고 있더라고."

이런 방문객들은 골칫거리였다. 이런 불청객들도 나는 쫓아내기가 힘들었다. 내가 늦게 가면 그 여자들이 내가 안 오나 보다 하고 포기하겠지 싶어 시간을 끌며 장을 보기로 했다. 카트를 끌며 마트 매장을 몇 번 오간 후 집에 전화를 걸었더니 요아킴이 전화를 받았다.

"요아킴, 거기서 뭐해?"

"세실이 도와 달라고 전화를 했어."

"아, 잘됐다! 그 여자들 아직도 있어?"

"응, 쫓아낼 수가 없어. 파리에서 왔는데 말쉐르브 역에서부터 히치하이킹을 했대. 엄청 의욕적인 소녀들이셔!"

"알았어, 줄리한테 옷 입고 오 분 후에 집 앞에서 기다리라고 그래. 내가 몰래 태워서 갈 거라고. 그리고 그 여자들한테는 오늘 내가 집에 오지 않는다고 말해 주고."

오 분 뒤에 나는 줄리를 태워서 퀴소 번화가로 가 식사를 했다. 이 여자들 때문에 내가 내 집에서 쫓겨난 꼴이라니. 그래도 어쩔 수 없는 일이었다. 머리가 이상한 여자들 때문에 나의 토요일을 망쳐 버린다는 건 생각할 수도 없는 일이다. 줄리는 마음이 불편했다.

"그 사람들한테 문은 왜 열어 줬어?"

"모르겠어요. 착한 사람들 같아 보였고 엄청 예의바르게 행동했거든요."

"하지만 집 안으로 들어오게 하면 안 되지. 모르는 사람들은 집에 들어오게 하면 안 된다고 몇 번이나 말했니?"

"알아요, 그런데 엄마인 줄 알고 그만……."

그런데 생각해 보면 나도 아마 그 사람들에게 문을 열어 주었을 것이다…….

갑자기, 세실이 나를 팔꿈치로 치며 말했다.

"저기 누구인지 봐……."

뤼소 중앙 광장에 도착한 것은 그 세 명의 여자들이었다. 세상에, 소름 끼쳐! 그 여자들은 무엇인가를 찾고 있는 것 같았다. 나는 즉시 비옷을 입고 모자를 뒤집어썼다. 그 여자들은 텔레비전이나 신문에서 나를 봤기 때문에 분명 내 머리 스타일을 알고 있을 터였다. 다행히 우리는 비스트로 조금 안쪽에 있었다. 그 여자들은 광장에서 이야기를 나누고 있었다.

우리는 줄리와 함께 식사를 하며 시간을 보냈다. 그 여자들은 내가 집으로 돌아오길 기다렸다가 다시 기회를 잡으려는 게 분명했다. 한 시간 후, 그 여자들이 떠난 뒤에야 우리는 드디어 집으로 돌아갈 수 있었다. 혹시 몰라 나는 차에서 얼른 내려 현관까지 후다닥 뛰어 계단을 올라가 열쇠 구멍에 열쇠를 넣었다. 머리 위에는 후드를 계속 쓴 채 가능한 한 가장 조심스럽게 집 안으로 들어갔다. 줄리는 발뒤꿈치를 들고 있었다. 난 그 여자들이 어딘가에서 내가 돌아오는 걸 감시하고 있을까 봐 너무 무서웠다! 나는 줄리가 이 모든 상황을 보고 무슨 생각을 했을지 모르겠다. 한 가지 분명한 건, 그날 티보와 마티유가 현장에 없었다는 게 천만다행이었다는 거다. 두 아들은 매우 불안해했을 것이다 .

관

우리가 죽을 때 해결해야 할 게 얼마나 많은지 우리는 잘 모른다. 시월 말부터 이미 나는 내가 해야 할 일들의 목록을 작성했다. 생명보험 총액 확인하기, 아이들을 위해 은행일 정리하기, 집에서 죽음을 맞이할지 병원에서 맞이할지 결정하기, 경우에 따라서는 의료용 침대 주문하기……, 쓸데없는 서류들은 지루하기도 하지만 필요한 과정이니 잘 챙겨야 한다. 다행히 세실이 내 곁에서 도와주었다. 세실은 이런 종류의 일을 처리하는 데 있어 나보다 훨씬 계획적이다. 그럼에도 내가 스스로 처리하고 싶은 게 한 가지 있었다. 그건 바로 '장례'였다. 관을 선택하는 문제가 간단한 것처럼 보일 수 있겠지만 생각해야 할 부차적인 요소들이 많았다. 처음에는 화장을 하려고 했다. 아이들에게 이 이야기를 하자 줄리가 겁에 질린 표정으로 말했다.

"엄마, 안 돼요. 화장하지 말아요."

"줄리야, 왜 안 돼? 그렇지만 어디에서 삶을 마감할지는 선택할 수 있는 거잖아, 안 그래?"

"엄마가 화장되면 무덤이 없는 거잖아요. 그러면 엄마 보러 어디로 가야 하는 거죠?"

"왜 엄마를 보러 가고 싶은 거니?"

"엄마가 죽고 없더라도 엄마에게만 말하고 싶은 비밀을 있을지도 모르잖아요. 엄마에게 말하고 싶을 때 갈 수 있는 장소가 필요하다고요."

이런 의견을 가진 건 줄리뿐이었다. 줄리의 이 같은 주장은 내게 감동이었다. 결국 내가 죽는 방법이 무슨 차이가 있겠는가? 중요한 것은 바로 내 아이들에게 좋은 방법이어야 한다는 것이었다. 그래서 나는 계획을 바꾸기로 하고 일반적인 방식인 땅에 묻히는 걸로 결정하게 되었다. 내가 묻힐 장소는 부티에 묘지로 정해져 있다시피 했다. 부티에는 롱스보의 작은 마을에 있는, 할머니 댁으로 여름을 보내러 갔을 때 가끔 들렀던 내 인생에 가장 행복했던 추억들이 깃든 곳이다. 할머니도 거기에 묻혀 있고, 할아버지, 아버지, 삼촌들도 거기 계신다. 크리스텔 언니는 심지어 이런 제안을 하기도 했다.

"마리-로르, 방법이 없으면 아버지와 함께 묻히는 방법도 생각해 볼 수 있어."

아버지가 돌아가실 때 두 명 몫의 묫자리를 구입했다. 편하게 누우라는 것은 아니고 이제는 한 사람 몫으로는 묘지를 살 수 없기 때문이다. 묘지 가격을 생각하면 언니의 생각이 전혀 터무니없는 건 아니었지만 그래도 언니를 쏘아보았다.

"아버지와 함께 묻히라고? 아니 언니, 도대체 어떻게 그런 생각을 해? 살아 있을 때도 싫어한 사람인데…… 땅속에서도 계속 싸우라는 거야?"

그런데 가장 급한 문제는 그게 아니었다. 내가 쉬게 될 장소를 결정한 후에는 관 문제를 처리해야 했다. 나는 말쉐르브 장례업체에 문의를 한 뒤 에블린과 함께 방문해 보았다. 친구와 함께 이런 준비를 하니 기분이 좋았다. 내가 장례업체에 마지막으로 갔던 것은 아버지가 돌아가시고 난 뒤였다. 이번에는 나의 죽음을 준비하기 위해 방문하려니까 기분이 이상했다. 갈색 머리의 여자 직원이 우리를 맞이해 주었는데 매우 전문적으로 보였다.

"무엇을 도와드릴까요?"

"제 장례를 위해 계약서를 작성하고 싶은데요."

"본인 장례식을 말씀하시는 건가요?"

"네, 제가 지금 암에 걸렸는데 시간이 얼마 남지 않았거든요. 몇 주가 될 수도 있고, 운이 좋으면 몇 달이 될 수도 있고요."

갈색 머리의 여자 직원은 당황하는 기색 없이 계속 메모를 했다. 나와 같은 경우들을 수도 없이 처리했던 게 분명했다.

"네, 알겠습니다. 걱정하지 마세요. 우리에게는 일상이니까요."

"그래요?"

"아시겠지만 많은 분들이 미리 걱정을 하시면서 이곳을 오시죠."

"전 미리 걱정하지는 않아요. 현실이니까요."

"맞습니다. 관 모델들은 곧 보여 드릴게요. 그럼 장례 비용을 내실 분도 본인이신가요?"

"아뇨, 아마 남편이 비용을 처리하게 될 것 같아요."

이건 내 생각이었다. 질은 아직 지금 이 상황을 모르고 있었다. 하지만 나는 그를 설득할 자신이 있었다.

"좋습니다. 그럼 옆방으로 따라오시겠어요? 몇 가지 모델을 보여 드리겠습니다. 혹시 생각해 두신 게 있으신가요?"

생각해 둔 게 있기는 했지만 그게 가능할지 확신이 없었다. 나는 완전히 투명한 유리로 된 관을 원한다고 친구들에게 말을 하곤 했었다.

"저도 제 장례식에 참석하는 분위기로 하고 싶어요. 누가 내 장례식에 오는지 보고 싶거든요."

"아, 좋은데요? 이상하지 않아요."

"관에 누워서도 친구들 얼굴을 볼 수 있었으면 좋겠어요!"

나는 차마 유리관 이야기까지는 꺼내지 못했다. 짓궂은 농담을 던지기에는 여자 직원 표정이 너무 진지했기 때문이다! 전시되어 있는 관들 앞에서 나는 잠깐 망설였다. 여직원이 한쪽을 가리키며 가장 비싼 관들, 다른 쪽은 가장 싼 관들이라고 했다. 그래서 나는 일련의 관들 중에서 아주 단순한 관을 선택했다.

"니스를 칠한 목재로 된 거요. 손잡이 달린 거."

"참나무로 제작된 거예요."

"참나무라, 좋네요. 들어가 볼 수 있을까요?"

"네?"

"저에게는 중요한 문제거든요. 전 이제 여생을 관에서 보내게 될 테니까요."

여직원은 옅은 미소만 지을 뿐 별다른 대꾸를 하지는 않았다. 나의 유머가 모든 사람들에게 통하는 건 아니었다. 어쨌든 관은 관이다. 아무리 값비싼 모델이라고 해도 어차피 흙이 되는 건 마찬가지다. 사람의 몸도 흙으로 돌아간다. 그런데 편안함은 중요한 요소였다. 관의 내부도 내가 선택할 수 있었는데 새틴 누빔으로 했다. 등이 문제인 나에게 안성맞춤이었다.

"색깔은……."

"하얀색이요. 하얀색 새틴이 좋아요. 중성적이고 절도 있고 밝잖아요."

"쿠션도 원하시나요?"

"쿠션은 왜요?"

"장례식 동안 관 위에 올려놓으려고요. 아무것도 없는 관은 조금 슬퍼 보여요……."

"그런가요? 좋아요, 왜 안 되겠어요?"

"꽃도 할까요?"

"네, 멀리서도 보이게끔 빨간 꽃으로요."

"특별한 장례식을 원하시나요?"

"아니요."

"그럼 종교적인 장례식은 안 하시고요?"

"안 해요."

종교와 나는 별개였다. 나는 그게 무엇이 되었든 믿어 본 적이 없었다. 교회라면 반감이 들기까지 했다. 교회에 가면 사람들이 너무 진지해서 나는 불편하기까지 했다. 장례식을 하기 위해 종교를 가질 이유도 없었다. 그 대신 장례식을 진행하는 방식에 대한 구체적인 생각이 하나 있었다.

"에블린, 누가 행렬을 맡을 거야? 장례식장에서 무덤까지?"

"내가 할 건데, 왜?"

"넌 날 위해 편지를 읽어야 하잖아?"

"무슨 편지?

여직원이 고개를 들고 걱정스런 눈빛으로 나를 바라봤다. 에블린도 무슨 소리냐는 듯 나를 유심히 살폈다.

"아직 잘 모르겠지만 사람들에게 활기를 넣어 주고 싶어. 슬픈 표정 지을 필요 없다고 말해 주고 싶어. 그리고……."

"하지 마, 난 그런 거 못해. 나는 편지 같은 거 안 읽을 거야."

"하지만 어차피, 나의 마지막 날이잖아. 만약 내가 생각하는 것에 대해 말할 수 있는 권리가 있는 날이 있다면 그건 바로 내 장례식 아닐까?"

"문제될 건 없지만 나는 그런 종류의 개인적인 메시지를 전하고 싶지 않아."

"저런……."

그러다 갑자기 에블린 얼굴이 환해졌다.

"네가 카세트테이프에 녹음을 하면 되겠네!"

"멋진 생각이야!"

"정말 좋은 생각이네요. 카세트만 있으면 가능한 일이죠. 저에게 미리 카세트테이프만 넘겨 주시면 제가 그날 그걸 틀면 되니까요. 전혀 문제가 될 일이 아니에요."

"좋아요. 그렇게 하죠. 그럼 음악도 틀 수 있겠네요. 르노, 장-자크 골드만, 알랭 수숑……, 아시죠? 가능한 한 밝은 장례가 되었으면 좋겠어요."

눈에 띄게 마음이 편해진 여직원은 컴퓨터 키보드를 두드려 견적서를 작성했다.

"그런데 실례지만, 장례일이 아주 가까운 게 확실한가요?"

"확실한 건 아무것도 없죠, 왜요?"

"일 년 정도는 남아 있을 수도 있다고 생각하시나요?"

"아니오, 그렇게까지는 절대 아니에요."

"유감스럽네요. 왜냐하면 일 년 동안 살아 계시면, 엄청난 할인 혜택이 있거든요."

만약 내가 일 년 동안 살아 있다면……이라, 이분도 농담을 하네! 이 여직원도 유머 감각이 있었던 것이다. 마침내 여직원은 우리의 어리둥절한 표정 앞으로 컴퓨터 모니터를 돌려 미리 작성된 견적서를 보여 주었다.

"보이시죠, 총 3천 2백86유로입니다. 여기에는 관, 관 내부 쿠션, 몸 단장, 방석, 제가 진행하게 될 장례식 비용이 모두 포함된 가격입니다. 만약 고객님이 일 년 동안 살아계시면, 자, 보세요, 1천 유로가 할인됩니다."

"아, 네, 참 대단한 할인이네요!"

나는 그 자리에서 웃음이 터졌다. 에블린은 충격을 받아 옆자리 의자에 털썩 주저앉았다.

"그런데 왜 자꾸 그러시나요?"

"네?"

"친구는 당신에게 몇 달 후면 세상을 떠날 거라고 말했잖아요. 일 년이 아니고요! 그런 할인 혜택에 대해서 굳이 말씀하실 필요가 있나요?"

이 친절한 갈색 머리 여직원은 이 상황이 얼마나 어처구니없는지 이해하지 못하고 있는 것 같았다. 여직원은 견적서를 출력해 나에게 내밀었다.

"여기 있습니다, 고객님. 생각해 보시고 말씀해 주세요. 제가 도움이 될 게 있다면 주저하지 마시고 말씀하시고요."

"아, 저기……."

에블린은 눈을 동그랗게 뜨고 나를 쳐다보았다. '또 물을 게 남았어?'라고 말하는 것 같았다.

"관 속에 물건을 함께 넣어도 되나요?"

"네, 네 가지 물건을 넣으실 수 있어요."

"네 가지만 가능한가요?"

"네……, 그렇게 정해져 있어요, 규칙입니다."

"감사합니다, 안녕히 계세요."

네 가지라고? 생각해 볼 테지만 네 가지로는 너무 부족할 것 같았다. 확실하게 생각나는 게 있었다. 스크래블과 내 휴대전화는 꼭 넣고 싶었다. 너무 지루하면 안 되니까! 관을 해결하고 나서 나는 에블린을 데리고 묘지 문제로 부티에 시청으로 갔다. 내 옆에 눕고 싶어 할 사람을 위해 빈 자리를 하나 더해서 그늘 쪽으로 자리를 선택해 2백25유로를 지불했다. 견적서를 뽑아 오고 며칠 뒤 나는 질을 찾아갔다.

"질, 내 장례식에 대해 모두 결정했어. 3천 2백 유로야."

"아……, 그래서?"

"그러니까 비용에 대해 정산하는 건 당신이라는 이야기야. 내가 죽고 나면 당신에게 비용이 청구될 거야. 당신이 참여하는 건 당연한 일이지. 그렇게 싸게 한 건 아니지만 그렇다고 사치스럽게 하지도 않았어."

"그런데 왜 이렇게 서두르는 거야?"

"왜냐하면 이런 세세한 일들은 미리 해결해야 하는 것이기 때문이지. 나중에 갑자기 놀라게 하고 싶지 않아. 지금 전부 다 지불하고 싶어. 내가 결정한 모든 게 존중받을 거라는 걸 확인하고 싶거든. 알겠어?"

"알았어, 알았어."

질은 그렇게 일등석은 아니었지만 쓸 만한 장례의 비용을 지불했다. 아이들에게는 아직 장례식에 대해서는 말하지 않았다. 일단 아이들의 정신과 전문의에게 어떻게 생각하는지 물어봐야겠지만 큰아이들 셋을 장례식에 참석하지 못하게 하는 건 좋은 처사가 아닌 것 같았다. 아이들이 관을 본다는 건 엄마의 죽음을 훨씬 더 구체적으로 실감하게 된다는 것이다. 내가 아이들을 보게 될 마지막 기회이기도 했다.

블랙 코미디, 그린 코미디

작은 산타클로스
하늘에서 내려왔구나
어서 빨리 잘 돌아가
내가 귀찮게 하기 전에 오른쪽
내가 쓰러뜨리기 전에 왼쪽
정말로 흠씬 두들겨 줄 거야!

아! 르노의 노래, 〈검은 산타클로스〉……. 세실과 나는 이 노래를 외울 정도로 잘 안다. 나는 르노를 좋아한다. 르노의 말투는 생각이 아주 깊어 보이고 유머 스타일도 블랙 코미디식이라 마음에 든다. 살면서 나 역시 모든 것에 대해 농담을 한다. 심지어 내 죽음에 대해서까지 농담을 한다. 암에 걸리고 나서도 나는 아이들 앞에서는 심각하게 행동하지 않았다. 그런데 길을 가다가 나를 보고는 저 멀리서부터 뿌루퉁한 입을 하고는 나에게 다가오는 사람들을 만나면 참을 수가 없다. 우리 아이들이 짊어질 불안의 무게가 이미 꽤 무거워서 나는 다른 사람들의 불안까지 신경 쓸 여력이 없다. 내가 울면 다른 사람도 따라 울기 때문에 문제다. 둘이 같이 울면 눈물을 그치기까지 오래 걸린다. 그래서 나는 일부러라도 내 상황에 대해 이야기하기보다 농담을 하는 편이다.

그리고 또 나를 강인하게 만드는 방법이 있다. 동네에서 아는 사람을 만났을 때, 그 사람이 멈춰 서서는 나의 운명에 대해 슬퍼하면, 나는 그 사람에게 울고 싶으면 다른 사람 어깨를 빌리라고 말한다. 어느 날, 크리스텔 언니가 슬픈 얼굴을 하고 찾아왔다. 언니는 겨우 걸어 들어왔다. 나는 언니가 소파에 앉기 전에 멈춰 세우고는 말했다.

"언니, 잘 들어. 걱정해 줘서 고마워. 그런데 언니가 울면 난 마음이 우울해져. 계속 그렇게 울 거면 집으로 돌아가."

언니는 돌아가지 않았고, 바로 침착함을 되찾았다. 내가 곧 죽게 되었다는 사실을 알게 되었을 때 언니는 큰 충격을 받았다. 하지만 그렇다고 그런 언니를 위로하기 위해 내가 할 수 있는 일은 아무것도 없었다. 나는 슬픈 생각에 잠기는 것이 아무 소용없다는 것을 알고 있었다. 내 주위에 긍정적인 사람들이 필요했다. 아마 그래서 나는 암에 걸린 뒤 나만의 특별한 유머 감각을 발휘하고 있을지도 모른다. 나의 히어로는 미국 드라마 〈하우스〉의 주인공 '닥터 하우스'다. 나는 매주 이 드라마를 본다. 드라마 속 인물의 솔직함과 냉소적인 태도가 좋다. 나는 시니컬한 인간이 아니다. 하지만 연민에 빠지지 않는 성향에 대해서는 높이 평가한다. 이런 빌어먹을 간암처럼 삶이 당신에게 치사한 술책을 부릴 때, 우리는 어떻게 해서든지 삶에 저항하고 싶어 한다. 르노는 노래를 부를 때 이런 말을 한다.

"난 당신을 성가시게 하지."

감정이 상해 봐야 나만 손해다. 어차피 삶은 계속 우리를 성가시게 하니까 말이다.

11월 말, 반복적으로 두통이 찾아왔다. 카림이 처방해 준 진통제도 아무런 효과가 없었다. 카림은 닥터 피코에게 나의 증상에 대해 전달했고, 닥터 피코는 나에게 뇌를 MRI로 촬영해 보게 했다. 나는 혹시 뇌까지 종양이 전이되었을까 봐 두려웠다.

"카림, 만약 뇌까지 전이가 된다면 어떤 변화가 생길까?"

"수명이 줄어들 거야."

"지금도 이미 너무 짧잖아."

"그렇게 단순한 문제가 아니야. 사실 너에게 얼마만큼의 시간이 남아 있는지 아무도 몰라. 질병에 따라 수명이 몇 달 사이로 달라지거든. 그런데 뇌종양의 경우는 다른 질병들보다 예후가 훨씬 정확해."

"어떻게?"

"한 달이야, 최대."

"아, 세상에나……. 크리스마스 달력 위의 날짜보다는 오래 살 수 있네."

"무슨 소리야?"

"왜, 있잖아, 꼬마들한테 사 주는 달력 말이야. 1일부터 24일까지 날짜가 있어서 각각의 날짜마다 서프라이즈 선물을 넣어 두잖아. 날짜를 세는 것보다 훨씬 쉬워."

아이고, 카림……, 그는 나의 유머에 절대로 적응하지 못할 거다. 나의 죽음이 임박했다는 이야기가 나오자마자 그의 근심을 덜어 줄 방법은 없었다. 내가 이런 식의 농담을 할 때면 그는 억지로 웃었다. 그건 아마 내가 원래는 농담을 하지 않는다는 걸 알기 때문일 것이다. 이 크리스마스 달력은 뇌에 종양이 있는지 없는지 확실해지면 구입하기로 결심했다. 이제 확인해 볼 일만 남았다……. 어느 날 아침, 내가 좋아하는 구급차 운전사인 로즐린이 나를 퐁텐블루 병원에 데리고 가려고 왔다. 로즐린은 나를 한 건물 입구 앞에 내려주었다. 그곳은 그 후로 내 주머니처럼 익숙한 곳이 되었다. 간호사 두 명이 지나가면서 나에게 인사를 했다. 이곳의 모든 사람들이 나를 알고 있었다. 그러다 복도 끝에서 수간호사를 알아봤다.

"안녕하세요!"

"안녕하세요, 마리-로르 씨."

"그런데 제 스위트룸이 어디죠?"

"당분간은, 더블룸에 모시게 될 거예요."

일반적으로 나는 1인실을 더 좋아했다. 2인실의 경우 배정받기 전에는 누구와 같은 방을 쓰게 될지 절대 알 수 없었고, 같은 방 사람과 하루 종일 대부분의 시간을 보내야 했다. 심장박동 측정기의 '삑-삐'거리는 소리가 빠르면 너무 빠르다고, 느리면 너무 느리다고 불평하면서 하루 종일 울먹이거나 큰 목소리로 화를 내는 노인이 걸리는 날에는 내 사기는 회복하기 힘들 것이다. 물론 기분 좋은 만남을 경험을 하게 되는 경우도 있었다. 특히 기억에 남는 한 아주머니가 있는데 처음에 공포에 사로잡힌 채 너무 불안해해서 내가 할 수 있는 한 진정시켜 보려고 했다.

"그쪽은 왜 입원했어요?"

"결장암이에요."

"화학요법 치료하신 지 오래됐어요?"

"일 회차예요."

"처음이라, 처음이 항상 최고죠!"

아주머니는 나를 이상하게 쳐다보더니 결국 옅은 미소를 짓게 되었다. 그렇게 아주머니는 긴장을 풀었고, 우리는 저녁까지 재미있게 웃고 떠들었다. 가장 재미있었던 기억은 예순여섯 살 노부인과 함께 방을 썼을 때였다. 그분은 회복이 불가능한 폐암이었는데 삶을 초월한 유머를 구사했다. 우리는 죽는 방법에 대해 상상하기 시작했고, 우리의 장례식에 대해서도 상세하게 그려 보왔다. 노부인은 딸꾹질을 하면서 말을 했다.

"난 무덤에 성인용품을 넣어 주면 좋겠어!"

우리는 배꼽을 잡고 미친 듯이 웃었다.

"그럼 저는 스폰지밥과 함께 떠나야겠어요. 지하 세계에서의 뜨거운 밤들을 위해!"

친구들은 나에게 엄청나게 큰 스폰지밥을 주었는데 그 후로 난 스폰지밥을 베개 삼아 잠을 잔다.

"저는 휴대전화화도요. 제가 아무에게도 말을 하지 않으면 그건 죽었다는 것이거든요. 충전도 해야 하니까 콘센트도 하나 설치해야 할 거예요. 다행히 너무 깊게 파들어 갈 필요는 없을 거예요."

노부인과 나, 우리는 무척 흥분되어 있었다. 사실 우리는 이렇게 웃어 본 지가 오래되었다. 죽어 가는 사람들의 유머란 이런 식이다. 한계도 없고 저질일수록 더 기분이 좋다.

물론 모든 암환자들이 이처럼 자유분방한 것은 아니다. 내가 MRI로 뇌를 검사하기로 했던 날, 지정된 입원실에 들어갔더니 한 아주머니가 침대에 누워 있었는데 얼굴은 아기 같았고 머리카락이 없었다. 아주머니는 나에게 힘없는 목소리로 인사를 건넸다. 링겔을 맞으며 매우 불안해하고 있었다. 아주머니 옆 의자에는 딸로 보이는 사람이 앉아 있었는데 눈에는 눈물이 고인 채 차마 엄마를 어떻게 위로해야 할지 몰라 하고 있었다. 나는 그녀를 향해 미소를 짓고는 옆 침대 위로 기어 올라갔다. 이런 경우는 조용히 있는 편이 나았다.

조금 뒤, 닥터 피코가 도착했다.

"안녕하세요, 마리-로르 씨. 컨디션은 어떠세요?"

"괜찮아요, 머리 아픈 것만 빼면요."

"네, 알고 있습니다. 잠시 후에 MRI 검사를 하러 가실 거예요. 그런데 우선 화학요법 약물이 무엇으로 구성되어 있는지 설명해 드릴게요."

지난 시월 말, 두 번째 화학요법에서 실패했다는 것을 안 뒤부터 모르핀 말고는 딱히 치료를 이어 나갈 수 있는 방법이 없었다. 닥터 피코는 나에게 새로운 치료를 권유했다. 나를 낫게 하기 위한 치료가 아니라 암의 진행 속도를 늦추기 위함이었다. 이전에 했던 치료처럼 오랫동안 누워 링겔을 맞을 필요 없이 작은 알약들만 삼키면 됐다.

"열흘에 한 번 나흘 동안 아침저녁으로 캡슐 하나씩 복용하게 될 거예요. 그리고 일주일은 휴식 시간을 가지고 또다시 열흘에 한 번 나흘을 똑같이 시작하게 됩니다.

"부작용은 평소와 같은가요?"

"거의 같아요. 그리고 손바닥에 붉은 반점이 나타날 수 있어요."

"그게 다인가요?"

"다예요. 하지만 간호사가 작은 안내서를 가져다줄 거예요. 거기에 자세한 설명이 들어 있고요."

"그럼 오늘 링겔은 안 맞나요?"

"링겔은 맞지 않고 화학요법 치료와 관련해서는 CT 촬영만 하면 돼요. 곧 검사실로 모시고 갈 사람이 올 겁니다. 결과에 대해 이야기하기 위해 며칠 뒤 제가 전화를 드리겠습니다."

닥터 피코는 매우 친절한 사람이었다. 하지만 내가 기다리라면 기다리고 있을 줄 아는 건 너무 순진한 생각이었다. 그가 나에게 결과는 며칠 뒤 전화로 통보하겠다고 했지만, 너무 늦게 연락이 와서 나는 혼자 결과를 알아볼 수밖에 없었다. 이제 살 날이 한 달 또는 그보다 조금 더 남아 있는데, 검사 결과를 기다면서 며칠을 기다리는 건 너무 소모적이었다.

"선생님, 연락을 기다리는 게 싫어요. 당장 결과를 알고 싶어요."

"조금 두고 보면서 기다려 주세요, 마리-로르 씨."

"전 분명히 말씀드렸어요. 결과를 알 때까지 이 병원을 떠나지 않을 거예요."

닥터 피코는 대답이 없었다. 조금 뒤, 한 간호사가 오더니 부작용에 대해 귀에 못이 박히게 설명해 주었다.

"최악의 경우, 피부가 건조해지거나 틀 수가 있어요."

"아! 너무 힘들면 그만둘 거예요."

"물론이죠. 결정하는 건 본인이니까요. 만약 화끈거리거나 따끔따끔한 경우 우리에게 말씀해 주세요. 그러면 이 치료를 계속해야 할지 치료를 멈출지 결정하게 될 거예요."

"전 안면홍조가 있어요. 제 얼굴을 보세요, 압력솥에서 익어 가는 줄 알 거예요!"

그때 옆 아주머니 환자가 한마디 던졌다. 아주머니 얼굴이 새빨갛게 되어 있었다.

"뭘 그 정도 가지고 그래요. 그쪽은 안색이 좋은데요!"

우리가 웃음이 터진 걸 보면서 간호사는 입원실을 나갔다. 내가 누우려고 베개를 제자리에 놓고 있는데 마리-테 선생님이 입원실로 들어오셨다. 선생님 손에는 내가 정말 좋아하는 튀일(기왓장 모양의 프랑스 과자—옮긴이) 상자가 들려 있었다. 내가 아프면서부터 선생님은 항암 화학요법 치료를 했을 때나 중요한 검사를 하기 위해 병원에 입원을 할 때마다 내 곁에 있어 주려고 애쓰셨다. 선생님에게 우리 아이들의 이런저런 이야기를 해드리면서 줄리의 불안 발작에 대해 이야기를 하고 있었는데, 구급차가 밖에서 기다리고 있다고 했다. 구급차는 병원에서부터 약 백 미터 정도 떨어진 MRI 검사실이 있는 곳으로 나를 데리고 갔다. 나는 무섭지 않았다. CT 촬영, MRI 검사, 난 다 익숙했다. 어쨌든, 나는 죽게 되어 있다. 그게 언제인지를 안다는 것은 어쩌면 아주 사소한 일일뿐이었다. 중요한 사항이었지만 죽는다는 사실이 바뀌는 건 아니었으니까 말이다.

검사는 십 분 정도 걸렸다. 검사 후 나는 앉아 있을 곳을 찾아 대기실로 갔다. 그리고 의사에게 곧바로 요구를 했다.

"결과를 바로 알고 싶습니다. 주저하실 필요 없어요. 저도 뇌에 종양이 있다는 걸 알고 있으니까요. 그건 저에게 살 날이 한 달도 남지 않았다는 말이기도 하다는 것도요. 더 하실 말씀이 없나요?"

의사는 조금 놀란 것 같았다. 하지만 내가 한 말에 동의한다는 의미로 고개를 끄덕였다. 나는 슬슬 짜증이 나기 시작했고, 검사 결과가 어떤지 말해 달라고 말할 참이었다. 그때 의사가 말했다.

"괜찮네요, 뇌에는 아무것도 없습니다."

"와! 결국 크리스마스 달력은 필요가 없겠네요. 어쩔 수 없죠. 크리스마스에는 다른 걸 하고 놀아야겠어요."

디즈니에서의 주말

내가 곧 죽게 될 것이라는 걸 알았을 때부터 나는 삶을 마음껏 누리고 싶다는 생각이 들었다. 일종의 절박함과도 비슷한 기분이었다. 내 새끼들을 위탁하기 위한 일 외에 처음 시도해 본 일들 중 하나는, 친구들과 파리로 여행을 떠나는 것이었다. 아직까지 단 한 번도 여자들끼리 나들이를 떠난 적이 없었다. 있었다고 해도 고작 옷을 사러 쇼핑센터에 간 것이 다였다. 세실과 내 아이들을 합치면 모두 여섯 명이다. 이런저런 약속들 때문에도 그렇고 아이들마다 참여하는 활동들도 달라서 우리만의 시간을 내서 놀기란 정말 어려웠다. 놀러가기 위해 드는 비용은 둘째 치고 나가는 것만도 쉽지 않았다. 일단 나는 질에게 아이들을 맡기고 나갈 수가 없었으니 말이다. 내가 집을 비워야 할 때 많은 친구들에게 나 대신 아이들을 돌봐 달라고 도움을 청했던 적은 있었지만, 내가 놀러 가자고 아이들을 맡아 달라고는 할 수 없었다.

그날 밤, 에블린, 에블린의 딸 오렐리, 세실, 그리고 나 이렇게 넷이 함께였다. 우리 중 아무도 파리에서 운전을 할 엄두를 내지 못했기 때문에 오렐리에게 우리 대신 기사 노릇을 해 달라고 했다. 에블린은 마흔아홉 살, 세실은 스물여덟 살, 나는 서른여섯 살, 이렇게 나이는 제각각이었지만 어차피 노는 데는 다들 젬병이었다. 세실과 에블린이 나를 설득하는 건 쉬웠다. 이번이 아니면 다시는 기회가 없을 것 같다고 했다. 늘 그랬듯이, 아이들을 맡아 주기 위해 온 사람은 요아킴이었다. 우리는 에블린의 집에서 아페리티프를 마시는 것으로 시작했다. 에블린은 심지어 샴페인까지 꺼내 왔다. 저녁 만찬이 기분 좋게 시작되었다. 그리고 우리는 에블린의 차에 올랐다. 세실과 함께 우리 둘은 말괄량이 소녀들처럼 신이 나 뒷좌석에 올라탔다. 아이들 없이 외출하는 게 이상하게 느껴졌지만 진짜 실컷 한 번 놀아 보자고 마음먹었다. 도로 위를 달리면서 우리는 정말 활기가 넘쳤고, 장난으로 에블린을 창피하게 만들기 위해 창문 밖을 내다보며 다른 운전자들에게 괜히 인상을 써 댔다.

사망 선고를 받고부터 나에게 한계란 없었다. 마치 나에게는 더 이상 아무것도 두려울 게 없는 것 같았다. 폐에 종양이 전이되었다는 사실을 알았을 때, 나는 담배를 하루에 거의 한 갑 이상 피워 댔다. 평소보다 세 배 이상이었다. 삶이 마치 커다란 레크레이션의 장이 된 것 같았고, 더 이상 진지해지고 싶지 않았다. 전에는 나는 종이 한 장 나뒹굴게 하지 않았고, 생활을 계획적으로 했고,

오늘 해야 할 일을 내일로 미루는 법이 없었다. 하지만 이제는 삶을 즐기고 싶고, 더 본능적으로 여러 가지를 경험해 보고 싶었다. 나를 악착같이 따라다녔던 세실은 내가 그 어떤 바보 같은 짓을 해도 나를 따라했다.

"너 때문에 언젠가부터 내 딸이 삐뚤어졌어."

언젠가 세실의 아버지가 나에게 하셨던 말씀이다.

나는 세실이 원래부터 그런 면을 지니고 있었다고 생각했다. 우리는 항상 공모자였고 항상 같은 방식으로 반응했다. 나는 휴대전화 벨소리로 재미있는 노래를 골랐다.

"스파이더 피그, 스파이더 피그, 스파이더 피그, 천장을 기어오를 수 있지. 분명 그냥 돼지는 아니야. 조심해, 스파이더 피그가 거기 있어."(『심슨 가족』에서 호머가 새끼 돼지를 들어 천장을 기게 하며 부르는 노래로 〈스파이더맨〉 주제가의 변주이다. —옮긴이)

내 휴대전화가 울리면 세실은 나와 함께 목청이 터져라 우스꽝스러운 가사의 이 노래를 불러 댄다. 우리가 있는 곳이 그 어디더라도 상관없다. 가끔 노래를 부르다가 너무 배꼽을 잡고 웃어 대느라 전화를 받아야 하는 것도 잊어버릴 때가 있을 정도였다! 슈퍼마켓에서 우리는 카트를 두드려 댔고, 서둘러 코너들을 돌며 거덜 내는 것을 즐겼다. 사실 주변 고객들은 괴로웠을 거다……. 한번은 우리가 너무 시끄럽게 하여 가게 하나가 텅 비어 버린 적도 있었다. 세실과 나, 우리 둘 다 긴장을 풀 시간이 필요했던 것 같다. 나는 어느 날 갑자기 극단적으로 행동하는 이런 사람들에 대해 어느 정도 이해할 수 있게 되었다. 그 사람들은 곧 죽을 것이기 때문에 그럴 수 있는 것이다. 아주 가끔씩은 정신줄을 잠시 놓아 버리는 것도 괜찮다고 생각한다. 아이들 앞에서 낭비하는 모습을 보여 주느니 차라리 모르는 사람들이 있는 마트가 낫다. 그런 공간에서 나를 웃음거리로 만드는 것도 나름 재미있는 일이다.

에블린은 나의 그런 면을 잘 이해해 주었다. 우리가 마침내 파리의 입구에 들어서는 동안, 에블린이 룸미러를 통해 우리 둘을 너그러운 눈빛으로 바라보고 있었다. 그녀는 옆 자동차 운전수가 우리의 장난 때문에 신경질이 나서 우리 차 앞으로 난폭하게 끼어들자 그제야 불평 한마디를 던질 뿐이었다.

"이봐요, 아줌마들! 너무 과하십니다. 그런 바보 같은 짓 때문에 잡혀 가면 어쩌시려고요!"

우리가 파리 중심에 도착했을 때는 저녁 아홉 시쯤이었다. 에블린이 오 트르와 마이에에 미리 예약을 해 두었다. 이곳은 저녁 식사도 할 수 있고 공연도 하는 카바레였다. 에블린은 여기서 공연을 본 적이 있다고 했다.

"곧 알게 될 거야. 공연과 음식 둘 다 정말이지 최고야. 파리에서 이 두 가지를 모두 만족시키는 곳을 드물다니까!"

포스터를 보니 오늘 밤의 가수는 마리암 아벨이었다. 우리는 무대와 너무 멀지 않은 작은 테이블에 자리를 잡았다. 여자들끼리 이렇게 있을 수 있다니 정말 기분이 좋았다. 분위기도 완벽했고 콘서트도 멋졌다. 우리는 먹기도 잘 엄청 잘 먹었다. 차 안에 있을 때보다는 분명 조용했지만, 세실이 연달아 실수를 하는 것은 막지 못했다. 저녁 공연이 시작될 때쯤 에블린 치마 위에 로제 와인을 쏟았다. 식사가 끝나갈 쯤에는 너무 큰 실수를 해 버리고 말았다. 무리한 동작을 하다가 결국에는 옆 테이블 손님……에게 아주 뜨거운 커피를 내팽겨쳐 버리고 만 것이었다. 큰 소란이 일었고, 나는 순간 무슨 일이 일어났는지 알지 못했다. 세실이 새하얗게 질린 얼굴로 나를 쳐다보는 것을 보고서야 세실이 얼마나 큰 민폐를 끼쳤는지 알아챘다.

나는 쏟아진 커피 잔의 행적을 찾았다. 커피의 시커먼 물에 더럽혀진, 원래는 새하얀 색이었을 스카프가 눈이 들어왔다. 곧 그 스카프 주인의 난처해진 얼굴을 발견했다. 커피가 스카프뿐만 아니라 테이블 위와 그녀의 바지에도 흔적을 남긴 상태였다. 그녀가 바닥에 놓아 둔 가방 위에도 커피 방울이 튄 것은 보지 못했던 것 같다. 웃음이 터져 버릴 것만 같아서 나는 바로 스카프 주인에게서 등을 돌렸다. 내가 킥킥거리는 것을 그녀가 보지 못하게 해야 했기 때문이었다. 세실은 표정이 일그러져 있었다. 너무 곤란한 마음에 세실은 사과를 했다. 스카프 주인도 사과를 받아 주고 잘 지나갈 수 있는 일이었다. 그런데 세실이 내 얼굴을 쳐다본 순간 문제가 터져 버렸다. 얼굴에 경련이 일더니, 갑자기 터진 웃음을 그치지 못하는 것이다. 에블린은 몸 둘 바를 몰라 했다. 하지만 에블린 또한 억지로 참고 있다는 걸 알 수 있었다. 스카프 주인은 우리가 그녀를 비웃는 것이라고 생각했던 게 분명했다. 저녁 공연이 끝날 때까지 우리를 분노의 눈길로 노려보았다. 이 작은 말썽만 제외하면 나무랄 것 없는 저녁이었다.

종업원이 가져온 계산서는 내가 받았다. 왜냐하면 이번 나들이가 너무 행복해서 세실과 에블린에게 고마움을 전하고 싶었기 때문이었다. 우리는 조금 얼근히 취한 채 여섯 시 반에 돌아왔다. 몸은 기진맥진했지만 기분은 매우 좋았다. 다행히 에블린이 선두에 서 준 덕분에 세실도 첫 나들이를 즐길 수 있었다.

우리는 이 주 뒤에 다시 한 번 이런 외출을 감행했다. 아이들 없는 저녁 나들이가 너무 좋았기 때문이다. 이번에는 남자들까지 합세했다. 내가 아무것도 모르는 것 같았겠지만 무슨 일이 꾸며지고 있다는 것을 어느 정도는 눈치 채고 있었다. 퀴소의 친구 발레리는 남편 플로랑과 함께 기꺼이 자원해서 자신들의 큰 집으로 우리를 초대했다. 세실과 함께 발레리와 플로랑의 집에 도착하자 그들은 나에게 문 앞에서 오 분만 기다려 달라고 했다. 나도 알았다고 하고는 그들에게 장난을 치려고 얼른 몸을 숨겼다. 안에서는 기대하지 않았던 환영 파티가 준비되고 있었다. 발레리와 플로랑은 물론이고 마갈리에 세르주까지, 게다가 크리스텔 언니, 세실과 로제, 심지어 질까지 있었다. 모두들 목에 플래카드를 걸고 있었는데 그 위에는 내가 그들 한 명 한 명에 대해 생각했던 별명이 적혀 있었다. 사실 거의 대부분 욕……이었다. 우리는 밤새 〈자정의 악마들〉(Les Démons de minuit, 이마주, 1986년), 〈남자애들!〉(Boys! Boys! Boys!, 레이디 가가, 2009년), 〈광란의 밤〉(Nuit de folie, 데뷔 드 수아레, 1988년)에 맞춰 신나게 춤을 추었다. 세르주, 플로랑과 질은 나를 무대 가운데 놓여 있던 의자에 앉게 하고는 〈유 캔 리브 유어 햇 온〉(You Can Leave Your Hat On, 랜디 뉴먼Randy Newman, 1972년)에 맞춰 나에게 스트립쇼까지 헌정하셨다. 내가 잠이 들 때 항상 내 곁에 있는 스폰지밥 인형을 친구들이 주었던 게 바로 그날 밤이다. 오늘도 나는 그날 밤을 내가 지나온 세월 동안 가장 멋진 밤이었다고 생각한다.

친구들과의 짧은 나들이, 광란의 밤, 우리 어른들끼리 함께했던 이런 순간들은 나의 기분을 전환시켜 주었다. 하지만 나는 특히 우리 아이들과 가능한 한 많은 시간을 보내고 싶었고, 나에게 남아 있는 삶을 아이들과 마음껏 누리고 싶었다. 아이들 모두와 함께 시간을 보냈던 적이 한 번도 없었구나 하는 생각이 들었다. 내가 여행을 했던 건 딱 한 번, 마티유가 태어난 직후 캐나다를 다녀온 것이 전부였다. 우리는 질의 기업 운영 위원회와 함께 떠났다. 내가 프랑스를 떠나 본 게 그때가 처음이자 마지막이기도 했다. 여행이란 게, 아이들과 함께 가려니 점점 더 복잡해졌다. 아이들마다 생활 리듬이 달랐고, 아이 넷을 데리고 가려면 그게 어디든 실로 엄청난 계획을 필요로 했다. 큰애 둘이라도 데리고 어디를 가려고 해도 질이 셋째, 넷째아이들을 돌보지는 못했을 것이다. 나는 아이들을 둘씩 떼어 놓고 나갈 수 없었다. 큰애들을 데리고 극장에는 정기적으로 가곤 했다. 〈스파이더맨〉, 〈슈렉〉, 〈해리포터〉, 〈심슨 가족〉, 그리고 그 외에도 많은 영화들을 함께 보았다. 영화를 보기 전에는 맥도널드에 들러 햄버거를 사 먹었는데 아이들에게는 이런 시간이 마치 파티 같았다. 지난여름, 나는 아이들을 데리고 느무르 근처에 있는 '파미 파크'에도 여러 번 갔다. 파미 파크는 엄청 넓게 조성된 공원으로 각종 놀이기구도 탈 수 있고, 당나귀, 염소 같은 많은 동물들도 만나 볼 수 있다. 시간이 남으면 체커나 경마 게임, 스크래블 같은 게임을 할 수도 있다. 우리 아이들이 드디어 내가 제일 좋아하는 게임에 입문하게 된 기념비적인 날이었다! 마티유 같은 경우는 내가 책을 읽어 주거나 함께 자동차 경주를 하는 것보다 더 좋아했다. 마르고는 나에게 오랜 시간 동안 큐브를 쌓아 달라고 해 놓고는 공든 탑을 쓰러뜨리면서 그렇게 좋아할 수가 없었다. 하지만 그 후로는 안타깝게도 기자들, 나의 병원 진료, 나의 만성 피로 때문에 아이들과 함께 시간을 보내기가 점점 어려워졌다.

나는 반드시 일상에서 벗어나 아이들과 함께 보낼 수 있는 시간을 마련하리라 마음먹었다. 아이들의 꿈은 바로 유로 디즈니에서 주말을 보내는 것이었다. 내가 죽기 전에 아이들의 그런 바람을 꼭 실현시켜 주리라 약속을 했다. 나는 이를 위해서 주저 없이 내 낡은 크라이슬러를 1천 5백 유로에 팔아치웠다. 기자들이 내 이야기로 도배를 해 버리기 이 주 전의 일이었다. 이 비용이면 우리 다섯 명이서 유로 디즈니에서 주말을 보낼 수 있는 비용이었다. 이 주 후면 수많은 우편물로 기부를 받을 터였다. 그 우편물들 사이에는 유로 디즈니 입장권도 포함되어 있을 것이었다. 어느 날, 집에 전화 한 통이 걸려 왔다. 피곤했던 나는 세실이 전화를 받도록 했다. 그런데 세실은 수화기를 들고는 놀라서 눈을 휘둥그레 뜨고 나에게 속삭였다.

"디즈니야!"

나는 세실이 통화하는 동안 귀를 기울이며 세실이 고개를 끄떡이는 것을 바라보았다. 세실은 잔뜩 흥분한 목소리로 "아, 정말요?", "와, 정말 멋지겠네요." 또는 "감사합니다.", "네, 그럼요." 라는 말들을 반복했다. 마침내, 세실이 수화기를 내려놓았다.

"뭐래?"

"유로 디즈니랜드야. 유로 디즈니에서 사람들의 꿈을 실현시켜 주는 서비스가 있다나 봐."

"좋은 서비스네."

"유로 디즈니에서 네 꿈을 이뤄 주고 싶대. 너에게 네 아이들과 네가 데리고 가고 싶은 사람들과 함께 주말을 보낼 수 있도록 해 주겠대."

"농담이지?"

"설마!"

아이들은 기뻐서 펄쩍펄쩍 뛰었다. 세실의 아이들도 이 디즈니랜드 탐험대에 동참할 수 있다는 걸 알았을 때 마찬가지 반응이었다.

"그런데 우리 유로 디즈니에서 잘 거예요?"

"그럼!"

"와, 신 난다!"

내가 이 소식을 카림에게 전하자, 그는 나무라는 듯한 표정으로 나를 바라보았다.

"지금 그 허리 상태로 가능한지 모르겠어."

"그 안에서 돌아다닐 수 있도록 휠체어도 준다고 했어."

"하지만 무슨 일이라도 생겨 봐! 척추에 문제가 생긴다거나 정신을 잃는다거나……."

"그런 경우를 걱정하는 거라면 해결책이 하나 있어……."

"그게 뭔데?"

"네가 우리와 함께 가는 거지!"

"뭐? 싫어. 디즈니라니, 내 스타일이 아니야! 잘 먹지도 못하고 정신없이 바쁠 거고, 게다가 시끄러워 귀는 또 얼마나 멍멍하겠어. 하루 종일 줄 서느라 바쁘겠지. 그리고 커다란 인형들 앞에서 멍청한 짓을 해 댈 테고……, 어휴, 고맙지만 됐어, 난 싫다고!"

"같이 가자, 카림, 제발……."

"난 말했어, 안 가."

카림은 며칠 내내 사정을 해도 소용이 없었지만 결국에는 함께 가겠다고 할 거라는 것을 알고 있었다. 우리는 카림, 그리고 나와 나의 큰아이들 셋, 세실과 로제와 그의 아이들, 에블린과 아들 아드리앙, 이렇게 총 열한 명이었다.

가장 힘들었던 것은 기자들에게 이번 나들이를 들키지 않는 것이었다. 기자들 모두 우리가 언제 이 짧은 나들이에 나서는지 날짜를 알고 싶어 했다. 생각지도 못한 나의 유로 디즈니 방문을 카메라에 담고 싶었기 때문이었다. 나는 유로 디즈니에서의 주말 동안은 전적으로 아이들에게 몰두하고 싶었고, 특히 그 누구에게도 방해받고 싶지 않았다. 우리의 나들이 날짜를 묻는 모든 사람들에게 우리는 11월 20일 주말 동안 유로 디즈니에 가게 될 거라고 대답했다. 그런데 사실은 13일 토요일 아침, 도의회에서 제공해 준 유로 디즈니 행 미니밴 한 대가 기사와 함께 와서 우리 대가족을 태웠다. 도의회도 도움이 되고 싶어 했다. 그런데 떠나는 순간부터 고약한 날씨 때문에 불평이 많아진 카림은 끊임없이 투덜댔다.

"더 이상 부족할 게 없네. 비를 맞으며 미키마우스를 만나러 가다니, 최고야, 아주……. 이제 우리는 추워서 덜덜덜 떨게 되겠지."

카림의 말이 옳았다. 유로 디즈니에 도착했을 때, 날씨에 대해 이러쿵저러쿵 말이 많던 아이들도 추위에 놀라고 말았다. 특히 마티유는 매우 얇은 면바지를 입었는데 아주 달달달 떨었다. 환영위원회가 우리에게 배정된 네 개의 방으로 데려다주자마자 카림이 처음으로 한 것은 마티유를 디즈니의 상점으로 데려간 것이었다. 마티유는 새로운 바지와 함께 '카스Cars'가 그려진 외투를 입고 돌아왔다. 마티유에게는 정말 멋진 주말의 시작이었다! 찬 바람 사이로 얼어붙은 빗물이 내려 토요일 하루는 참 어려운 날이었다. 좋지 않은 날씨 때문에 수많은 놀이 시설이 문을 닫았고, 그나마 열려 있는 곳에는 대기 줄이 어마어마했다.

아이들은 너무 흥분해서 계속 싸워 댔고, 소리를 지르며 여기저기 뛰어다니기 바빴다. 유로 디즈니에서는 실제 크기의 만화영화 주인공들을 여기저기서 만날 수 있었다. 〈101마리의 달마시안〉의 악녀 크루엘라가 직접 운전을 하며 지나가기도 했다. 릴로와 스티치, 플루토, 칩과 데일 같은 주인공들은 자그마한 자동차에 만화처럼 꾸며진 무대 위에 올라 군중들 사이로 퍼레이드하며 지나가기도 했다. 아이들은 자신들의 영웅들과 사진을 찍고 싶은 마음은 컸지만 뭘 어찌해야 하는지 몰랐다. 이 작은 세계에서 아이들을 지켜보는데 어른 넷이면 너무 많은 것이었다! 카림은 다행스럽게도 나름 의연하게 있었다. 공원 내 모든 스피커에서 시끄럽게 내뿜는 만화영화 주제곡들과 함께 고조되는 흥겨운 분위기조차도 그의 인내심을 폭발시키지는 않았다. 내가 인형의 집과 캐리비안 해적의 배를 체험한 후, 더 까다롭고 복잡한 무언가에 가 보고 싶어하자 기분 나빠하는 표정을 지은 게 다였다. 앞서 지나온 놀이 공간에서도 사람들은 신이 나서 배꼽이 빠져라 웃어 댔지만 나는 더욱 강렬한 자극을 주는 구경거리를 원했다. 카림은 여기저기 사방으로 돌아다니는 내 모습을 보는 것만으로 마음이 무거운 듯했다. 나는 할리우드 타워 호텔 쪽을 곁눈질 하면서 카림에게 저기 가 보자는 의사를 전했다. 카림은 입을 삐죽거리면서 반대의 뜻을 밝혔다. 하지만 나는 계속 졸랐다.

"가자, 제발!"

"내가 무슨 생각을 하는지 알잖아. 마리-로르, 안 돼, 정말 생각 없는 짓이야."

"딱 한 번만!"

"마리-로르, 등에 얼마나 안 좋은데……."

할리우드 타워 호텔은 마치 〈타워링〉 같다. 사람들이 승강기에 빼곡하게 올라타서 17층까지 올라가고 나면 마치 엘리베이터의 줄이 끊어진 것처럼 갑자기 아래로 급격하게 하강한다. 17층에서 TGV 속도로 떨어질 때면 진짜 바닥에 곤두박질치겠구나 하는 생각이 든다. 에펠탑 꼭대기에 올라가 허공으로 떨어진다면 이런 느낌일지도 모르겠다! 아무 생각이 안 나고 그냥 신이 나서 온몸이 떨릴 정도였다…….

"젠장! 이제 나도 모르겠다."

결국 할리우드 타워 호텔에 도전할 수 있게 되었다. 다시는 없을 기회……. 나는 카림에게 혀를 내밀며 놀렸고 줄리와 티보를 데리고 줄을 섰다. 그리고 행복에 겨워 비틀거리면서 할리우드 타워 호텔에서 나올 수 있었다. 정말 끝내 주는 경험이었다. 그래서 나는 카림의 포기한 듯한 눈빛을 뒤로 한 채 다시 한 번 줄을 섰다. 카림은 나를 말리려고도 하지 않았다. 그 후로 나는 평정을 찾았다.

아이들이 인디아나 존스를 타자고 할 때는 마지못해 포기했다. 그런 내 모습에 미안한 마음이 들었는지 결국 카림이 아이들과 함께 갔다. 하루가 끝나갈 무렵, 나는 무척 지쳐 있었다. 아침에 사람들이 나에게 휠체어를 타라고 했을 때만 해도 거절했었다. 공원 내 벤치들이 수없이 많아 보였기 때문에 내가 앉고 싶을 때 앉으면 된다고 생각했다. 하지만 진이 빠져 버렸다.

둘째 날은 날씨가 첫날보다 조금 더 따뜻해지고 좋았다. 우리는 신데렐라 성 레스토랑에서 티보의 생일 파티를 했다. 먹을거리는 디즈니 측에서 준비해 주었다. 여기저기 왕자님들과 공주님들이 있었다. 줄리와 에이미는 잠자는 숲속의 미녀와 그녀의 멋진 왕자님 뒤를 쫓아다니며 뽀뽀를 받으려고 했다. 오로라 공주와 함께 단체 사진을 한 장 찍어 보려는데 마티유가 일부러 타이밍에 맞지 않게 웃으며 장난을 쳤다. 마티유는 내가 알지 못하는 장난감을 사려고 하길래 사 주지 않았더니 계속 투덜거렸다. 마티유는 무언가를 권할 때마다 이렇게 대답했다. "싫어요.", "엄마가 떠나지 않았으면 좋겠어요.", "릴로와 스티치랑 사진 찍기 싫어요." 다 싫다더니 집으로 돌아가기 직전 기념품 상점에 도착해서야 마침내 미소를 되찾았다. 집으로 출발할 때는 팔에 칼이며 미키마우스 같은 온갖 만화 캐릭터 인형들이 가득 안겨 있었다. 얼마 전부터 나는 아이들이 기분 좋아 할 일이라면 무조건 들어주고 싶었다. 내가 아이들에게 거절하는 걸 모르는 엄마가 되었다는 소리까지 들을 정도였다. 꿈 같은 주말을 보내고 싶었던 나의 소원은 드디어 이루어졌다. 순간순간 긴장한 때도 있었지만 나는 아이들과 함께 이 이틀간의 시간 동안 정말 행복했다. 이제 우리가 함께 즐길 수 있는 시간은 크리스마스뿐이었다.

엄마는 너희들이 자라는 모습을 볼 수 없을 거야.

하지만 이 책을 통해서 너희들이 엄마가

어떤 사람이었는지 기억해 주겠지?

엘리제궁에 초대받다!

프랑스 대통령과 영부인께서
귀하를 정중히 초대하오니 부디 오셔서
자리를 빛내 주시길 바랍니다.

일시: 2008년 12월 17일(수), 12시 45분
장소: 크리스마스 트리 앞에서

어느 날, 빳빳한 종이로 된 우아한 직사각형의 초대장이 우편으로 도착했다. 그 내용을 확인하자마자 나는 얼른 전화기로 달려갔다.

"여보세요, 세실? 나 마리-로르야!"

"아이고, 깜짝이야! 귀청 떨어지겠어……. 무슨 일 있어?"

"방금 초대장을 하나 받았는데 누가 보낸 건지 맞춰 봐."

"도대체 누군데 그래?"

"사르코지 대통령."

"뭐, 사르코지 대통령?"

"사르코지 대통령이 크리스마스 파티에 나를 초대한대. 엘리제궁에 가게 생겼다니까!"

"너 농담하는 거지?"

"설마, 정말이라니까."

"너 혼자 초대받은 거야?"

"아니, 줄리, 티보, 마티유, 마르고, 요 꼬맹이들도 다 데리고 가야지. 발레리도 갈 수 있는지 물어보려고, 안 그러면 나 혼자 아이들 다 챙겨야 하는데 힘들어."

"초대장이 왔으니, 이제 뭘 해야 하는지 알지?"

"무슨 얘기야?"

"쇼핑을 해야 한다는 거지! 지지리 궁상으로 옷을 입고 대통령을 만나러 갈 수는 없잖아."

이 소식을 아이들에게 알리자 정말 좋아했다. 사실 아이들이 신이 났던 이유는 대통령을 볼 생각에 들떠서가 아니었다. 초대장에 안내되어 있던 축제 프로그램 때문이었다. M. 포코라, 쿠엔틴 모지만, 스타 아카데미 우승자, 뮤지컬 〈라이온 킹〉 팀 등……. 초대된 스타들을 보니 아이들만 신 났네!

세실 말이 맞았다. 우리가 언제 엘리제궁에 초대를 받아 보겠는가. 우리 가족이 입고 갈 멋진 옷을 사야 했다. 이 쇼핑의 날을 위해 나는 세실, 마갈리, 가사도우미 안느까지 동원했다. 식구 수대로 초대된 장소에 걸맞은 옷을 사야 하니, 이 정도의 쇼핑 군단은 꼭 필요했다! 쇼핑센터에 도착한 우리는 임무를 나누었다. 마갈리는 티보 옷을, 나는 내 옷과 마티유 옷을, 세실과 안느는 줄리와 마르고가 입을 옷을 맡았다. 늘 그랬듯 우리는 가게 안에서 제정신이 아니었다. 각각의 코너로 흩어져 큰 목소리로 묻고 대답하면서 발견한 옷들이 무엇인지 보여 주느라 서로를 불러 댔다. 나는 우아한 장식이 반짝이는 빨간 블라우스, 검은 비대칭 스커트, 고탄력 스타킹, 발목에 끈이 있는 검은색 하이힐을 샀다. 내가 고른 것들을 보고 친구들은 만장일치로 마음에 들어 했다. 모두들 세련되었다고 생각했다. 마갈리는 티보를 위해 줄무늬가 있는 셔츠와 검은 바지, 검은색과 흰색으로 된 운동화, 외투 하나를 샀다. 마티유는 넥타이 일체형인 하얀 셔츠와 조끼를 입게 될 것이었다. 줄리는 한 벌로 두 벌의 효과를 낼 수 있는 '투 인 원' 스타일의 아름답고 귀여운 블라우스, 은빛 목도리, 검은색 주름치마, 토슈즈 스타일의 검은색 구두를 샀다. 마르고를 위해서는 벨벳 원피스와 흰색 타이즈를 샀다.

12월 17일 아침 열한 시에 기사까지 있는 미니밴 에스파스 한 대가 퀴소로 우리를 태우러 왔다. 우리는 집 앞에 모여 있었다. 발레리도 역시 초대를 받았는데 아름다운 하얀 모피 옷을 입고 왔다. 티보는 머리 위에 볏을 세워 모히칸 스타일로 멋을 내다가

젤 한 통을 다 썼다. 마티유는 전날 이발기를 꺼내 머리를 짧게 잘라 주었는데 실패작이었다. 사실 내가 다른 데 신경을 쓰는 순간을 틈타 마티유가 이발기를 가로채 이마에서 목덜미까지 고랑을 내버린 것이었다. 게다가 하필 가장 짧은 빗살이 끼워져 있었다……. 잘못 밀린 부분을 만회하기 위해서 마티유는 머리 전체를 다 빡빡 밀 수 밖에 없었다. 아침에 보니 세상에, 금발의 꼬마 죄수가 서 있는 게 아닌가! 검은 벨벳 조끼를 입은 너무 멋진 꼬마 죄수였다! 목적지까지 가는 동안 차 안에서 아이들은 가만히 있지 않았다. 남자아이들은 자기들이 대통령이라도 된 듯 한 말투로 끊임없이 떠들어 대고 있었다. 룸미러를 통해 보니 기사가 미소를 짓고 있었다. 심지어 마티유는 기사에게까지 아랫사람 부리듯 장난을 쳤다.

"이봐, 좀 서두를 수 없나? 내가 지금 사르코지 대통령을 만나러 가는 길이라고!"

파리에 도착하자 아이들은 눈이 휘둥그레져서는 도시의 화려한 거리들을 바라보았다. 전에는 이런 거리가 있는지도 몰랐다. 우리는 한 시에 공연이 열리게 될 모가도르 극장 앞에 있었다. 사방에 경찰들이 깔려 있었고, 매 오 분마다 아이들이 무리 지어 도착하고 있었다. 티보가 물었다.

"점심 먹으러 갈까요?"

아이들은 배고파했고 예상하지 못한 일이었다. 그때까지도 나는 공연을 보기 전에 우리에게 간식거리가 준비될 거라고 생각하고 있었다. 차에서 내리기 직전에 나는 기사에게 혹시 우리가 먹을 간단한 간식거리를 좀 찾을 수 있을지 물었다. 그러자 그는 너무도 친절하게 대답해 주었다.

"제가 찾아볼게요. 이따가 공연이 끝날 때 가족 분들을 엘리제 궁으로 모셔다 드려야 하니 다시 돌아오겠습니다."

극장은 시끄럽게 조잘거리는 아이들로 초만원이었다. 우리는 불이 꺼지기 전 십오 분 남짓 동안 이런 왁자지껄한 소란을 참고 있었다. 마르고가 계속 먹을 걸 달라고 떼를 쓰기는 했지만 나머지 아이들은 사회자 빌리가 무대에 모습을 드러내자 꾸르륵거리는 배고픔을 순식간에 잊어 버렸다. 그러고는 공연에 정신이 팔려 말 한마디 하지 않았다. 예상대로 M. 포코라, 쿠엔틴 모지만, 뮤지컬 〈라이온 킹〉 팀이 나와서 노래를 불렀다. 남자아이들은 정말 황홀한 얼굴로 브레이크댄스 대회 출신 댄서들의 시범과 디나모 스펙타클의 자전거 곡예에 흠뻑 빠져 버렸다. 마르고는 페닉스 서커스의 조카 보이즈의 모습에 매료되었다. 흑인 광대와 백인 광대가 벤치 위에서 곡예를 하고 있었다. 줄리는 요란스럽게 박수를 쳐 댔다! 공연은 빛의 속도로 끝나 버렸다. 군중들 사이에서 빠져나오니 기사가 차를 대기시키고 있었다. 차에는 바나나 송이들과 귤이 있었다.

"죄송합니다. 제가 찾을 수 있는 간식이 이게 다네요. 하지만 아시겠지만 엘리제궁에서까지 굶기지는 않을 거예요."

"걱정하지 마세요, 귤로 배를 채우지는 않을게요."

대통령 관저인 엘리제궁에서는 간식거리가 예정되어 있었다. 기사는 엘리제궁 안으로 들어가 내려주었는데 마치 우리가 VIP 손님인 것 같은 기분이 들었다. 다른 차들은 아직 도착 전이어서 엘리제궁 내부로 들어간 건 우리가 처음이었다. 정말 멋졌다. 우리는 둥근 테이블들이 가득한 커다란 접견실로 안내되었고, 안내를 받아 '월리'를 찾듯 그 수많은 테이블들 중에서 우리의 자리를 찾았다. 이 방에는 거대한 크리스마스트리 두 그루가 서 있었고 그 위에는 수많은 전구들이 반짝거리고 있었다. 아이들은 눈앞에 펼쳐진 광경을 믿을 수 없는 눈치였다.

각각의 접시 옆에는 선물이 자리하고 있었다. 마르고는 아직 출시가 되지 않은 신상품 '리틀리스트 펫 샵' 하우스를 선물로 받았다. 마티유와 티보는 무선 조종이 가능한 메카노 로봇과 조립 헬리콥터를 받았다. 줄리는 운이 별로 없었다. 줄리가 받은 창작 만들기는 조금 더 어린 동생들이 가지고 노는 것이었기 때문이었다. 하지만 주위에 돌아다니고 있는 만화 캐릭터들 덕에 충분한 위로를 받았다. 만화영화에서 방금 튀어나오기라도 한 것 같던 커다란 캐릭터들이 테이블 사이를 오가며 접견실로 우르르 들어오는 아이들을 맞이하고 있었다. 우리 아이들은 칩과 데일, 라이온 킹, 심슨 가족의 마지와 호머, 꼬마 슈퍼맨 샘샘 등에 마음을 빼앗겨 버렸다. 만화 속 영웅들이 이 자리에 다 모였던 것이다! 내가 정말 좋아하는 캐릭터인 스폰지밥도 있었다. 그가 우리 테이블 근처를 지날 때 나는 얼른 다가가 까치발을 들고는 노란색의 우스꽝스러운 복장 속에 숨어들어 있는 사람에게 속삭였다.

"매일 밤, 그쪽이랑 나랑 함께 잠자는 거 알고 있죠? 하지만 안심하세요, 이상한 짓은 하지 않으니까요!"

순간, 커다란 인형 속에서 웃음이 터졌다가 사레가 들린 소리가 났다. 니콜라 사르코지 대통령이 모습을 드러내자 나는 곧바로 평정을 되찾았다. 접견실이 사람들로 꽉 차 있었다. 총 구백 명이 조금 안 되는 것 같았다. 대통령은 부인 카를라 브루니 여사와 함께 방을 가로지르면서 그 자리에 참석한 사람들 앞에 일일이 멈춰 서서 인사를 했다. 내 앞에 다다른 대통령은 내게 눈을 마주치며 손을 내밀었다.

"안녕하세요."

사실 나는 아침부터 오늘의 만남을 앞두고 조금 긴장했다. 건강한 모습으로 만나고 싶었고, 이번만은 정말 요란 떨지 말고 진지하게 있어야겠다고 마음먹었다. 대통령과 악수를 했을 때 나는 자랑스러웠지만 한편으로는 너무 놀라 소리를 지를 뻔했다. 재밌게도 대통령이 키가 너무 작아서 마치 세실과 악수를 하고 있는 느낌이었기 때문이다! 물론 대통령 앞에서는 그런 마음을 나타내지 않고 최대한 또박또박 대답을 했다.

"안녕하세요, 대통령님."

대통령과 주고받은 말은 인사뿐이었다. 그리고 대통령 뒤를 따르던 카를라 브루니 여사가 바로 뒤이어 나에게 손을 내밀었다. 영부인은 대통령이 작아서인지 키가 더 커 보였고, 텔레비전으로 보는 것보다 훨씬 아름다웠다. 그리고 내 자리를 떠나 다른 자리로 가 어느새 멀어졌다. 그게 다였다. 세실이 너무 허무하다고 해도 할 말이 없다…….

대통령 부부가 지나가자 웅성거리는 소리에 정신이 들면서 다시 현실로 돌아왔다. 하루 일정이 빡빡했고, 나는 피로가 몰려오기 시작했다. 어른들은 커다란 접견실과 인접한 작은 개인 응접실로 모이라는 권유를 받았다. 하지만 나는 우리 아이들만 따로 놔 두고 갈 수가 없었다. 그러고 보니 불쌍한 발레리……, 사방으로 뛰어다니는 마르고를 쫓아다니느라 바빠서 대통령과 인사도 나눌 겨를이 없었다. 우리 아이들은 여전히 즐거운 시간을 보내고 있었다. 특히 접견실 한쪽에서 열린 마리오네트 공연에 황홀해했다. 잠시도 조용할 틈이 없었다. 테이블 사이마다 종종걸음으로 다녀야 했고 사람들은 계속 뒤죽박죽 뒤섞였다. 그러고 있자니 관자놀이를 찌르는 듯한 편두통이 심해져 갔다. 힘이 쭉 빠졌고 속이 메스꺼웠다.

"몸이 안 좋아, 마리-로르?"

"아이고, 심하지는 않은데. 우리 이제 가면 네가 곤란할까?"

"곤란하기는, 전혀. 여기 가만히 있어. 내가 아이들 찾아올게."

발레리는 곧바로 일행을 총동원했다. 줄리, 티보, 마티유는 계속 있고 싶었을 텐데 내 얼굴을 보더니 금방 상황을 파악했다. 내 상태가 좋지 않다는 것을 금방 이해했다. 현관에서 한 남자와 마주쳤는데 나에게 전화 연락을 주었던 사람이었다. 크리스마스 파티와는 별개로 몇 주 뒤에 대통령이 나와 같은 상황에 있는 부모들에게 어떤 도움을 줄 수 있는지 이야기를 나누고 싶어서 나를 다시 초대하고 싶어 한다는 말을 전하기 위해 전화를 했다.

"마리-로르 님, 벌써 가시려고요?"

"네, 너무 피곤해서요. 가서 좀 쉬어야 할 것 같아요."

"힘드실 것 같아요. 오늘 하루 즐거우셨는지 어떠셨는지 모르겠네요."

"최고였어요."

"네, 좋아 보이시네요. 어쨌든 대통령님께서 만나 뵐 수 있는 날짜를 알려 드리려 곧 다시 연락드리겠습니다."

"네, 감사합니다. 그럼 곧 봬요."

밖에는 기사가 우리를 기다리고 있었고 우리 모두는 즐겁게 왁자지껄하며 차에 올라탔다. 그런데 엘리제궁을 빠져나오자마자 교통체증 때문에 꼼짝도 하지 못했다. 파리는 그 시간이 본격 러시아워였다. 집으로 돌아오는 길은 너무 오래 걸렸다. 자동차 안은 쥐 죽은 듯이 조용했다. 모두에게 진 빠지는 하루였던 것이었다. 집에 도착하고 차에서 내리자 다들 조금씩 비틀거렸다. 발레리는 마르고를 데리고 집으로 돌아갔고, 아들들은 엘리제궁에서 받은 선물을 가지고 놀고 싶은 마음에 집 안으로 달려 들어갔다. 요아킴의 도움으로 헬리콥터를 조립하자마자 아이들은 서둘러 조종해 보고 싶어 했다. 난리가 났다! 다음 날은 수업이 없었다. 그래도 아이들은 가능한 한 빨리 재웠다. 엘리제궁에서의 하루가 좋은 경험이었지만 조용한 집에서 스크래블 게임을 하는 시간의 즐거움을 따라올 수는 없었다.

마지막 크리스마스

나는 내 새끼들이 항상 기뻤으면 했다. 집에는 사탕이 들어 있는 커다란 상자들이 있었는데 착하게 행동을 하든 하지 않든 마음대로 꺼내 먹을 수 있게 했다. 특별한 경우가 아니더라도 아이들에게 선물을 주었고, 꼭 대단한 선물을 사 주기보다 장을 보면서 소소하게 자잘한 것들을 담아 왔다. 이를 테면, 구슬이나 아이들이 수집하거나 서로 교환하기도 하는 카드, 스티커, 플라스틱 검 같은 물건들이었다. 하지만 생일에는 게임기나 평소에 사 줄 기회를 찾지 못했던 장난감 같은 조금 더 중요한 선물을 주었다. 특히 크리스마스는 특별한 경우였다. 내가 일 년 중 아이들과 가장 행복한 시간을 보내는 날이었다. 원래 나는 7월부터 크리스마스 선물을 사기 시작했다. 아이가 네 명이라 미리 행동하는 편이 나았기 때문이다. 그런데 올해는 항암 화학요법 치료와 온갖 검사들을 받느라 조금 늦어 버렸다. 그래서 가을에 들어섰을 때도 사 둔 선물이 아무것도 없었다. 게다가 이번에는 다른 때처럼 그냥 크리스마스가 아니었다. 마지막 크리스마스였다. 내가 곧 죽게 될 것이라는 걸 알게 되었을 때 내 목표는 딱 하나였다. 2009년 새해까지 견디는 것, 어떠한 희생을 치르더라도 2008년을 멋지게 마무리하기 위해 연말까지 살아남는 것이었다. 어떻게 보면 그 목표가 살아 있는 이유였다. 그래서 내 새끼들과 함께하는 마지막 크리스마스는 우리 모두에게 꿈의 크리스마스로 가장 아름다운 시간이 되어야 했다. 꼭 그렇게 될 거라고 줄리, 티보, 마티유, 마르고에게 약속을 했다.

나는 전보다 훨씬 더 아이들에게 집중해서 아주 작은 소원까지도 이루어질 수 있도록 해주고, 아이들이 행복할 수 있도록 해주고 싶었다. 평소에 나는 아이들마다 2백 유로씩을 평균 예산으로 정했었다. 다른 크리스마스였다면 이 정도로도 선물을 충분히 살 수 있었겠지만, 이번에는 아이들이 크리스마스카드에 적었던 소원들을 모두 이루어 주고 싶었기 때문에 예산이 모자랐다. 이번에는 받고 싶다는 건 뭐든 다 사 주기로 다짐했다. 그 결과 11월 초, 대형마트에서 단 하루 만에 1천 8백 유로를 써 버렸다. 그날 내가 무엇을 샀는지 기억조차 나지 않지만 그날 카트가 터져 나갈 지경이었던 것은 생각난다. 우선 나는 모두를 위해 닌텐도 Wii, 티보를 위한 닌텐도 DS, 줄리를 위한 PSP 게임기를 담느라 전자 코너를 휩쓸었다. 줄리의 게임기는 원래 줄리가 내년 5월에 생일 선물로 받고 싶어 했던 것이다. 줄리는 내가 그날 곁에 없을 거라는 생각에 너무 슬퍼했기 때문에 나는 미리 깜짝 선물로 준비하였다. 물론 함께 가서 사는 게 더 나을 수도 있을 선물들도 열 가지 정도 골랐다. 마티유를 위해서는 플레이모빌 코너로 갔다. 마티유는 플레이모빌을 엄청 좋아해서 시간 가는 줄 모르고 가지고 놀 수 있다. 나는 마티유가 깜짝 놀랄 만큼 작은 플레이모빌 피규어들을 많이 샀다. 마르고를 위해서는 젖병, 노리개 젖꼭지, 유모차, 침대, 기저귀 갈이대와 미니 기저귀까지 아기 인형과 관련된 소품들을 많이 골랐다. 거기에 건전지, 장난감 타투 머신, 줄리를 위한 직접 꾸미는 핸드백 등 잡다한 싸구려 물건들도 엄청나게 사들였다.

크리스마스 전까지 두 달이나 남아 있었지만 나는 이미 꼭 필요한 것들을 모두 사 놓은 셈이었다. 나는 벌써부터 아이들이 선물 상자를 열고 선물을 꺼내면서 눈을 동그랗게 뜨고는 너무 행복해하는 모습을 상상해 보았다.

"엄마, 그런데 왜 크리스마스 장식품은 안 달아요?"

12월 초, 학교에 다녀온 티보가 물었다. 티보 말이 맞았다. 특별한 크리스마스를 원한다고 하면서 정작 집을 꾸밀 생각을 못했다. 지금 크리스마스 장식을 해 놔도 전혀 어색하지 않은 시기였다. 브로메이유 집을 나올 때 크리스마스 소품들을 모두 두고 왔다. 그래서 나는 다시 다 사야 했다. 어느 화요일, 크리스텔 언니와 함께 잡화점 기피에 갔고 처음으로 절약해야 한다는 생각 없이 트리 장식 모루는 빨간색, 하얀색, 금색으로, 볼은 큰 크기, 중간 크기, 작은 크기로 전부 싹쓸이했다. 가짜 눈뭉치며, 루돌프, 천사, 반짝이는 별도 구입했다. 크리스텔 언니는 나에게 자신의 취향을 은근히 강요하며 코너마다 내 뒤를 졸졸 따라다녔다.

"마리-로르, 이거 전부 함께 다 달면 안 어울릴 거야!"

"왜, 한꺼번에 꾸미면 잘 어울릴 거 같은데?"

"원한다면 그렇게 해야지, 뭐. 그런데 점잖게 보이지는 않을 것 같아."

"점잖은 분위기는 싫어. 즐겁고 유쾌해 보이고 싶어."

"아! 그럼 즐겁고 유쾌한 분위기를 위해서는……."

내가 전체적인 조화를 염두에 두지 않고 무턱대고 잡히는 대로 색깔을 골라 섞었던 건 사실이다. 나는 여기저기에 놓아 두고 달고 반짝거리게 하고 싶었다. 계산대에서 판매원 앞에 있는 검은색 작은 화면으로 내가 구입한 물건들의 총액이 보였을 때 조금 놀라기는 했다. 약 3백 유로 이상의 금액이었다……. 나는 괜히 큰 목소리로 말하면서 스스로 위안을 삼았다.

"자, 이제는 크리스마스 볼은 더 이상 사지 않아도 되겠네! 그리고 특별한 크리스마스 파티를 위해서 장식 모루를 아끼지 말아야겠어!"

내가 카드를 내밀었을 때 계산원이 내 눈을 쳐다보았다. 스물다섯 살 정도 되어 보이는 금발의 아가씨가 미소를 짓고 있었다.

"참 멋진 일을 해내셨어요."

"네?"

"텔레비전에서 고객님을 뵌 적이 있어요. 자녀분들을 위해 정말 대단한 일을 해내셨다고 생각해요."

"감사합니다."

계산원의 말에 나는 감동을 받았다. 전혀 알지 못하는 사람들이 먼저 다가와 이렇게 칭찬을 해주면 정말 큰 위로가 되었다. 감동에 젖어 내 계좌에서 얼마나 빠져나갔는지도 잊어버릴 정도였다! 집으로 돌아오자마자 거실 한가운데 쇼핑백들을 늘어놓았다. 아이들은 다음 날까지 피니에스 부부네 집에서 자기로 했기 때문에 집에 돌아왔을 때 깜짝 놀라게 해줄 생각이었다. 나는 곧바로 다시 집을 나와 트리를 사러 갔다. 지난주에 줄리가 학교에서 돌아와 이런 말을 했다.

"엄마, 우리 반 친구 한 명이 엄마한테 전해 달라고 했어요. 자기네 아빠가 꽃집을 하는데 엄마한테 크리스마스트리로 쓸 나무를 드릴 수 있다고 들르라고 하셨대요."

정말이지 주변 사람들의 친절 덕분에 감동이 끊일 날이 없었다. 내가 받은 기부와 우리 아이들 계좌로 입금된 모든 정성 이후에도 이렇게 많은 사람들의 넘치는 호의를 계속 누려 왔고, 그 덕분에 내 이야기가 언론에 더 알려질 수 있었다. 줄리 친구의 말은 사실이었다. 나는 줄리 친구 아빠의 꽃집에서 높이가 이 미터에 달하는 거대한 나무 한 그루를 공짜로 가지고 올 수 있었다. 그날 저녁, 세실과 부엌에서 이야기를 나누는 동안 요아킴이 거실에 크리스마스트리의 자리를 잡아 주었다. 그리고 끈기 있게 장식 소품 하나하나를 고정했고, 가지 위에 트리 모루를 걸쳐 놓았고 벽이며 선반 위, 창문에도 투명 볼을 세심하게 걸었다. 요아킴은 눈을 반쯤 뜨고 대칭을 맞춰 못을 박았다. 너무 귀여웠다! 그리고 우리가 걸려 넘어질 염려가 없도록 평소에 오고가지 않는 장소에 전선을 배치하고 전구 장식을 완성했다. 이렇게까지 하는 데 총 두 시간이 걸렸다. 완성해 놓은 모습을 보니, 정말 환상적이었다. 여기저기서 전구가 반짝거렸고, 방들은 작은 색깔 점들로 둘러싸여 있어 따뜻한 분위기였다. 요아킴은 한껏 뿌듯한 기분에 트리 옆에 앉았다.

"마리-로르, 트리 봤어?"

요아킴의 말에 나는 거대한 트리를 바라보았다. 트리 꼭대기는 천장에 못으로 고정이 되어 있었는데 요아킴이 무엇 때문에 그렇게 물었는지 바로 이해할 수 있었다. 그는 내 이름 마리-로르의 영문 첫 글자인 'ML'를 트리 꼭대기에 하얀색의 트리 모루로 크게 써 놓았던 것이다. 정말 근사했다!

전날, 에블린은 산타할아버지 헬륨 풍선을 사 주었다. 나는 그 풍선을 냉장고 옆에 놓아 두었는데 고양이 배설용 모래 위에서 혼자 공중부양하고 있었다! 다음 날, 집으로 돌아오던 아이들이 정원을 지나면서부터 벌써 기쁨의 함성을 질러 대는 소리를 들을 수 있었다.

"와! 저기 부엌 창문에도 장식이 되어 있어. 이렇게 꾸민 건 처음 봐!"

피니에스 부부도 커피 한 잔을 하고 가려고 티보와 마티유를 따라 집으로 들어왔다. 집 안 가득한 크리스마스 분위기에 감탄한 티보와 마티유가 소리를 내지르며 거실로 뛰어 들어왔다. 마르고는 발레리의 품안에 안겨 있었는데 자기도 빨리 땅에 내려놓으라고 발버둥을 치기 시작했다. 바닥에 내려주자 마르고는 뒷방으로 돌진했고, 자기 코 높이에 달려 있는 색색의 장식 볼들을 전부 만지작거렸다. 멋진 광경이었다. 돈을 들인 데 후회도 없었고, 고생한 보람도 있었다.

마침내 모든 준비가 끝났다. 몇 가지 소소한 것만 빼면 이제 더 이상 살 것도 없었다. 소소한 것이란 평상시 아이들에게 주기 싫어했을 소금 반죽, 클레이 점토, 작은 구슬 등이었다. 이제부터는 결국 내 소관이 아니라는 말이었다. 테이블의 갈라진 틈 사이에 소금 반죽이 끼면 그것을 긁어 내는 것도, 클레이 점토 때문에 소파가 더러워져 얼룩을 제거하는 것도, 청소를 하다가 코딱지만 한 구슬들 때문에 작동을 멈춰야 하는 것도 이제는 내 소관이 아니었다.

12월 24일, 매년 그랬던 것처럼 세실과 로제의 집에 모두 함께 모였다. 내 사촌들인 베로니크와 나탈리도 함께였는데 베로니크는 티보의 대모이기도 했다. 카림은 우리와 함께 아페리티프를 마시기 위해 저녁 만찬이 시작될 무렵 도착했다. 곧바로 칵테일 펀치를 들이켰다. 내 친구들 중 한 명이자 아이들 유도학원 원장인 발레리가 내 부탁대로 수 리터의 펀치를 준비해 만찬이 시작될 때 나타났다. 맛이 끝내줬다. 줄리, 티보, 마티유는 에이미, 스티븐과 함께 이층에서 놀고 있었다. 마르고만 함께하지 못했다. 피니에스 부부 집에 있는 게 더 낫겠다 싶었기 때문이었다. 마르고의 생활은 이제 거기에 맞춰져 있었다. 식탁에 모여들 때 나는 이미 기분이 한껏 들떠 있었다. 조금 뒤, 푸아그라와 거세한 수탉 요리 샤퐁이 나왔다. 나는 더 흥분되었다. 세실은 초콜릿 케이크 위에 다섯 개의 초를 꽂아 가지고 왔다. 그날 저녁은 마티유의 생일이기도 했기 때문이었다. 달콤하고 부드러운 맛에 사로잡힌 채 나는 마티유를 바라보았다. 마티유는 마법의 촛불을 끄기 위해 숨을 크게 들이마시고는 온 힘을 다해 네 번, 다섯 번을 불다가 결국은 에이미까지 입김을 보탰다. 내가 취해서였는지 아니면 몇 달 만에 처음으로 긴장을 풀고 향수에 젖어들었기 때문이었는지는 모르겠다. 나는 술기운에 나른해진 목소리로 로제에게 라디오를 틀어 달라고 했다.

"예쁜 크리스마스 캐럴이 나오나 찾아 줘."

로제는 이리저리 채널을 돌리다가 순간 내가 가장 좋아하는 캐럴이 나오는 방송에 멈췄다. 바로 <작은 산타클로스>였다. 요즘 부른 게 아닌 것같이 노래 스타일이 좀 구식이었다. 하지만 남자 가수의 목소리가 깊고 울림이 있었다. 나는 노래에 흠뻑 젖어들어 이렇게 외쳤다.

"자, 다같이!"

그런데 나 말고는 아무도 함께 부르지 않았다.

"작은 산타클로스으으으으, 하늘에서 내려왔구나아아아아, 수많은 선물들 중에에에에에, 내 작은 구두를 잊으면 안 돼에에에에에……."

장난꾸러기 세실은 내 노래가 끝날 때까지 목청 높여 따라 부르는 모습을 영상으로 찍었다. 나는 너무 노래에 빠져 있었던 나머지 세실이 찍고 있는 줄도 몰랐다. 감정을 실어, 오케스트라는 있지도 않은데 혼자 지휘자처럼 손을 휘저으면서……. 나중에 DVD로 보니 내 목소리가 얼마나 늘어졌는지 알 수 있었고, 내 옆에서 로제가 노래를 부르는 척하는 모습도 보았다. 그리고 그날 밤 내 두 눈에는 눈물이 고여 있었던 것도 볼 수 있었다.

"그런데 선물은 언제 줘요?"

그 순간 우리 모두는 정신이 번쩍 들었다. 이층 붙박이장에 잠들어 있던 선물을 까맣게 잊고 있었던 것이다. 다른 아이들을 대변해 이 질문을 하고 나섰던 건 스티븐이었다. 벌써 자정이 다 되어 가고 있었으니 아이들이 참지 못한 건 당연한 일이었을 것이다.

"그런데 왜 선물이 안 보여요?"

"얘들아, 잘 들어봐. 안 좋은 소식이 있어. 산타 할아버지가 사고가 났대……."

줄리와 에이미는 웃음을 터뜨렸다. 그런데 마티유는 걱정스런 얼굴로 나를 쳐다보았다.

"어떻게 그런 일이, 진짜요?"

"응, 진짜. 썰매를 끄는 순록들 중 한 마리가 다리가 부러져서 그만……."

"그럼 오늘 못 오는 거예요?"

"설마, 그러면 안 되지! 늦게라도 온대!"

산타클로스의 존재를 믿는 건 이제 마티유와 에이미뿐이었다. 베로니크가 하늘에 썰매가 지나가는지 보자며 두 아이를 밖으로 데리고 나가 차에 태우고는 동네 한 바퀴를 돌았다. 그 시간 동안 우리는 크리스마스트리 밑에 선물을 가져다놓았다. 무더기로 쌓여 있는 파스텔 색상으로 포장되어 있는 선물 상자들 사이를 뛰어다니면서 아이들은 세실과 로제의 세인트버나드보다도 훨씬 더 안절부절못하고 안달을 냈다. 선물이 너무 많아서 일부는 종이로 된 식탁보로 포장을 할 수밖에 없었다. 꼬맹이들이 돌아오자마자 선물 상자에 적혀 있는 이름을 부르며 선물 증정식을 시작했다.

"자, 이건 티보 선물! 그리고 또 이건 에이미 선물! 마티유 건 여기 있다!"

이렇게 별다를 것도 없이 반복되는 말 덕분에 아이들은 신이 났고 덕분에 방 한쪽 구석에는 점점 선물이 쌓여 갔다. 아이들은 순식간에 선물 상자에 둘러싸여 잘 보이지도 않았다. 한 명의 이름을 부를 때마다 구겨진 포장지 더미 뒤에서 머리만 쏙 올라오는 게 보였다.

"네, 저 여기 있어요!"

마티유의 선물더미는 어느새 키를 넘어섰다. 세실조차도 닌텐도 DS 게임 스크래블을 선물받자 완전히 흥분했다. 나를 위한 선물은 카라멜 사탕 상자였다. 나는 아무것도 원하는 게 없다고 말했다. 내가 선물을 받으면 무엇을 하겠는가? 아이들 각자의 선물 상자를 다 뜯어 보고 나니, 자러 집으로 돌아가기에는 너무 늦은 시간이었다. 다행히 그 자리에서 잠을 자기로 하였다. 내 상태로는 어차피 멀리 갈 수도 없었지만…….

크리스마스는 다 끝난 게 아니었다. 파티는 다음 날에 다시 시작되었다. 이번에는 우리 집에서였다. 질과 피니에스 부부네 가족도 함께였다. 아이들은 전날 밤에 받았던 선물들을 제대로 사용해 볼 시간조차 없었기 때문에 우리 집에 그대로 들고 와서 다시 꺼내는 바람에 집안 분위기가 전날처럼 또다시 들뜨게 되었다. 나는 두 번째 크리스마스 파티를 위한 선물들을 따로 보관해 두었다. 질과 피니에스 가족에게 줄 선물도 있었다. 발레리도 선물을 준비해 왔는데 줄리를 위해서는 보석 만들기를, 티보와 마티유를 위해서는 커다란 사륜구동 자동차 장난감, 그리고 마르고를 위해서는 아기 인형을 앉힐 의자였다. 마르고가 아기 인형을 안고 크리스마스트리 아래에서 종알거리는 것을 보니 너무 기뻤다. 하지만 나는 지쳐 있었다. 전날의 과음으로 축 처져 버린 것이었다. 두 달 동안 내 건강이 정말 많이 쇠약해졌다는 것을 깨닫는 순간이었다. 나는 앞선 치료들보다 약물 항암 화학요법에 더 힘들어했다. 계속 잠만 잤고 구역질을 했다. 하지만 점심 식사 때, 왕성한 식욕으로 훈제 연어와 소스로 간을 맞춘 구운 말고기를 먹는 것을 막지는 못했다.

활기 넘친 이번 크리스마스는 나에게 기력을 되찾게 해준 시간들이었다. 나는 지쳐 있었다. 사실 아이들로서는 바캉스 내내 나와 함께 지내는 것이 그리 특별한 일이 아니었다. 하지만 연말이 다가왔고 나는 내가 정했던 목표에 다다르고 있었다. 조금만 더 견디면 되었다. 우리는 발레리와 플로랑 집에서 신년회 만찬을 했다. 한 달 전에 아이들 없이 저녁 식사를 했을 때와 거의 같은 멤버들이 모였다. 지난번과 다른 건……, 아이들이 함께였다는 것이다. 그래서 이번에는 훨씬 더 시끌벅적했다! 이번에는 모두가 변장을 했다. 세실은 비서로, 로제는 단순한 망토를 둘렀고, 발레리는 종업원, 플로랑은 동굴에서 사는 사람, 마갈리는 조로, 마갈리의 남편 세르주는 히피, 줄리는 미키마우스 귀 모양의 머리띠를 한 신부, 에이미는 공주님, 티보는 닌자거북, 마티유는 스파이더맨으로 변신을 했다. 나는 인터넷으로 주문했던 성인 사이즈의 분홍색 아기 옷을 입었고, 공갈젖꼭지를 입에 문 채로 저녁 만찬을 즐겼다. 애써 즐기려고 노력했다. 그런데 몸이 아파 왔다. 구토를 할 것 같았고 10번 척추에 극심한 통증을 느꼈다. 나는 술은 한 방울도 마시지 않고, 친구들과 오리 춤을 추고 난 뒤에는 정말이지 끔찍한 통증이 느껴지는 허리를 쉬게 하려고 계속 앉아서 저녁 시간을 보냈다. 자정이 되자 우리 모두는 서로를 끌어안았고, 나는 내 새끼들을 품에 안고 새해 복 많이 받으라며 새해 인사를 했다.

됐다, 이제 1월이다. 2009년이 시작되었고, 나는 여전히 살아 있었다. 나와의 약속을 지켜낸 것이었다. 몇 달 전만 해도 몇몇 의사들은 나에게 그 이상은 살 수 없을 거라고 말했다. 나는 여전히 살아 있을 뿐만 아니라 특히 연말까지 살아남을 거라고 아이들과 했던 약속을 지켜 낸 것이었다. 그래서 나는 일어났다. 하지만 상태가 좋지 않았다……. 크리스마스트리 모습을 알아보지 못했다. 그 후, 나는 계속 피곤했다. 구역질이 났고, 기억이 나지 않는 부분들이 날이 갈수록 많아졌다. 내가 약물 항암화학요법을 견디지 못하고 있는 건 분명했다. 크리스마스 직전에는 발바닥에 피부 발진도 나타났다. 부스럼도 났고, 피부가 트기까지 해서 너무 고통스러웠다.

"카림, 부작용이 나타나는 경우 모든 치료를 그만둘 거라고 항상 얘기했잖아. 몸에 너무 무리가 가지 않게 하고 싶어."

"알았어. 내가 닥터 피코에게 이야기할게. 복용량을 줄이도록 해 보자."

그렇게 복용량을 줄이게 되었지만 몇 시가 됐든 계속 졸렸고, 구토 증상도 점점 더 심해져 갔다. 송년회 후 며칠이 지나고부터 더 자주 토하기 시작했다. 가끔은 커피 한 잔만 마셔도 바로 화장실로 가 그대로 게워 냈다. 정말 힘들었다. 내가 이런 상황을 왜 겪어야 하는지 억울했다. 굳이 이렇게 힘들어하면서 생명을 연장하고 싶지 않았다. 육체적 고통은 죽음보다 날 더 두렵게 했다. 통증을 느끼기 시작하면 나는 아이들이 보지 못하도록 가능한 혼자 고통을 감내했다. 마지막 순간이 꽤 일찍 찾아올 것 같았다. 몸에 무리를 주면서까지 약을 먹을 필요는 없었다. 가끔 힘들어하는 모습을 아이들에게 들키기도 했다. 나를 걱정스럽게 바라보고 있는 눈빛에 깜짝 놀랐지만 나에게 다가와 아는 척을 했던 경우는 없었다. 조심스러워서였을 것이다. 나는 약물 치료를 그만두고 싶다는 말을 하고 싶어서 닥터 피코를 다시 만났다. 그는 나의 그런 결정을 이해했다. 그런데 실험을 목적으로 하는 항암 화학요법 치료에 대해 이야기했다.

"실험을 목적으로 한다고요? 그게 무슨 말이죠?"

"실험실 동물들을 대상으로 테스트된 프로토콜이에요. 효력에 대한 기대는 크게 하지 않고요. 때문에 회복될 가능성이 없는 말기 환자분들에게 처방을 하게 되죠."

"저는 잃을 게 전혀 없어요."

"결정하는 건 본인입니다. 생각해 보시고 다음 주에 다시 만나 이에 대해 이야기해 봅시다."

나는 바로 카림에게 이 이야기를 전했다. 카림은 회의적이었다.

"이런 치료는 매우 불안해, 마리-로르. 삼 개월보다 더 많이 살 수 있게 해줄 수도 있지만 오히려 반대로 상태가 나빠지는 과정에 가속이 붙어 이 주 만에 생명을 잃게 될 수 있어."

이렇게 마지막 시기를 아는 것은 참 어려운 일이다. 지난 10월에는 1월까지 살 수 있다고 했는데 지금은 2월까지 예상하고 있다. 지금 1월이지만 나는 아직 죽지 않았다. 카림은 나에게 주의를 주었다.

"오늘은 상대적으로 컨디션이 좋을 수 있어. 하지만 모든 것이 나빠지기 시작하는 순간부터는 마지막으로 가는 속도는 엄청 빨라질 거야. 엄청, 아주 빨리, 순식간 흘러가 버릴 거야."

나는 내 나름대로 계산을 해보았다. 두 달 정도 기대해 볼 수 있었다. 카림이 언뜻 알려 준 대로라면 실험을 목적으로 한 이 항암화학요법 치료는 운이 좋은 경우 한 달 더 살 수 있게 해줄 것이다. 하지만 최악의 경우, 한 달 이상의 시간을 잃게 될지도 모른다. 나는 이 치료를 포기하는 편이 나았다.

이 약물 항암 화학요법을 그만두고 나니 구역질도 줄었고, 피로감도 한결 덜했다. 하지만 아침에 일어나기가 점점 더 힘들었다. 그 다음 주에는 심계증이 나타났다. 곧이어 가슴 부위에 통증이 밀려 왔다. 폐가 아팠고, 숨을 쉴 때마다 호흡 곤란을 느꼈다. 카림은 나에게 인정할 수밖에 없었다.

"폐에 암이 급속도로 전이되는 거야. 자연적인 현상이고."

나는 삼 일마다 가슴에 강도가 높은 모르핀 패치를 붙였고, 모르핀 투여량을 늘렸다. 폐 부위의 통증은 줄었지만 모르핀 때문에 구토증이 전보다 심해졌다.

"카림, 구토 좀 안 하게 할 수 없을까? 정말 방법이 없는 거야?"

"……."

"그런 식으로 보지 좀 마!"

카림은 슬픔에 빠진 코커스패니얼처럼 얼굴을 찌푸린 채 말이 없었다. 그는 내가 질문할 때마다 은근히 돌려 말하곤 했다. 마치 나에게 전할 나쁜 소식을 감추고 있는 것처럼 말이다.

"자, 카림, 말해 봐!"

"없어. 한꺼번에 나빠지고 있으면 원래 그래……."

"그래?"

"구역질, 심장, 폐……."

"그래서?"

"이제 정말 마지막을 향해 출발하게 된 거야, 결국……."

그거였다. 카림이 그동안 차마 입에 담지 못했던 말, 그 말을 결국 내뱉게 된 것이다. 비록 불분명하게 말했지만 그가 나에게 말하고 있었던 것은 이제부터는 인생을 마감하는 순간까지의 속도가 빨라질 거라는 이야기였다. 원래 알고 있었던 시기보다 많이 앞당겨진 건 아니어서였는지 그리 놀라울 것도 없었다. 암이란 절대 앞길을 알 수 없는 것이라고 모두가 말했다. 나는 이제 만약을 대비해 묘석을 고르러 가기로 했다. 나는 회색 점 무늬의 분홍색 대리석 포석 위에, 책 모양을 세워 놓고 싶었다. 그러니까 내가 원하는 건, 펼치지 않은 책이었다. 그런데 대리석공에게 가격이 얼마인지 들었을 때 나는 쓰러질 뻔했다.

"1만 3백 유로라고요? 흠……. 조금 얇은 책으로 하면 가격이 좀 내려가나요?"

결국 나는 펼쳐져 있는 모양으로 했다. 5천 3백 유로, 지금껏 내가 받아 본 적 없는 가장 아름다운 크리스마스 선물인 셈이었다.

이혼

나는 내게 남은 시간이 얼마나 되는지 알 수 없었다. 그럼에도 꼭 시작해야 할 마지막 싸움이 하나 남아 있었다. 나는 이혼을 하고 싶었다. 그래서 변호사와 함께 소송을 시작했다. 내가 소득이 얼마 되지 않았기 때문에 변호사의 수임료는 무료였다. 변호사는 나에게 사전에 알렸다.

"이혼 소송은 수 개월이 걸릴 수도 있어요. 제때 원하시는 결과가 나오지 않을 수도 있어요."

그렇더라도 나는 우리의 이혼이 최소한 법률상 인정을 받기 위해서라도 소송을 시작하고 싶었다. 질과 나 사이에는 이제 아무것도 남아 있지 않았다. 나쁘지 않은 관계를 유지해 오기는 했지만 의미가 없었다. 그리고 질에게서 재결권을 빼앗고 싶었다. 그래야 아이들의 양육에 관한 의견을 바꾸지 못하도록 못 박아 둘 수 있기 때문이었다. 어느 날 아침, 질이 화난 얼굴로 집으로 쳐들어 왔다. 그리고 내 코앞에 종이 한 장을 들이밀고는 마구 흔들어 댔다.

"도대체 이게 뭐야?"

'이것'이라 함은 그가 방금 받았을 법원 소환장이었다. 나도 아침에 우편함에서 똑같은 걸 발견했다. 질과 나, 우리는 둘 다 1월 12일에 오를레앙 지방 법원에 출두해야 했다.

"질, 진작에 했어야 할 일이야. 아이들을 위해서도 확실히 해둬야 해."

"뭘 확실히 한다는 거야?"

"지금 우리의 상황을 말하는 거야."

"나는 이혼하기 싫어!"

"나는 하고 싶어. 이미 오래전에 이혼을 요구하려고 했어."

질은 집에 쳐들어올 때처럼 다시 화가 나 돌아갔다. 그로서는 결혼 상태를 유지하는 게 분명 이득이었다. 내가 세상을 떠나면 질은 자연스럽게 홀아비가 되니 1백 50유로를 전환 연금으로 받게 되지만, 이혼을 하게 되면 더 많은 돈을 세금으로 내야 할 것이기 때문이다. 지방법원에서 오후 두 시 반에 만나기로 되어 있었다. 아동복지센터의 대표인들도 부권에 대해 의사를 표명하기 위해 참석했다. 내 변호사는 나의 청원을 진술한 뒤 질의 변호사에게 발언권을 넘겼다. 질의 변호사는 변호를 위해 그가 지불했던 것들에 대한 목록을 작성했다. 집값 말고는 대단할 것도 없었다. 어쨌든 집은 질의 이름으로 되어 있었다. 게다가 나는 더 이상 거기에 살지도 않았다. 아이들을 위해서 그가 지불하는 걸 굳이 꼽자면 아무것도 없었다. 한 달에 한 번, 질은 여전히 브로메이유 집으로 발송되고 있던 내 휴대전화 요금 청구서를 가지고 왔고, 그 요금 총액은 우리의 예전 공동 계좌에서 빠져나갔다. 또 그는 줄리의 요금도 나에게 내라고 요구했다. 내가 수표에 서명을 해서 그에게 주면 그는 바로 돌아갔다.

곧이어 아동복지센터의 변호사가 친권 박탈에 반대 의사를 표명했다. 그들로서는 질에게서 재결권을 박탈할 이유가 전혀 없었다. 아버지는 아버지였으니까 말이다. 이 권리를 박탈하기 위해서는 학대를 증명해야 했다. 변호사 모두가 변호를 마치고 나자 판사가 나에게 말을 건넸다.

"마리-로르 씨, 덧붙이고 싶은 말씀이 있으신가요?"

"네, 판사님. 제 요구가 극단적으로 보인다는 거 저도 잘 압니다. 하지만 남편은 아버지로서 제대로 처신하지 못했어요. 이미 팔 개월 전부터 헤어져 지내고 있습니다. 몇 번이나 아이들을 데리고 가 주말을 보냈는지 한번 물어보세요. 6월과 8월, 딱 두 번입니다. 그것도 둘째아들 티보가 원해서였어요. 그 후로는 단 한 번도 없었습니다."

나의 이 말에 질이 벌떡 일어나 말했다.

"맞는 말이지만 아이들을 데리고 오고 싶어도 아이들이 집에 없어요."

"당연하지. 당신은 항상 갑자기 나에게 통보하잖아. 주말에는 아이들도 계획이 있어. 마리-테 선생님 댁에서 주말을 보내러 사십오 킬로미터나 멀리 가 있는데 당신이 갑자기 토요일 저녁에 아이들을 데리고 가고 싶다고 해서 내가 다시 아이들을 데리고 돌아와야 하는 건 아니잖아. 게다가 당신은 늘 오후에 연락을 하니까! 최소한의 시간 개념은 있어야지. 그리고 마르고는 두 달 동안 단 한 번도 보러 오지 않았지. 마르고는 이제 당신을 알아보지도 못할 거야. 판사님, 저 사람은 아이들의 생활에 전혀 관심이 없어요. 아이들에 대해 아는 것도 없고요. 줄리가 다니는 중학교의 교장 선생님 이름이 뭔지 물어보세요. 큰딸 줄리의 일 학기 총점 평균이 어떤지 물어보세요. 티보와 마티유 선생님 이름이 뭔지, 줄리와 티보의 정신과 상담의 이름이 뭔지 물어보세요. 이 정신과 상담 비용이 얼마인지 물어보세요. 아이들 유도 학원 비용은 얼마인지, 줄리가 보는 잡지 정기 구독료 또는 학생 식당 가격은 얼마인지도요. 저 사람은 티보의 생일조차도 기억하지 못했다니까요, 12월 15일!"

바로 한 달 전이었다. 질이 집에 들렀는데 나는 금방 나간 참이었다. '아이들 위탁 가정에 있음'이라고 쪽지를 써서 문에 붙여 놓았다. 나는 티보 생일 파티를 위해서 커다란 케이크를 사서 피니에스 부부 집으로 갔다. 질도 내 쪽지를 보고 그쪽으로 왔는데 그때 나는 주차 중이었다.

"돈 받으러 들렀어. 집 현관문에 쪽지 남겨 놨어."

질이 말하는 돈이란 내 휴대전화 요금, 그리고 오래전부터 공동 계좌에 묶어 둔 내 몫의 금액이었다.

"그런데 티보 생일 선물은 어디 있어?"

"아! 이런 젠장! 티보 생일이지……."

이 인간이 아들 생일을 잊어버린 것이었다.

이왕에 거기까지 온 거 그래도 다 같이 케이크를 먹기 위해 질도 피니에스 부부 집 안으로 들어왔다. 그는 티보를 보자 얼렁뚱땅 상황을 빠져나갔다.

"생일 선물은 크리스마스 선물이랑 같이 줄게."

저녁에 집에 돌아와 보니 질이 문 사이에 끼워 놓은 쪽지가 있었다.

'수표에 1백 53유로로 적어서 '내일' 줄 수 있을까? 휴대전화 요금보다 11유로 많아. —질'

'내일'에는 밑줄까지 그어 있었다. 돈에 관련해서는 절대로 나중으로 미루는 법이 없었고, 서둘러 해결을 봐야 했다.

나는 법정에서 구두변론을 끝없이 계속할 수 있을 것 같았다. 특히 줄리가 천식이 심각해져 위험했던 일, 마르고의 기저귀를 갈아 주지 않아 애 엉덩이 피부가 물렀던 일 등을 더 신랄하게 말할 수도 있었을 것이다. 그런데 그래 봤자 뭐하겠는가? 친권 박탈 요구가 받아들여지지 않을 수도 있다는 걸 나는 알고 있었다. 하지만 나는 중요성을 강조하고 싶었다. 이혼 소송만으로도 충분히 상징적인 의미가 있다고 생각했다. 소송을 시작했다는 건 결과에 상관없이 질과 나의 사이가 끝났다는 것을 말해 주는 것이기 때문이다. 앞으로 나는 모든 속박으로부터 벗어날 수 있을 테고, 내가 자유로워졌다는 걸 알리고 싶었다.

"판사님, 그리고 저 재혼하게 되었어요."

질은 한방 제대로 먹었다. 판사는 미소를 짓고는 밝은 목소리로 나에게 대답했다.

"정말 잘한 일이군요, 마리-로르 씨!"

판사가 이렇게 말을 했다고 해서 우리의 이혼이 성사되었다는 것을 의미하지는 않았다. 하지만 그건 그가 나를 잘 이해했다는 것을 그만의 방식으로 표현한 것이었다고 생각한다. 판사는 판결이 내려지면 사전에 알게 될 것이라는 말로 논쟁을 끝냈다. 모든 사람이 자리를 떠났다. 질은 내 마지막 말이 진짜인지에 대해 물으러 오지도 않았다. 관심이 없었나 보다.

내가 판사에게 재혼한다고 말한 건 일종의 표현 방식이었다. 사실 얼마 전부터 나에게는 애인이 있었다. 이름은 앙드레, 나이는 서른아홉, 결혼한 적도 없고 아이도 없었다. 파란 눈에 갈색 머리로 외모는 질과 완전히 반대였다. 면도를 깨끗하게 하지는 않았지만 수염을 기르지는 않았다. 그를 알게 된 건 거의 일 년 전이었다. 줄리의 단짝친구인 린다의 아빠 친구였다. 어느 날 린다 아빠가 린다를 데리러 왔는데 그때 앙드레가 함께 왔다. 그렇게 우연히 알게 되었다. 내가 퀴소로 이사를 할 때, 나를 도와 브로메이유 집의 내 짐들을 옮겨 주었다. 그 후로는 앙드레 혼자 우리 집에 들르는 것도 자연스러워졌다. 가끔 요아킴과 나, 셋이서 아페리티프를 마시러 들르곤 했다. 요아킴처럼 앙드레도 슬레이트공으로 지붕을 수리했다. 앙드레와 단둘이 처음으로 만났던 건 그가 자기 집에 나를 초대해 저녁 식사를 했을 때였다. 앙드레는 직접 요리를 하고 손님을 초대해 함께 먹는 걸 무척이나 좋아한다. 앙드레의 집은 같은 루아레 주인 지브렌에 있었는데 정말 깨끗했다. 방들은 정리정돈이 되어 있었고 바닥도 깔끔했다. 부엌에서는 정말 맛있는 냄새가 났다. 오리 가슴살 요리인 마그레 드 카나르와 내가 좋아하는 음식 중 하나인 베샤멜소스를 곁들인 양배추 그라탱이 준비되어 있었다. 문제는 그날 저녁에 내가 병든 강아지처럼 비실비실했다는 것이었다. 아무것도 먹지 못했을 뿐만 아니라 구역질까지 했다. 얼마 뒤, 앙드레가 레스토랑으로 나를 초대했다. 그는 매력적이었고, 매너 있고, 친절했고, 배려심도 깊었다. 크리스마스라며 아름다운 꽃다발을 주었다. 이로써 나는 질에게서, 아니 가게에 들어갈 때 내가 뒤에서 오든지 말든지 문을 놓아 버리는 인간에게서 마음이 완전히 돌아섰다. 아이들이 아침 식사 때 앙드레를 본 적이 있었다. 나는 아무런 말을 하지 않았지만 아이들도 무엇인가를 짐작했던 것 같다.

앙드레는 아이들에게도 별문제 될 게 없었다. 아이들은 그를 많이 좋아했다. 그는 우리 집에 올 때마다 아이들이 집에 있으면 늘 함께 놀았다. 앙드레는 아이들 눈높이에 맞추기 위해 쪼그린 자세로 플레이모빌을 가지고 놀거나 마티유의 미니 자동차들을 '부르릉 부르릉' 굴리느라 내내 네 발로 기어 다녔다. 그리고 마르고와 함께 인형 옷을 입히며 놀기도 했다. 크리스마스가 지난 뒤에는 티보와 마티유와 함께 닌텐도 Wii를 하는 재미에 흠뻑 빠졌다. 티보가 그에게 DS 게임을, 줄리는 PSP를 가르쳐 주었다. 어느 토요일, 내가 아이들에게 맥도날드에 가서 점심을 먹자고 하니 아이들은 앙드레에게 물었다.

"아저씨, 같이 갈래요?"

"우리 사장님께서 괜찮다고 하실지 잘 모르겠어."

앙드레는 기도하는 척 두 손을 모았다. 그러자 줄리가 그를 약 올렸다.

"왜요, 걱정하지 마세요. 그냥 우리 엄마랑 식사하러 간다고 얘기하기만 하면 될걸요. 우리 엄마 유명하잖아요. 사장님이 안 된다고는 말 못할걸요!"

"흠……."

"같이 가요!"

"당연히 같이 가야지!"

시원치 않게 먹는 걸 싫어하는 그였지만 감자튀김과 햄버거를 우걱우걱 씹어 먹었고, 아이들은 무척 기뻐했다. 앙드레의 유일한 단점은 바로 스크래블을 할 줄 모른다는 것이다!

우리는 앞으로의 일에 대해서 함께 이야기하지 않는다.

또 다른 토요일, 내가 욕실에서 쏜살같이 뛰쳐나오는 것을 앙드레가 보았다. 가슴에 통증이 너무 심해서 숨을 쉴 수가 없었다. 나는 너무 고통스러워서 몸을 구부린 채 소파에 엎드렸다. 그런데 순간 걱정이 되어 사색이 된 앙드레의 얼굴을 보게 되었는데 내가 진정되기를 참을성 있게 기다리는 그의 모습은 정말 사랑스러웠다…….

이렇게 어쩔 수 없는 상황이 아니고는 우리는 굳이 내 병에 대해서 이야기하지 않았다. 앙드레와 나는 앞으로의 계획을 세울 수 없었다. 단지 하루하루 그날의 소소한 행복을 누리는 데 만족해야 했다. 그는 다정다감한 사람이고 늘 즐거워하며 생각이 꼬여 있지 않은 단순한 사람이었다. 우리가 그를 몹시 귀찮게 하면 신경질이 날 수도 있는데 언제나 평온했다. 정말 휴식 같은 사람이다. 그는 항상 나에게 소박한 저녁 식탁을 정성껏 준비해 주었다. 나는 살아오면서 꽤 오랫동안 나 자신을 돌보지 못했는데, 이제야 처음으로 나에게 정성을 쏟을 수 있었다. 앙드레는 신경 써서 면도를 했고, 나도 외모에 더 신경을 썼다. 다시 화장도 했고 쇼핑을 했다. 이제는 더 이상 나에게 어울리는 옷이 없을 정도로 수척해져 버렸다. 2008년 초만 해도 구십구 킬로그램까지 나갔었다. 그런데 3월부터 살이 빠지기 시작하더니 계속 빠졌다. 암은 최고의 다이어트였다……. 몇 달 만에 삼십 킬로그램 이상이 빠져 버렸고, 옷도 사이즈가 몇 단계나 내려가 버려 새로 장만해야만 했다. 나는 세일할 때를 이용해 예쁜 바지를 샀다. 마음에 드는 청치마가 있어서 오래 주저하기도 했다. 왜냐하면 그렇게 짧은 치마를 입은 적이 없었고, 혹시 상스러워 보일까 봐 걱정이 되었기 때문이었다. 결국에는 그 청치마를 샀는데 잘 샀구나 싶었다. 앙드레가 너무 좋아했기 때문이다!

내 삶에 누군가가 함께 있다는 사실은 주말의 반을 아이들 없이 보내는 나에게는 큰 힘이 되었다. 요아킴은 점차 뜸하게 방문하게 되었다. 앙드레와 내가 둘만의 시간을 보낼 수 있도록 카림도 저녁에는 우리 집을 찾아오지 않게 되었다. 마지막 사랑을 시작했다는 생각에 나는 정말 행복했다. 참 예쁜 사랑 이야기다.

어느 날 저녁 여섯 시쯤 질이 찾아왔다. 나는 소파에서 자고 있었고, 앙드레는 식탁을 차려놓고 요리를 하는 중이었다. 질이 오래 머물지는 않았지만 앙드레와 둘이 있는 시간이 조금 이상하게 느껴졌을 것이다. 질은 주말 동안 아이들과 함께 있을 수 있게 해달라고 모자보호센터에 요청했다고 했다. 우리가 소환에 응한 지 사흘이 되었을 때였다. 내가 짧게나마 발언을 했던 것 때문에 질의 마음이 움직인 모양이었다. 그런데 아빠 집에 가고 싶어 하는 아이가 없는 게 문제였다. 만약 줄리에게 선택권을 주었더라면 그냥 집에 있겠다고 했을 것이다. 질이 주말에 아이들을 데리고 가 있겠다고 한 적이 몇 번 있었는데, 그때마다 줄리는 천식 발작이 일어났다. 전에는 여러 번 아빠 집에 가고 싶다고 했던 티보조차도 썩 내키지 않아 했다. 그나마 긍정적인 표현을 했던 건 마티유 뿐이었다. 마티유는 오히려 누나와 형과는 반대였다.

"좋아요! 내 해적선 가지고 가서 아빠랑 가지고 놀아야겠어요!"

나는 줄리를 안심시키려고 애썼다.

"줄리, 그거 알아? 네 친구 린다에게 전화해서 너랑 같이 네 아빠 집에 가서 주말을 보내면 어떻겠냐고 물어보려고 해. 그러면 아빠 집에 혼자 가지 않아도 되잖아."

줄리는 이런 내 생각을 마음에 쏙 들어했다. 줄리 친구 린다는 브로메이유에 살아서 질의 집까지 자전거로도 올 수 있는 거리였다. 금요일 저녁 여섯 시에 질이 큰아이들 셋을 데리러 왔다. 나는 질에게 일요일 저녁에 아이들을 바로 피니에스 부부 집에 데려다주라고 당부했다. 예상했던 대로 린다는 합류했다. 그리고 질의 남동생인 도미니크도 있었다. 도미니크는 쉽게 성질을 내는 게 문제였다. 그런 도미니크에게 린다가 친근하게 한마디 한다는 게 화근이었다.

"아저씨, 영화 〈선탠 하는 사람들 2Les bronzés font du ski!〉에 나오는 아저씨 닮았어요."

린다는 '제라르 쥐노'를 말하는 것이었다……. 그런데 도미니크는 그 말에 불같이 화를 냈다.

"이 버르장머리 없는 녀석 같으니라고! 여기서 당장 나가!"

줄리는 나에게 전화를 걸어 이야기를 해주었다. 충격을 받은 린다는 결국 울면서 집으로 돌아갔다고 했다. 그래서 우리 큰딸은 아빠 집에서의 첫날밤을 혼자 자야 했다. 토요일 아침 일찍 일어나 린다에게 전화를 걸어 다시 오라고 설득했다. 어쨌든 잘 마무리가 되기는 했다……. 주말이 지나도록 별다른 소식은 없었다.

다음 날, 질은 아이들을 발레리와 장-마르크 집에 데려다주어야 했다. 그날 오후, 내 상태는 말이 아니었다. 전날부터 아무것도 먹지 못했고, 심한 통증 때문에 배가 뒤틀렸다. 나는 추운데도 땀을 뻘뻘 흘렸고 모르핀 정제처럼 창백해서는 금방이라도 실신해 버릴 것 같았다. 내가 이제 정말 죽는구나 싶었다. 다행히 세실이 함께 있었다. 세실은 걱정된 나머지 발레리에게 와 달라고 연락을 했다. 응급처치 전문가인 발레리는 그런 위급한 상황에서 무엇을 해야 할지 알 것 같았기 때문이었다. 그리고 나는 도저히 서 있을 수가 없었기 때문에 그런 나를 침대로 옮겨 눕히려면 두 사람이 필요했다. 조금 뒤 발레리가 도착했다. 그리고 화장실 변기에 앉아 있는데 어렴풋이 누군가 문을 두드리는 소리가 들렸다. 계단 위에서 기다리고 있는 건 다름 아닌 줄리, 티보, 마티유, 그리고 질이었다. 이제 겨우 오후 다섯 시였다. 원래 그는 오후 여섯 시 반까지 아이들과 함께 있기로 했다. 게다가 그는 우리 집이 아니라 피니에스 부부 집으로 아이들을 데려다주어야 했다. 세실은 현관문 밖으로 나가 등 뒤로 문을 닫으며 말했다.

"질, 아이들을 데려다주기로 했잖아. 마리-로르는 지금 상태가 너무 안 좋아. 아이들은 집에 들어가지 않는 게 좋겠어."

줄리가 매우 놀라 물었다.

"엄마한테 무슨 일 있어요?"

"응, 엄마가 안 좋아. 구토를 많이 해."

질은 상황을 이해했다. 아이들과 다시 집을 나서기 전에 세실에게 나에게 꼭 전해 주라면서 종이 한 장을 건넸다. 문을 통해 질의 목소리가 들렸다.

"돈이 필요해. 총금액은 종이에 써 놨어."

"이따가, 질. 말했잖아, 지금 마리-로르 상태가 너무 안 좋다고."

"알아. 그런데 국고국(Trésor public, 소득세 등에 대한 징수 업무를 담당한다.—옮긴이) 에서 보낸 독촉장이야. 급해."

"알았어, 전해 줄게. 가서 기다려."

세실은 그 종이를 그냥 부엌 식탁에 놓아 두었다. 화장실에 있던 나는 계속 상태가 좋지 않았다. 세실과 발레리는 내 주치의를 부르기로 결심했다. 불쌍한 카림, 카림은 골프를 치는 중이었다! 그는 바로 골프채를 내려놓고 서둘러 돌아왔다. 그는 나를 청진한 후 필요한 것을 처방해 삼십 킬로미터 떨어진 곳에 있는 당번 약국으로 세실을 보냈다. 세실은 돌아오는 길에 집에 들러 준비해 두었던 수프와 키슈를 가지고 왔다. 세실은 나에게 뭐라도 먹이고 싶어 했다. 세실이 돌아왔을 때 나는 조금 괜찮아졌지만 정신이 몽롱했다. 나는 약을 먹고 누웠다. 조금 뒤 질이 다시 나타났다. 그간의 상황 때문에 나는 그가 주고 간 것을 보지 못했다. 발레리가 그를 들여보냈다. 질은 나에게 몸은 어떤지 물어보지도 않았다. 그저 내가 수표를 작성하는 것을 바라보다가 수표를 받고는 돌아갔다. 발레리는 분노하며 문을 쾅 닫아 버렸다.

그리고 질이 놓고 간 종이를 보았다. 일 년 전부터 지불되지 않았던 아이들 학생 식당 비용을 일주일 안에 상환하라는 내용의 독촉장이었다. 이 독촉장 하나 때문에 질이 그렇게 안절부절못했던 것이다. 나는 생사를 오가며 고통스러워하고 있는데 몇 푼 안 되는 종이 쪼가리 때문에 그 난리였던 것이다!

발레리가 집으로 돌아가고 나는 아이들이 어떻게 지내고 있는지 궁금해 전화를 했다. 발레리는 나에게 아이들이 질의 집에 가던 날과 '똑같은 상태로' 돌아왔다고 말했다. 그녀는 금요일 저녁 아이들이 브로메이유 집으로 출발하려던 순간 우리 집에 있었기 때문에 그날 무슨 옷을 입고 있었는지 다 알고 있었다. 그런데 일요일 저녁, 발레리가 맞이한 아이들의 모습이 그날과 똑같았던 것이다. 이틀 동안 샤워도 한 번 하지 않았고, 속옷도 갈아입지 않았고, 양말도 갈아 신지 않았다. 나중에 내가 아이들에게 아빠 집에서 보낸 주말에 대해 물어보자 줄리는 어깨를 으쓱하며 사실을 털어놓았다.

"아빠네 집은 너무 더러웠어요. 여기저기 거미들도 있었고요. 화장실은 너무 지저분해서 밖으로 나가서 오줌을 쌌어요. 욕조도 마찬가지였고요. 그래서 샤워를 못한 거예요."

"티보, 이번 주말 어땠어?"

"아무것도 한 게 없어요. 너무 지루했어요."

"마티유, 넌 어땠어? 아빠랑 해적선 가지고 놀았니?"

"아니요, 아빠가 시간이 없었어요."

잘 있어, 내 새끼들

"얘들아, 파리에서 주말을 보내고 돌아갈 때 발레리 아줌마랑 장-마르크 아저씨네로 바로 갈 거야. 일요일 저녁부터 거기서 지내게 될 거고. 매주 수요일마다 내가 가서 너희와 같이 보내고 토요일에는 너희가 우리 집으로 오는 거야."

"알아요, 엄마."

2월 1일부터 아이들은 이제 아주 피니에스 부부 집에서 지내게 되었다. 이 주 전 결심을 하고 마음의 준비를 해왔다. 이렇게 하는 게 나았다. 내 건강 상태로는 더 이상 아이들을 돌볼 수 없었다. 나는 하루 종일 잠만 잤다. 아침에는 도저히 몸을 일으킬 수가 없었고 알람도 듣지 못했다. 수요일과 목요일에는 마갈리가 아이들을 돌봐 주려고 왔는데, 그녀가 우리 집에 도착해서 거실로 들어설 때야 겨우 일어나곤 했다. 저녁이 되면 식사를 챙기거나 샤워를 하기에도 너무 피곤했고, 자주 구토를 했다. 나는 아이들에게 내 건강이 점점 나빠져 가는 모습을 보여 주고 싶지 않았다. 아이들이 집에 왔을 때는 좋은 컨디션으로 맞이하고 싶어서 나머지 시간 동안은 가능한 한 쉬고만 싶었다…….

1월 15일에 나는 피티비에 모자보호센터 사무실로 가 서류 작성을 마무리해야 했다. 센터 책임자인 포이약과 앞으로 우리 아이들의 참조인이 되어 줄 사회복지사 두 명도 함께 자리했다. 한 명이 줄리와 티보를, 또 다른 한 명이 마티유와 마르고를 맡게 될 것이었다. 이제부터 모든 일이 순조롭게 잘 진행되는지, 아이들이 학교에서 문제는 없는지, 그리고 위탁 가정에 잘 적응을 하는지 살피는 건 이 사회복지사들의 몫이었다.

나는 그 사회복지사들이 너무 마음에 들었다. 꼬맹이들을 편하게 해주는 요령을 아는 사람들이었다. 이날은 최종 세부 사항들을 함께 결정짓기 위해 모두가 모인 자리였다. 2월 1일부터 위탁이 효력을 발생한다고 결정한 건 바로 이때였다. 이 날짜부터 질과 나는 단 하루라도 아이들을 집으로 데리고 와서 함께 지내게 되는 경우 모자보호센터에 알려야 했다. 나는 매주 수요일마다 피니에스 부부 집으로 가서 아이들과 함께 보낼 것이고, 줄리와 티보, 마티유는 매주 토요일 우리 집으로 오게 된다는 데는 모두들 동의했다. 내 건강이 허락하는 한 그렇게 하기로 했다.

사회복지사들은 줄리와 관련해 아이가 심적으로 주저하는 부분이 뭔지 알고 있었다. 줄리의 참조인은 줄리에게 원하지 않는다면 억지로 아빠 집에 가지 않아도 된다면서 안심시켰다. 포이약은 질이 주말에 아이들을 데리고 가게 되는 경우에는 사전에 브로메이유 집으로 가사도우미를 보내 집을 청소하도록 하겠다고 약속했다. 서류는 종이 한 장으로 부족했다. 서류에는 오후든 밤이든, 그리고 바캉스든, 종종 아이들을 볼 수도 데려갈 수도 있는 권리가 명시되어 있었다. 하지만 이 권리는 피니에스 부부의 동의로만 가능한 것이 아니었다. 며칠 전에 미리 모자보호센터에도 이 사실을 알려야 했다. 모두 함께 작성한 이 목록에는 열다섯 명의 이름이 포함되어 있었다. 크리스텔 언니, 아이들에게 좋은 할머니가 되어 준 마리-테 선생님, 선생님의 딸 야닉, 내 사촌 베로니크, 베로니크의 동생 엘리자베스, 이 둘의 아버지이자 유일한 삼촌 필립, 티보의 대부 마르시알, 마리-테 선생님의 자매이자 줄리의 대모인 프랑수아즈, 내 소중한 친구들인 마갈리, 세실, 에블린, 발레리, 버스 기사 지슬랭, 내 사랑 카림, 도미니크의 첫 번째 부인이자 아이들 사촌 미카엘의 엄마인 루시의 이름이 올라 있었다. 내가 이 모든 이름들마다 성씨, 주소, 전화번호까지 명확하게 기입하는 동안 세실은 포이약과 사회복지사와 이런저런 이야기를 나누었다. 발레리 피니에스에 대해 이야기를 나누다가 세실은 발레리가 밤낮으로 정말 엄마처럼 아이들을 돌본다고 강조했다. 사실 그건 내가 확인하고 싶었던 부분이기도 했다.

"발레리는 아이들에게 두 번째 엄마인 셈이죠."

정말 더한 것도 덜한 것도 없이 너무 정확한 정의였다. 그런데 예상하지 못했던 포이약의 한마디가 이어졌다.

"엄마는 한 명뿐인 거예요. 다른 것으로 대체될 수 없고요. 발레리 피니에스 씨를 두 번째 엄마로 여기는 게 문제는 아니지만 피니에스 부부는 위탁 가정일 뿐 그 이상도 그 이하도 아니에요."

나는 한동안 그녀의 이야기를 언뜻 이해하지 못했다. 솔직히 충격이었다. 그러다 불현듯 화가 치밀어 그만 이성을 잃고 말았다.

"지금 하신 말씀대로라면, 피니에스 부부는 아이들에게 먹을 것을 주고, 옷을 챙겨 입히고, 씻기고 숙제하는 것을 도와주기 위해 존재하는 거네요. 하지만 그뿐만이 아니에요! 내가 곧 세상을 떠날 텐데, 우리 아이들은 분명 슬퍼하며 눈물을 흘리겠죠. 누가 우리 아이들 곁에서 위로가 되어 줄까요? 당신이 해줄 건가요? 아이들이 아플 때, 걱정이 생겼을 때, 슬플 때, 실망했을 때, 쓰러져 있는 이 아이들을 누가 일으켜 줄까요? 당신이 하실 건가요? 그리고 아이들이 기쁨을 나누고 싶을 때나 관심 받고 싶을 때는 누가 이 아이들에게 귀를 기울여 줄까요? 그것도 당신이 해줄 건가요? 아이들이 잠이 들 때 누가 옛날이야기를 해줄 것이며, 누가 안아주고, 불을 끄기 전에 누가 뽀뽀를 해줄까요? 당신이요? 아니죠. 내가 아이들에게 했던 그 모든 것을 발레리 피니에스가 다 해주게 될 거라고요."

포이약은 아무 말도 하지 못했다. 내가 극도로 흥분하자 감히 말을 꺼내지 못했던 것 같다. 나는 여러 일들에 대해 너무 형식적으로 생각하거나 피니에스 부부를 마치 피고용인쯤으로밖에 여기지 않는 데 대해 무척 화가 났다. 세실과 나는 위탁 가정에 대한 텔레비전 다큐 프로그램을 본 적이 있었다. 꼬마 남자아이를 맡은 한 위탁 가정의 이야기가 나왔는데, 그 아이에게 지나친 애정을 보인다는 이유로 위탁이 취소된 경우였다. 이웃들과 동네 사람들이 분노했던 걸로 기억한다. 아니 정작 키우고 있는 아이들에게 사랑을 주지 말라니 이게 말이 되는가! 정말 비인간적이고 합리적이지 못한 일이다. 나도 안다. 모자보호센터의 책임자라는 사람은 단지 교과서적인 이야기만 늘어놓는 것뿐이라는 것을. 그렇다면 그런 규정에는 사랑 말고 도대체 무엇이 담겨 있는 건가? 어떻게 하면 그렇게 협소한 생각을 가지게 되는 걸까? 이제 고작 두 살밖에 되지 않은 우리 막내 마르고만 생각해도……. 마르고가 피니에스 부부 집에서 지내게 된 지 삼 개월이 되었다. 내가 세상을 떠나고 나면 마르고는 곧 나를 잊게 될 것이다. 마르고의 인생에 있어 부모는 피니에스 부부밖에 없을지도 모른다. 그래서 나는 좋다. 발레리가 마르고에게 두 번째 엄마가 되어 주길 바란다. 그리고 내가 줄 수 없었던 사랑도 아낌없이 줄 수 있기를 바란다.

이날의 모임은 나의 열변으로 끝이 났다. 나는 이 냉혹한 '이별'에 주저하며 서류에 서명을 했고 세실과 함께 그 자리를 나왔다.

나는 아이들이 학교에서 돌아오자마자 이야기했다.

“얘들아, 이제 이 주 후면 피니에스 부부 집에서 진짜로 살게 될 거야.”

줄리는 언제나 그렇듯 아무런 대꾸를 하지 않았다. 티보는 “오케이!”라고 했고 마티유는 반응이 없었다. 처음부터 아이들은 단 한 번도 반항한 적이 없었다. 다른 선택권이 없다는 것을 알았다. 아이들이 나를 그만큼 신뢰했다는 이야기이기도 하다. 나는 수도 없이 아이들에게 마음의 준비를 하도록 했고, 충분히 설명을 해왔다. 그래서 아이들은 내가 일단 해야 한다고 한 것들에 대해서는 뒤늦게 또 문제 삼을 필요가 없다는 것을 잘 알고 있었다. 어쩌면 아이들은 괜히 일을 크게 만들고 싶지 않았을지도 모르겠다. 그래서 다시 한 번 감정을 추스르면서 그래도 계속 일주일에 두 번은 만날 수 있다는 사실에 조금 위안을 받았을 수도 있다.

내가 파리에 산다는 예순한 살의 티에리의 편지를 받은 게 이때쯤이다. 신문에 실린 내 이야기에 감동을 받은 티에리는 나에게 아이들을 데리고 자기 집으로 와 주말을 보내면 어떻겠느냐고 했다. 아이들에게 파리를 방문할 기회도 되고 좋을 것 같다고 했다. 나는 바로 제안을 받아들였다. 이건 나와 아이들이 우리만의 시간을 가질 수 있는 기회였다. 나는 아이들과 함께 보낼 수 있는 모든 순간들을 마음껏 누리고 싶었다.

1월 31일, 주말에 파리로 가기로 티에리와 약속을 정했다. 곧 피니에스 부부 집에서 살게 될 아이들과의 마지막 시간이었다.

아름다운 이별이 될 수 있을 것 같았다. 이번에는 줄리와 티보만 함께 가기로 했다. 마티유는 파리에서 여기저기 돌아다니기에는 너무 어렸기 때문이다. 토요일 아침, 우리는 리옹역에 아홉 시 반까지 도착하기 위해서 아주 일찍 출발했다. 리옹역 플랫폼에는 두 남자가 우리를 기다리고 있었다. 티에리와 그보다 조금 어린 친구인 베르나르였다. 둘 다 인상이 정말 좋았다. 우리는 서둘러 소개를 하고 곧장 역 출구 쪽으로 향했다. 언뜻 보니 그들이 우리를 위해 고심해 계획한 프로그램이 꽉 차 있는 것 같았다. 차 안에서 시작된 대화는 다정했고, 시끌벅적하지도 않고 적당했다. 아직은 서로를 전혀 알지 못했으니까 당연했다. 아이들은 매우 편안한 자세로 창밖을 바라볼 뿐이었다.

파리 자연사박물관에 도착했을 때는 처음보다는 긴장이 조금 풀려 있었다. 줄리는 커다란 전시실에 선사시대 동물들의 뼈대가 전시되어 있는 것을 보고는 무척 좋아했다. 티보는 공룡들의 뼈대 모습에 많이 실망했다. 왜냐하면 티보는 훨씬 더 거대하고 인상적인 모습을 기대했기 때문이다! 하지만 고래류 전시가 한창인 진화를 주제로 한 대형 전시실에서 마음을 달랠 수 있었다. 커다란 화면에서는 망망대해에서 펼쳐지는 고래의 추격전을 다룬 영화가 상영되고 있었다. 티보는 스카치테이프가 종이에 붙은 듯 화면에 바짝 다가가 보았다.

자연사박물관을 나와 티에리와 베르나르는 우리를 데리고 집으로 갔다. 몽마르트 언덕에 있는 정말 쾌적한 집이었다. 감사하게도 그들은 하룻밤쯤 소파에서 자도 괜찮다면서 우리에게 그들의 방을 내주었다. 점심으로 감자튀김과 햄버거 스테이크를 먹을 거라고 했다. 우리가 파리로 출발하기 며칠 전 그들의 전화를 받았다. 아이들이 좋아하는 게 무엇인지 물어보았고 내 조언을 정말 엄격하게도 지킨 메뉴였다. 줄무늬 모양이 나게 누른 햄버거 패티가 있었던 것이다! 오후에 우리는 모두 함께 언덕을 산책했다. 정말 마음에 드는 곳이었다. 우리 어른들끼리 이야기를 나눌 때도 아이들은 기분 좋게 잘 따라왔다. 티에리는 퇴직하기 전에 간호사였다. 그리고 마흔두 살인 베르나르는 폐암 때문에 일을 할 수 없는 상태였다. 벌써 네 번째 암이 재발되었다고 했다. 지금은 상태가 나쁘지 않다고 했다. 그런데 내가 그에게 생각 없이 함부로 말을 하고 말았다.

"순간 상태가 나쁘지 않은 건, 사실 의미 없어요. 오늘은 암이 잠잠하다가도 어느 날 갑자기 깨어나면 당신은 힘들게 될 거예요."

순간 베르나르의 얼굴색이 변했다. 모두가 나처럼 솔직하고 거침없이 말하는 게 아니라는 걸 잊고 있었다. 차라리 아무 말도 하지 않고 있는 게 나았을 것이다. 내 행동은 정말 서툴렀다. 베르나르는 내 무분별한 지적에 생각이 많아지는 것 같았다. 하지만 다행히도 나를 원망하는 표정은 아니었다. 우리는 저녁 식사를 하러 집으로 돌아갔다가 에펠탑을 보러 가기 위해 다시 나왔다.

아이들은 크리스마스 때 엘리제궁에 초대받아 왔던 날 에펠탑을 딱 한 번 본 적이 있었다. 기사가 에펠탑 쪽으로 지나가기 위해 일부러 돌아갔고, 아이들은 에펠탑의 모습에 마음을 빼앗겼다. 이번에는 어둠 속에서 반짝거리는 에펠탑을 발견할 수 있었다. 조명이 켜진 에펠탑은 아이들을 결코 실망시키지 않았다. 줄리와 티보는 탑의 꼭대기를 보려고 고개를 뒤로 젖힌 채 감탄하고 있었다. 비록 나는 아침부터 육체적으로 피곤했지만 행복해하는 아이들을 보자 티에리의 제안을 받아들이기를 참 잘했다는 생각이 들었다. 저녁에 나는 기진맥진했다. 티에리와 베르나르 집에 도착하자마자 모두들 자러 갔다. 하루 일정이 엄청 빡빡해서 다들 힘들었기 때문이다. 그리고 다음 날도 바쁠 것 같았다.

일요일 아침, 우리는 아홉 시에 일어났다. 샤워를 하고 시리얼을 먹고는 그레뱅박물관으로 달려갔다. 아이들은 너무 좋아 정신이 나간 것 같았다! 티보는 자신의 영웅인 유도 스타 다비드 두이예 앞에서 사진을 찍었다. 줄리는 왜 그런지 모르겠는데 즈느비에브 드 퐁트네와 클로드 프랑수아 옆에서 포즈를 취하는 걸 더 좋아했다. 클로드 프랑수아의 노래는 정말이지 알아들을 수가 없었지만 왜 그 앞에서 사진을 찍는지 이해가 됐다! 그런데 즈느비에브 드 퐁트네 아줌마라니! 오후에는 아이들이 알고 있는 장소에 가게 되었다. 바로 모가도르 극장이었다. 우리의 파리 가이드들은 코미디 뮤지컬을 위해 자리를 마련해 주었다. 바로 〈라이온 킹〉이었다! 정말 멋진 공연이었다. 아이들은 기쁨으로 가득 차 환하게 반짝이는 얼굴이 되었다. 그런데 공연 시간이 세 시간이나 되었다……. 우리는 공연이 끝나자마자 저녁 여섯 시 기차를 타기 위해 전속력으로 달려 기적적으로 제 시간에 도착했다. 플랫폼에서 티에리와 베르나르에게 비주로 인사만 겨우 했다. 내가 기차 안으로 짐을 올리고 아이들을 태우자 곧 문이 닫혔다. 이토록 멋진 주말을 선사해 준 두 사람에게 정작 고맙다는 말을 전할 시간도 없었다.

아이들이 정말 사랑스러웠다. 티보의 친절한 모습에 나는 매우 놀랐다. 나는 너무 지쳐 있었지만 아이들이 행복할 수 있어서, 그리고 아이들과 함께 시간을 보낼 수 있어서 무척 기뻤다. 기차에서 잠든 아이들을 보니 절로 입가에 미소가 지어졌다. 말쉐르브에 도착한 후 나는 아이들을 피니에스 부부 집에 데려다주었다. 아이들은 조금 비틀거리면서 아무 말 없이 나를 껴안아 주었다. 아이들을 두고 오려니 몹시 힘들었다. 수요일이면 다시 만날 테지만 아이들이 이제 더 이상 우리 집에 살지 않는다고 생각하니 기분이 이상했다. 집에 도착해 문을 열고 들어서는데 전과 다르게 집안이 너무 고요했다. 견딜 수 없을 만큼 적적했다. 갑자기 우리 집이 달리 보였다. 나는 조금 생동감을 주어야겠다는 생각에 라디오를 사기로 결심했다. 그날 저녁에는 다행히 앙드레가 함께 있어서 그나마 견딜 수 있었다.

이제 됐다. 내 새끼들이 정말 떠났다. 이렇게까지 하기 위해 나는 정말 열심히 달려왔다. 나는 아이들에게 새로운 가정을 찾아주었다. 이제 서로 헤어지지 않고 정말 좋은 사람들의 집에서, 익숙한 환경 속에서 함께 커 갈 수 있으니 안심이 되었다. 나는 내 아이들을 위해 지금까지 싸웠고 승리를 거두었다. 게다가 죽음의 문턱에서 잘 견디고 있기까지 했다. 2월 초에도 이렇게 살아 있다는 건 기적이다. 하지만 나는 내가 이 집에 혼자 있게 될 거라고는 상상하지 못했다. 아이들은 불과 몇 미터 거리의 다른 집에서 살고 있다.

화요일 아침, 세실이 나를 데리고 마리-테 선생님 댁으로 갔다. 나는 혼자 있기보다 누군가와 함께 있고 싶었고, 편하게 쉬고 싶었다. 오후 내내, 믈룅의 상점들을 돌며 쇼핑을 했다. 나는 아이들에게 줄 선물을 사는 데 주저하지 않았다. 줄리에게 주려고 PSP 게임 세 개를 샀는데, 그중 하나는 딸이 공부 좀 했으면 하는 엄마의 마음으로 수학 공부가 되는 게임으로 골랐다. 티보를 위해서는 DS 게임을 샀고, 마티유 선물로는 프릭션 기능이 있는 미니 자동차들을, 마르고는 봉제 인형을 하나 샀다. 수요일에 마리-테 선생님이 나를 다시 퀴소로 데려다주셔서 오후에는 피니에스 부부 집에서 보냈다.

나는 마리-테 선생님께 함께 며칠 동안 여행을 떠나는 게 소원이라고 말했다.

"왜 제르바 섬에 가 보지 않았을까요? 나는 정말 주위 환경을 좀 바꾸고 싶은데……. 거기는 조용히 며칠 있다가 오기 정말 좋죠? 햇빛도 쐬면서 쉬고, 어때요?"

크리스텔 언니와 리샤르 오빠는 이미 거기를 다녀왔는데 정말 좋은 곳이고 돈도 많이 들지 않는다고 했다.

"그런데 마리-로르, 지금 몸으로 여행을 떠나도 괜찮니?"

"카림이 못 가게 하지는 않아요. 몸이 조금이라도 괜찮을 때 가야 해요. 안 그러면 너무 늦을 거예요."

"알았다. 그럼 언제 갈까?"

"2월 말이요. 인터넷에서 프로모션 상품이 있는지 봤어요. 그런데 문제가 하나 있는데 제가 신분증이 없다는 거예요. 신청을 해야 해요."

"그래, 그거야 신청하면 되지."

내가 아이들 없이 일상으로부터의 짧은 탈출을 생각한 건 이미 한두 달 전이었다. 12월에는 마르세이유로 떠나고 싶었다. 그런데 계획이 수포로 돌아갔다. 이번에는 집에 아이들이 있는 것도 아니고 퀴소에 얽매어 있지도 않다. 며칠이고 집을 비울 수 있다. 닻줄을 풀기만 하면 떠날 수 있을 것이다. 나는 잠깐이라도 나만을 위한 시간을 갖고 싶다. 나는 다른 데 갈 필요 없이 우리 집 거실에서 의료용 침대에 누워 삶을 마무리하게 될 것이다. 조금이라도 괜찮을 때 저린 다리를 풀어 주는 편이 낫다. 여기서 나는 모든 걸 계획했고 모두 결정지었다. 내 아이들은 좋은 곳에 맡겨졌고, 내 의료용 침대도 주문했고, 에블린은 친구들마다 각자 어느 날, 어느 시간대에 대기가 가능한지 조사하기까지 했다. 내가 더 이상 혼자 있을 수 없을 때 돌아가면서 내 곁을 지켜주기 위해 일정을 짠 것이다.마리-테 선생님, 세실, 크리스텔 언니, 에블린, 마갈리, 그리고 이웃 세르주와 로즈까지 차례로 내 곁을 지킬 것이다. 밤에는 특히 앙드레가 나를 돌보게 될 것이다. 나는 병원에서 홀로 죽어 가는 것보다 내 집에서 사랑하는 사람들에게 둘러싸여 세상과 이별하고 싶었다. 내 아이들도 아마 올 것이다. 아이들은 항상 또는 거의 내가 컨디션이 좋은 줄 알았다. 아이들이 나에게 무슨 일이 일어나는지 이해하려면 나의 정말 아픈 모습을 보는 것도 필요하다는 생각이 들기도 한다. 그래야 나의 죽음이 너무 갑작스럽지 않을 테니까.

나는 아이들과의 수많은 추억이 깃든 물건들을 함께 묻어 달라고 할 것이다. 아이들이 "엄마, 사랑해요."라고 쓴 글이나 혹은 시나 그림을 그려서 준 쪽지들을 모두 스폰지밥 인형 안에 넣을 것이다. 내가 좋아하는 자질구레한 물건들과 비밀스러운 것들도 함께 넣을 것이다. 내 모든 소중한 것들을 그 안에 담으려면 나의 스폰지밥을 뜯어야겠지…….

그리고 나는 유언도 작성했다. 유언 집행인으로는 세실을 지목했다. 가구, 내 옷, 그릇, 퀴소 집을 채우고 있는 모든 소지품들을 어떻게 처리할지 결정하는 것도 세실이 하게 될 것이다. 컴퓨터와 프린터, 스캐너는 줄리가 앞으로 필요하게 될 테니 가져갈 것 같다. 커다란 텔레비전 두 대는 피니에스 부부 집에서 아이들이 게임을 할 때 연결할 수 있도록 가져갈 것이다. 그리고 남길 수 있는 것은 전부 다 세실에게 물려줄 것이다. 그러면 세실이 좋다고 생각되는 곳에 알아서 기증할 것이다. 세실은 우리 할머니가 물려준 찬장을 '기념으로' 간직하게 될 것 같다고 나에게 말했다. 검은색과 갈색이 섞인 꼬마 고양이 티그루는 앙드레가 데려갈 것이고, 커다란 회색 수코양이는 미용사 안젤리크 집으로 갈 것이다.

우리 아이들을 위해서도 모든 것을 정리해 두었다. 나는 아이들 각자 따로 은행 계좌를 만들었다. 아버지가 돌아가시고 난 뒤 나는 생명보험에 가입했다. 내 나이가 젊기 때문에 보험금이 상당한데, 내가 죽고 나면 보험금 전액이 아이들에게 지급될 것이다. 그리고 모든 기부자들이 보내 준 성금 중 내가 받은 수표와 지금 쓰고 있는 책으로 받은 선금 모두를 아이들 계좌에 넣어 두었다. 나는 이 모든 금액을 네 아이들 각각의 계좌에 공평하게 나누어 주려고 신경을 썼고, 아이들이 성년이 될 때까지 지불 정지를 해 놓았다. 아이들이 성년이 되었을 때, 적으나마 어느 정도의 금액을 받을 수 있게 보장해 놓는 것이 내가 아이들을 위해 할 수 있는 전부다. 그리고 이 책을 통해 아이들은 자신들이 어디에서 왔는지 알 수 있게 될 것이다. 그 외 다른 일들은 내 몫이 아니다.

나는 이제 아이들의 삶에 영향을 줄 수 없고, 나 없이 살아가는 아이들의 모습이 어떨지 상상할 수도 없다. 내가 세상을 떠나고 아이들에게 어떤 일이 일어날지도 알지 못하며 또 알고 싶은 생각도 없다. 나는 단지 아이들이 부족함 없이 사랑을 받고 살아가기를 바랄 뿐이다. 그리고 아이들이 행복하기를 진심으로 바란다.

2009년 2월

퀴소에서

엄마의 용기

초판 1쇄 발행 2016년 10월 20일

지은이 · 마리-로르 피카, 안느 베르토 공동 집필
옮긴이 · 김혜영
펴낸이 · 김종해

펴낸곳 · 문학세계사
주소 · 서울시 마포구 신수로 59-1(04087)
대표전화 · 02-702-1800 팩시밀리 · 02-702-0084
이메일 · mail@msp21.co.kr
홈페이지 · www.msp21.co.kr
페이스북 · www.facebook.com/munsebooks
출판등록 · 제21-108호(1979.5.16)

ISBN 978- 89-7075-828-2 03860

값 12,000원

이 도서의 국립중앙도서관 출판예정도서목록(CIP)은 서지정보유통지원시스템 홈페이지(http://seoji.nl.go.kr)와 자료공동목록시스템(http://www.nl.go.kr/kolisnet)에서 이용하실 수 있습니다.(CIP제어번호:CIP2016024012)